2022 年 10 月初，周墙在北京家中（右图）

殺饞

一个馋客的江湖日志

周墙 著

時代文藝出版社

图书在版编目（CIP）数据

杀馋 / 周墙著 . -- 长春 : 时代文艺出版社，2022.11
ISBN 978-7-5387-7082-7

Ⅰ . ①杀… Ⅱ . ①周… Ⅲ . ①散文集 – 中国 – 当代
Ⅳ . ① I267

中国版本图书馆 CIP 数据核字 (2022) 第 190411 号

杀馋

SHACHAN

周　墙　著

出 品 人：陈　琛
责任编辑：孙英起
监　　制：黄　利　万　夏
特约编辑：路思维　杨　森
营销支持：曹莉丽
装帧设计：**紫图装帧**

出版发行：时代文艺出版社
地　　址：长春市福祉大路5788号　龙腾国际大厦A座15层　（130118）
电　　话：0431-81629751（总编办）　　0431-81629758（发行部）
官方微博：weibo.com / tlapress
开　　本：880mm × 1270mm　1 / 32
字　　数：179千字
印　　张：7.5
印　　刷：嘉业印刷（天津）有限公司
版　　次：2022年11月第1版
印　　次：2022年11月第1次印刷
定　　价：69.90元

前言

潦草半生的等闲者，游手好闲的寓公，快活的好吃佬。如麻雀，四处觅食，后停下来晒太阳，发呆。

好吃佬不挑荤拣素。蔬菜与鸡鸭鱼肉一样有生命。食物被人划分为荤腥和蔬素，区别不在于食物，在于人。

我的朋友马松说：“哥们儿是最好的下酒菜！”

每一个县城的街头巷尾，每一个乡镇的犄角旮旯，总会有一家当地人叫好的小馆子，厨子当家，几十年或只做一种食物——让客人想起来心里美滋滋的，让游子想起家乡。人间风味无非如此。

吃喝是本能，美食是冒险。
美食远在烟火庖厨之外。

目 录

吃喝是本能，美食是冒险

美食远在烟火庖厨之外

上海闲话

我对美食的向往，源自小时候听妈妈一遍又一遍地讲她十四岁那年在上海锦江饭店吃过的一顿宴席。她全然不记得宴席上的人物，只晓得满桌的对虾、虾子大乌参、炒蟹黄油、松鼠鳜鱼、白鲞炖鸡、全家福……

那些回忆里的食物，成为物质匮乏年代的憧憬，让我心心念念。

1986 年，我在省直属国营企业皖南矿机厂上过七天班，我被分配在铸造车间，就是把废铁倒进炼炉里熔化成铁水，灌入砂模里铸型成件。我喜欢上夜班，干完活猫进化验室看书，和漂亮的化验员搭茬儿，开炉时看红色铁流从炼炉流入钢斗内，那是多么凝重灿烂的瀑布。这一切被"正派"的车间主任毁了，他劈手夺去我正读的《红与黑》，扔进炉渣中，瞬间由红到黑化为灰烬。我痛揍他一顿，再待下去无趣，也懒得写辞职报告，决定远走他乡去庄周故里蒙城自谋生路。那是我正式上班的第七天。

市文联的司机老四开面包车送我到芜湖江边轮渡码头，和丁翔、北魏在小饭馆饯别，几杯酒后，有人砸杯子摔碗，掩面而泣，气氛难免悲壮，以至我伫立轮渡上眼见友人渐渐于江雾中模糊、消失，不免面色凝重苍凉。那年头在国企上班，每月有稳定的工资，结婚能分到公房，是求之不得的铁饭碗，我拍屁股下海的行为异常出格。别人猜度我究竟在想什么糊涂心事，其实很简单，我觉得大好青春不能被约束在钢铁机器前耗费掉。好在爸妈不反对，让我荒诞的远行没有负担。

我的不安分因子来自妈妈和外公。外公十八岁那年，背着简单的行囊，离别绍兴陶堰镇横担村，只身闯荡上海滩，从学徒做成老板，实非易事。1958 年，妈妈十八岁，在上海街道工厂上班，她响应国家号召，悄悄报名支边（支援边疆建设）内蒙古，希望去辽阔的草原骑马放牧。家人知晓后托人将她改派到华东地质局第三地质勘探队，驻扎在安徽宿县北关，好歹离上海近一点。妈妈在工作中认识了来自江苏丹阳的爸爸，他们恋爱、成家，生儿育女。

我印象中妈妈几乎全能，厨房里红案、白案都拿得起放得下，酿酒、腌菜、打年糕、炸馓子、灌香肠、做香菜……她带领全家一起制作完成。孩子身上的衣服鞋子一部分由她缝制，她将单位发的手套扯出毛线，织成冬天穿的毛衣毛裤。我家养鸡养猪，种过菜园子。生了三个孩子的上海女人，每天八小时工作之余，还掌握这些家务技巧，显然是热爱生活的。妈妈的品格对我们姐弟三人影响至深，从小学习做家务的情景，如今想来，竟然令我体会到许多俗事之乐。

弟弟高中毕业，差几分落榜安师大体育系，郁闷彷徨之际，妈妈建议他去芜湖学厨，出师后回宣城开个饭馆什么的。“荒年饿不死手艺人”，那年头个体经营的饭店极少。我拜托诗友丁翔安排弟弟去学厨事宜。开春，弟弟去芜湖“耿福兴”酒楼做学徒。几个月后，每次周末回家他汇报手艺，什么小笼包、煮干丝、虾籽面、翡翠烧卖、虾皮馄饨之类的早点小吃，都出手利落，颇像那么回事，味道赞得很。春节回家已会做狮子头、鱼圆、全家福这类大菜，他做的鱼圆最受欢迎，成了我家的保留菜式。

弟弟学了两年出师，在南门宣宁商场对面租间房子开了家小饭馆，自己做厨师兼伙计。80 年代下馆子的人少，开张半年不赚钱，终于耐不住性子歇火关门。又在东门大街租下老侉家的铺面，开牛仔服专卖店，买卖意外火爆，隔几日便要去石狮进货。梅雨天清闲点儿，下午早早关门，去鱼市巷买条大青鱼，回家撸起袖子下厨。弟弟使一把前劈后斩的圆头厨刀，将青鱼斩头去尾，砂锅炖头尾豆腐汤；剥鱼皮片下白肉，切小块斩鱼茸做鱼圆子；红肉连鱼皮切丝炒青椒。妥妥的一鱼二吃。弟弟说在后厨，头尾炖豆腐是学徒的吃饭菜，鱼皮小炒是大师傅的下酒菜，鱼圆子卖给客人。鱼皮小炒鲜辣可口，到底是大师傅嘴刁。

90 年代仿佛人人都在谈生意。我起步早，已在商海浮沉十年，小有收获后结婚生女，安居乐业。

千禧年我一家三口人从安徽宣城迁居上海。妈妈离开上海几十年，跨过一个世纪，她的子孙回来，寻找记忆的盛宴，当初她无意播种的味蕾记忆，开始自由绽放。

我的远足打小就开始了，寒假常回江苏丹阳老家看望奶奶，暑假去上海走亲戚。

上托儿所时，妈妈携我回上海，隐约记得宿县火车站乱哄哄的。妈妈挤上火车，爸爸把我和行李从窗口塞进车厢。那时太小，对上海的记忆是模糊的，印象中上海像是五颜六色的糖果。

小学二年级暑假，妈妈调休四年一次的探亲假，专门去灰山小学给我请假，带我从宁国港口煤矿回上海探亲。

姨妈家在愚园路 1210 弄沪西别墅，民国时期很多电影明星居住在那里，又称“好莱坞弄堂”。三层连体别墅建筑共六排二十六幢，排布得井然有序，底层的清水红砖外墙面和二、三层的浅黄色水泥拉毛墙面搭配看起来雅致舒服。室内统一的红砖窗框线、钢窗、木门、小块拼木地板。

姨妈家住二楼，拢共两户人家，有自己的卫生间和厨房，即便在上海也属小众，毕竟姨父和隔壁的小杨爸爸都是“老革命”。姨妈家里三个表姐，老大丽妮知青下乡插队去了，老二丽娅住校读高中，老三阿民比我大几个月，早上上学，晚上回来。

清早，一家人吃泡饭、油条，每日送来一瓶鲜牛奶供阿民专喝，说喝牛奶长个子，果然阿民长大后比两个姐姐高出许多。姨妈一家人吃完饭出门赶公交车，上班的上班，上学的上学。妈妈在家细数布票、粮票和钞票，领我出门上街购物。

大马路上两根辫子摇摇晃晃的电车，外滩的洋楼，空气里的上海的味道，无不让我出神。

采买的物品大部分是帮单位同事捎带的，主要买布料，我们一家家逛布店，寻找花色好看实惠的布头。每家布店上空悬挂几根铁丝，从柜台通向账台。柜面店员量裁布料，将尺寸单据和钞票夹在夹子上，顺着铁丝推向账台；会计算好账，夹上找钱和账单推回柜面。如此推来推去，空中交错着金属滑碰的声音。

我从出门便开始惦记午餐。上海里弄的小吃店，花头多得咪！什么油豆腐鸭血粉丝汤、南翔小笼包、生煎馒头、菜肉大馄饨、鸡汤小馄饨、葱油拌面、下沙烧卖、炒年糕、粢饭团、油条、豆浆……每家店风味不同。小吃店属集体单位，谈不上服务热忱，但不会偷工减料，老师傅带小青年，薪火相传先人留下的味道。

去外滩的路上，妈妈在国际饭店买一块蛋糕给我，油纸包裹的金黄色蛋糕，那是我小时候吃过的最美味道，以至于现在只记得那种幸福的感觉而忘了具体的味道，这种感觉和味道之后再难遇到。上海国际饭店二十四层，那时是中国第一高楼，我抬头仰望楼顶，帽子掉在地上。巧克力色的国际饭店门外，“小巴腊子”手捧蛋糕沐浴阳光的画面定格在我记忆里。

两接头无轨电车摇晃着路过淮海中路的锦江饭店，妈妈指给我看那栋她十四岁那年吃过酒席的老洋楼，满眼怀念。

我家早餐也常做泡饭。矿部代销店里一缸缸的榨菜、酱菜、豆腐乳，散买回来存放在空罐头瓶里，吃泡饭的时候挑点儿出来。泡饭又叫烫饭，是江南百姓的家常。晚餐多煮些米饭，暖水瓶灌满开水，留待次日早晨冲泡冷饭。泡饭里加一调羹古巴糖成甜泡饭，加少许猪油、酱油、葱花是咸泡饭。若时间宽裕，打开炉灶，加入菜橱里的剩菜煮成菜泡饭最好吃。为节省时间，上海人甚至想出晚上丢一把米在暖水瓶里，冲满开水焖到次日早晨，倒出来的便是热粥。

泡饭成了上班人的即食简餐。《官场现形记》第十七回中写有：“说话间，魏竹冈已吃了三碗泡饭，单太爷一碗未完。”才晓得泡饭清朝已有。

读《梦粱录》发现，更早吃泡饭的是宋朝人：“其士人在贡院中，自有巡廊军卒，赍砚水、点心、泡饭、茶酒、菜肉之属货卖。”泡饭卖进科举考场，说明在宋朝已是寻常食物，想必味道不差。

讲究的泡饭属茶泡饭。江南才子冒辟疆写《影梅庵忆语》追忆董小宛：“姬性淡泊，于肥甘一无嗜好，每饭，以岕茶一小壶温淘，佐以水菜、香豉数粒，便足一餐。”善于烹调的董小宛怡然清茶淡饭。小宛早年漂泊秦淮河畔，茶泡饭是金陵人家的古早食俗，六朝有之，不知嫁到冒家的小宛吃泡饭的习惯是否那时养成。

《红楼梦》四十九回写："宝玉却等不得，只拿茶泡了一碗饭，就着野鸡爪急忙忙地咽完了。"大观园宝二爷的茶泡饭就野鸡爪，看似马虎，实则讲究得不行。

茶泡饭也是我清隐归园的主食，日日睡到晌午起床，取"春山玉品"霁青正德碗，泡一碗茶泡饭就黟县的腌萝卜晌足矣。若有柴火灶炕的锅巴，掰碎搁碗里，泡一盏头春的黄山毛峰冲进去，嫩茶遇见老锅巴，如吕布月下戏貂蝉，难得美好。头春的毛峰嫩芽饱满、白毫披身、状如雀舌，热水冲泡时雾气结香，汤色清碧淡黄，正合锅巴意思。茶叶的清香和锅巴的焦香融合在一碗泡饭里，清欢之味止于此。

有那么几年我老去东莞出差，莞城"太钟东海"餐厅老板洪哥的菜总会令我惊喜，我的舌头下他家粤菜堪称代表。我有幸吃过老板娘阿敏亲手做的咸鱼泡饭，四炒勺奶白色浓鸡汤入锅，泡煮六两米饭，加炸米（炒米）四两、咸鱼粒五钱、胜瓜粒一两、香芹粒一两、榨菜粒一两、香葱粒一两、鸡蛋一枚，泡煮米饭时轻轻搅动，让不同食物风味交流。泡饭又称汤饭，泡饭汤可以是开水，可以是热茶，也可以用鸡鸭鱼肉炖出来的汤汁。太钟东海咸鱼泡饭的奶白鸡汤工艺极其繁复，将十斤老鸡、五斤赤肉、一斤鸡脚飞熟，下热水炖四个小时，捞出切小块，用少许花生油在锅中煎肉，边煎边用铁勺将肉捣碎，旁边烧一锅滚水，把煎香的碎肉撞下滚水，大火滚煮半小时，拿汤三十斤。汤色奶白如琼浆，其味甘鲜平淡。此汤泡饭，如锦衣夜行，内敛而不招摇。阿敏说她二十多年没煮过咸鱼泡饭了，当年创业开小店时她当街煮卖的咸鱼泡饭远近闻名，我说泡饭香、老板娘靓，客人既饱口福又饱眼福，不来吃才怪。

前几日与万夏在园景小酌，聊及重庆人的茶泡饭、血泡饭、尿泡饭。吃茶泡饭的是文化人；袍哥刀头舔血吃血泡饭；尿泡饭专指吃软饭的。古往今来，倒也不乏"吃软饭"的男性，瞧瞧司马相如、牛郎、张生……看来软饭不仅可吃，还可吃出流芳的戏文。

十二岁的寒假，我第一次独自去上海。爸爸送我到南京火车站，站台上遇到上海返城知青，她携带多件行李，我们帮助她拎上火车，爸爸托她带我结伴同行。她的名字叫潘妹宝，扎两根粗辫子，长得温婉美丽。她一路不语，凝望漆黑的车窗，不知思绪是在过去还是在将来。我面向车窗，看玻璃上隐约反映车厢内的形色人物，一只手揣进口袋捏紧里面的三十块钱，生怕丢失。

火车凌晨抵达上海站，我跟她拎着行李乘公交车再坐轮渡到浦东她的家。她的妈妈热了两碗菜泡饭，我们吃完后歇一会儿，她便骑自行车送我去浦西愚园路。

姨妈家没人，三楼小群妈妈叫我去她家里等候。小群和表姐丽妮是同学，她的哥哥在空军服役，父母是大学教授，一家人相貌登样。

1976 年的冬天寒冷肃杀，白天弄堂静谧，像无声的黑白电影，天空、建筑、街道，节奏平缓冗长。傍晚下班的人陆续回来，弄堂里流动着灰色。

弄堂外是愚园路，街道墙上张贴着周总理的遗像，下面堆满白色纸花。天色连续灰暗，梧桐叶沉沉落下，风吹着叶片在地上细细地摩擦，像蠕动的扁虫；风不大，白纸花轻轻地飞起来，慢慢地落地，颠了颠又飞起来。落叶、纸花散落街道。路人行色匆匆，似乎怀揣秘密，着急寻找地方释放。

城市不安的情绪，迷惘的灰调子，这种色调一直涂刷着我不知所措的少年时光。很多年后看阿巴斯·基亚罗斯塔米将摄像机架在海滩上，任由镜头拍海边风景，海浪一遍一遍向岸上翻吐白沫，沙滩上塑料袋随风飘荡。

恍惚觉得生存或许就如那只塑料袋，时而静止，时而飞扬。

那个灰色的冬天，我独自游走在上海，渐渐地喜欢上了这座城市，我想我会回来，回到我妈十八岁离开的城市。

一念三十年后，我带全家落户上海虹口区，鲁迅公园附近。公园门左是内山书店，当年鲁迅先生常光顾这里买书。我常下意识地溜达去，不为买书，只想走走鲁迅先生走过的路。不远处甜爱路 200 号是鲁迅故居，甜爱路两边林列着高大的水杉，夜晚每棵树下都有拥簇私语的情侣，实不辜负“甜爱”的路名。

女儿小学四年级休学来上海，在家待一年，请两个家教教英语和游泳，剩余时间吃吃喝喝白相相，偶尔读书架上的闲书。初中就读离家不远的鲁迅中学。

我和鲁迅先生是本家，加之妈妈是绍兴人，于是崇敬中又多出几分亲切。鲁迅先生少小离家，口味掺杂，属不拘泥的食客，江河汇集入海的上海滩，以江浙皖菜为主，兼容各地风味，“梁园”“知味观”“德兴馆”“功德林”皆有他流连的踪迹。追随鲁迅先生把上海老馆子通吃一遍，心中就有数了。梁园早已消失，果然非久留之地；知味观略输杭州老店；功德林的素食地道；德兴馆虾子大乌参一绝，客人吃完大乌参剩下残汤剩羹不顾，殊不知最后的汤汁拌饭才是美味不可言。大乌参无刺，水发后小胳膊粗细，高汤熬味，虾子提鲜，油黑发亮的卧乌参在瓷盘里，卖相好，吃起来老灵了。我在家试做几次，总归差点儿意思，于是放弃，想吃时径自去广东路德兴馆，半斤加饭酒，虾子大乌参、小炒时蔬。若请朋友去吃，那里还有糟钵头、焖蹄、青鱼秃肺、草头圈子、红烧鮰鱼等横菜，统统好吃得没话说。萝卜丝酥饼、香菇菜包叫绝上海滩，无愧称为本帮菜的发祥地，从光绪四年薪火相传至今，唯上海德兴馆。

恰如圆梦，我们全家去锦江饭店吃饭，从安徽到上海，回溯妈妈三十几年的路途，像赴一场思念已久的约会。

老锦江美人迟暮，依旧有往日遗韵。那顿饭我尽量还原半个世纪前的宴席：油焖对虾、虾子大乌参、松鼠鳜鱼、八宝鸭、狮子头、全家福、绍兴元红酒……炒蟹黄油和白鲞炖鸡菜单上没有，问及缘由，只说早已不做了。

饭后妈妈给出两个字：“蛮好。”

岁月是件洗了又洗的旧衬衫，柔和地拥裹老人，安心在回忆失落的花瓣里。

在我过去的印象里，北京的餐馆要么齁咸要么齁贵，不如意的十有八九，近年有些改变。我吃过一家胡同小院里的餐厅，老板是南城的青年，高帽子戴得倒像是厨子，饭前闲聊得知，南城有半条街是他祖上的。及至开席每上一道菜他开始解说，说完菜已凉了。他一天只卖一桌，人均几千元，花胶炖一道、油炸一道（称之花胶天妇罗），一斤半的清蒸黄鱼卖五千元，愣说是东海野生大黄鱼。岂不知上世纪 50 年代，由于一种残忍的捕鱼术“敲罟作业”兴起，至 80 年代东海野生大黄鱼基本灭绝。类似的餐厅北京不少，皇城根儿下富贵人多，只要你敢叫价，就有人接着。

上海随意吃一家餐馆，性价比都说得过去，上海人门槛高，烹调差劲、价格离谱的餐馆绝无生存余地，若细挑一家去吃，没准儿能吃出花来。“月季皇后”餐厅是意外之花。

老友蔡锦云住在仙霞路，他家附近的“月季皇后川菜”，开在一座砖木结构的老仓库里，几乎没有装修，水泥地面，实木餐桌椅，摆置龟背竹、滴水观音等大叶绿植，空间充满生机，几幅松弛的麻布弧垂屋梁下，半遮屋顶，墙上挂着印象主义油画。

他家川菜有回锅肉、坛子肉、豆瓣鱼、酸菜鱼、辣子鸡、樟茶鸭，还有老外爱吃的宫保鸡丁和麻婆豆腐。可以选择辣、微辣，麻、微麻。看菜式便知道后厨讲究，砧板、打荷、灶头的水平体现在出品菜肴的色香味上，服务员一水儿的川妹子，身穿蓝布白花小褂，在餐桌和食客间秀色流动。

爱吃川菜的老外，给月季皇后带来洋气。不知何时，红火的月季皇后悄然关张。

很多年后，《南方周末》记者王寅来黟县归园采访我，王寅是80年代先锋诗人，我们彼此聊得投机，闲话多起来。聊到上海餐馆，他说月季皇后老板叫魏志远，是成都的作家、诗人，原在文工团拉小提琴，辞职来沪开月季皇后餐厅，挣钱后卖掉餐厅去彼得堡列宾美术学院学油画了。

有次魏志远来沪，王寅约我们一起喝茶，见其人清淡如菊，身上已无烟火气。我叹月季皇后凋落，沪上再难吃到好川菜，他听罢微笑，仿佛在听很久以前别人的事。

海派菜是本帮菜吸收其他菜系发展起来的。1930年出版的《上海小志》中提及：“沪上酒肆，初仅苏馆、宁馆、徽馆三种，继则京馆、粤馆、南京馆、扬州馆、西餐馆纷纷起焉……"

本帮菜指上海原住民的家常菜，浓油赤酱，甜鲜可口。后来江浙移民成主流，演变成江南风味清淡的海派菜。

海派菜上溯至清末上海开埠，中西混杂、土洋结合，逐渐形成兼容的海派文化和海派饮食。

上海郊区仍有原汁原味的本帮菜。

2005年春，野夫在莘庄"撒娇诗院"小住，默默和我陪野哥去枫泾古镇吃本帮菜，捎带两位美女同行，一伙人在小桥流水里兜兜转转，及至向晚，见石板路的河道旁，高高的木杆上酒旗迎风，上书"唔呶喔哩酒家"，吸引我们停留打尖。

酒家的菜单丰富，清炒马兰头、椒盐鳑鲏鱼、丁蹄烧笋、韭菜河蚬、熏拉丝、炒螺蛳、清蒸鸡骨鱼、毛豆炒嫩菱、肥头汤、烧卖……我和默默你一嘴我一嘴，尽点城里吃不到的菜。

野哥不挑食，乐得一旁陪美女聊天。

熏拉丝是枫泾特色，说白了就是熏蟾蜍。蟾蜍，上海话叫癞蛤巴，相貌丑陋，背上麻麻赖赖，生长于阴暗潮湿的田沟，落雨天出来到处蹦跶，蠢笨又不灵活，被枫泾人捉去，将它去头扒皮后便和田鸡差不多，用酱料腌渍、烟熏火烤，烹制后变成遗世美味，只是吃时别去想它原来的模样。

一坛成年善酿，拍开泥封，倒进蓝边碗，边喝边讲闲话，野夫妙语连珠，默默搭话俏皮，和这二张利嘴一起，不作声埋头吃喝最划算。

曾几何时，外地人用"你真不像上海人"来夸上海人，上海人的小气、精明被格外放大，不料上海人竟然集体默认这句话是褒义，常会自我表白："吾呃个性一眼眼勿像上海宁。"

默默绝不苟同如此作践上海人的谬论，他搬出杜月笙回口言道：“不要同我讲啥个江湖义气、慷慨豪爽，上海滩之外，哪里出了杜月笙这等人物？”

默默是妄妙之人，和尚头、丹凤眼、眉尖打结，他谈吐风趣，下流话从他嘴里说出来也变得无邪有趣。我三不知驱车去春申路四季苑他家撒娇诗院打秋风，左右他是闲散的上海“老克勒”，无须偷浮生半日。我俩歪在沙发上清谈，撒娇诗院满目书墙，下午阳光透进屋子，客厅地上竹影轻曳，了拂魏晋之风。竹影退去，天光擦黑默默起身，八字步摇晃，修长的背影进厨房，不久弄出一桌家常菜，响油鳝丝、熏鱼、红烧油面筋塞肉、四喜烤麸、凉拌皮蛋、蒸咸肉、炒鸡毛菜，他祖籍盐城，烧的菜口味偏重，正合我意。秋天大闸蟹当家，冬日腌笃鲜是不可少的。我告诉默默腌笃鲜源自徽菜，若用腌制的青鱼块做鱼笃鲜，味道尤胜。

门铃响起，梅花落进屋，提溜两瓶烈酒。梅花落是重庆妹子，江湖儿女的性情，她诗酒飒爽，是撒娇诗院常客。她老公青杏小也写诗，如今忙碌生意，每次他迟到时梅花落已喝得零落成泥。

再来的是上海诗人郁郁，花格子西服，头式清爽，拎一摞食盒，打开是七宝陆家白切山羊肉和羊蹄、羊肝，蘸料用酱油和羊汤熬制，甜咸口不遮羊肉的鲜味。白切羊肉配石库门老酒，喝出都市郊野秋冬的况味。

吃喝间不断有人来访，撒娇诗院犹如诗人孤儿院，慰藉漂泊上海滩和诗歌沾亲带故的人。

上世纪末的梅雨夜，我驾车刚过青浦，前面大货车突然打滑、翻倒，横在公路上，我连踩急刹，车还是滑过去撞上货车，下巴磕到方向盘，牙齿碰咬嘴唇，一嘴稀碎血肉。我下意识吞下，感觉满口咸腥，闪念《三国演义》里夏侯惇拔矢啖睛大呼曰：“父精母血，不可弃也！”想到此心中居然生出自喜，好歹老子也算是吃过“人肉”的。

车毁得不严重，引擎盖变形直冒热气，打火尚能启动慢行，好歹开到虹桥上海武警总医院。挂急诊到口腔科，护士安排我坐上牙椅，衣服血迹斑斑，似刚吃败仗的伤病员。

推门进来高挑的女军医，白大褂、白帽子、白口罩，眉清目秀。她放倒牙椅，仔细检查清洗伤口，给我下嘴唇缝了七针。她离得很近，眼窝如静水深潭。没打麻药，我竟然也感觉不到疼痛。

次日中午，乡党朱光权为我设宴压惊，特地点了新菜“椒盐猪蹄”，说是厨师长知道他爱吃猪蹄，精心研制此菜。

我顾不得嘴疼，把猪蹄撕成小块塞进口中用后槽牙细嚼，果真皮脆、肉炽、味香，吃得忘乎所以，乡党提醒我嘴角渗出血了。

厨师长是安徽铜陵大通人，请教他椒盐猪蹄做法，无非是姜、葱、蒜、盐、酒、糖，加胡椒粉、花椒粉，选黑毛猪前蹄剁四块，调料腌制片刻，上屉蒸熟，冷却后油炸至表面起小泡，装盘撒上调制的葱花、红椒、碎蒜。

他退伍回老家传授这道菜，十几年后成了大通镇的风味，家家饭店做椒盐猪蹄，四方客人慕名去吃。

我吃过各地的椒盐猪蹄，总觉得差些意思，究其原因是厨师为了烹调得方便，省略腌和蒸的程序，大锅煮熟猪蹄，肉的鲜味被释放到水里。《西游记》中妖怪都晓得唐僧肉必须蒸来吃，二师兄的蹄子自然要蒸！蒸猪蹄是为锁住原始的肉香。德国猪蹄烟熏火烤，绝配德国黑啤。我尝试猪蹄腌制蒸熟后用烤箱烤，口感好且不油腻，做起来省事得多。归纳椒盐猪蹄的秘诀在于腌和蒸，之后炸和烤不同味道，我个人偏爱烤猪蹄，最好炭火烤，油滴溅起的烟火烧灼猪皮，焦香四溢。

写至此满口生津。犹念及给我缝针封口的女医生，可惜她的眉目在岁月里已模糊了。

上海从前是小渔村，1843 年洋人开埠建码头做生意，买办、商人、冒险家涌入，随之而来讨生活的百姓，带来各自家乡的饮食习俗，融合浓油赤酱的本帮菜，演变成如今口味清淡的上海菜。

提起上海菜，众口皆云源自苏锡常杭甬越，其实民国年间上海滩有五百多家徽菜馆，占据上海餐饮龙头地位。安徽人在上海滩的式子不小，警备区司令杨虎是安徽宁国县仙霞乡人，民国第一杀手斧头帮老大王亚樵是合肥人，大文人胡适是绩溪人，皖人混得风生水起。

徽菜厨师多出自徽州绩溪县伏岭村，新中国成立后上海国营餐馆的主厨以绩溪人为主流，他们将本帮菜和徽菜融合，形成现在的上海菜，著名的腌笃鲜、红烧滑水、小馄饨皆源自徽菜。民国徽商自带家厨纵横江浙沪，浓油赤酱同源徽菜重油重色。

民国时期上海滩的锦江菜馆，是为数不多的川菜馆，名头大得很，达官显贵无不捧场，买老板董竹君女士的面子。

新中国成立后，上海政府收购华懋公寓，潘汉年副市长登门邀请董竹君出山，筹备新中国第一个国宾馆，命名“锦江饭店”。

青衣素食

陈奕文是室内设计师，雅痞的江南才子，他设计的餐厅和茶馆用料朴实、别致清新，透着时尚古典主义气质。

初次谋面是他来徽州见我，商谈新安山庄改造事宜。他独自从杭州驾驶吉普车，天擦黑抵达黟县归园，一蓬乱发和络腮胡，T恤衫牛仔裤，人生得松散修长。如见故交，我招呼厨娘丽芳做几个归园私房菜，领他穿过环碧廊、截春桥，移步四十二狻猊榭落座看茶。偌大的园子只我俩人，喝绍兴老酒扯闲篇，我们聊园林、陶艺、布艺、竹藤，也聊吃喝。他说他太太在杭州开了家素食餐厅，叫“青衣 · 素食”，我被名字里的“青衣”打动了一下。

再去杭州，奕文在“青衣 · 素食”招待我。

餐厅在庆春路青年旅社十五楼，环境简约明朗，青白二色打底，装修采用一些布艺和陶艺的元素，晌午的光线从窗户透进来，形成一条条光谱，养眼得很。餐厅菜品青丝丝的，有别于传统素食，印象颇深的开胃菜是青衣手卷，一片紫菜卷成圆锥体，里面包着果实类素沙拉，握在手中像甜筒，口感酸甜交错。素菜一道道上桌，土豆是土豆的味，青菜是青菜的味，没有多余的配料和油水，没有仿荤，尽量保持菜蔬本真的色味。葡萄酒是店里自酿的，酸度差点儿，不用醒酒，冰镇后更好喝。

桌上素食如静物，我想起诺曼·麦凯格那首诗：

绘画里的蔬菜
和你的注视
那么静好

奕文告诉我，“青衣·素食”餐厅约四百平方米，装修仅用几万元，契合环保素简的理念。他说装修最是悲哀的行当，无论你花多少心思，设计得多精妙，几年后终难逃被拆除的结局，今后要转行去做建筑设计或家具设计，想构思一把可以传世的椅子。

我估计他近来去过巴塞罗那，被高迪打过脑袋。

这些年周游列国，唯一令我忽略食物关心建筑的城市就是巴塞罗那，无所不在的高迪随时打晕我，米拉之家的椅子造型非凡，看进眼里拔不出来。心心念念几年后，我托朋友购得米拉之家博物馆复制的两把高迪的椅子，辗转运到北京家里。晚上起夜，时常瞥见客厅里极具骨感的椅子，似是两只即将行走的动物，它们弯曲的扶手臂、膝关节突出的椅腿、球茎形的椅角，无不在夜色里透露出一股奇怪的生气。

从奕文那里得知，“青衣·素食”已关张，因太太陪孩子去国外读书。这是我印象颇深的素餐馆，那天中午空间里的阳光、色调、吃的细节早已模糊，只记得是清新的素菜。就像看了出戏，谁会记得台上人唱了什么词文，离场回味的是角儿的行腔韵味、柔婉身段，是青衣水袖云卷云舒的心境。

江南经典的传统素食数“功德林”。

功德林 1922 年由杭州城隍山常寂寺俗家弟子赵云韶创办，民国时期开到上海，李叔同、鲁迅、吴昌硕、杜月笙等皆是座上客，在此清茶素食消磨时间。

功德林的素食是淮扬菜底子，擅长仿荤，食材原料无非三菇六耳、时令蔬菜、豆制品。烹制中杜绝五荤，即葱、蒜、韭、薤、兴渠，说五荤“熟食发淫，生啖增恚”。功德林的口碑菜有金刚火方、罗汉上素、素蟹粉豆腐、素油爆鳝丝、素糟熘鱼片、素馅包子……

我不喜素食仿荤名字的俗气，有股子老和尚意淫的酸腐，却爱极功德林的素食，上好的素菜起个荤名何苦来哉？转念一想也没什么，毕竟功德林非比庙里的香积厨，它是公众餐厅，素斋饭是做给居士吃的，若不是用仿荤的由头，厨师断然研发不出如此丰富的素食味道。

居住上海十几年，南京西路的功德林我常去，中式环境和菜品相配，偶尔和朋友去吃，提一壶老酒，聊一箩筐素不啦叽的闲话。

晚饭后华灯初上，沿南京路往外滩散步，人凭酒意恍惚，竟似回到我外公厮混过的十里洋场。

周恩来曾提议在北京开功德林饭庄，以便接待吃素食的外宾。1984 年，功德林出现在了前门南大街，匾额是赵朴初题书。定居北京后，我去吃过一次，菜终归比上海老店少点儿滋润，或许是北方水土气候影响食材表现的缘故。

我在上海城隍庙曾淘得一本民国时期的《功德林素菜谱》，其中记载十类一百八十八道菜式。此书随我迁徙二十多年，不舍丢弃，其中《功德林素菜谱》第一素菜“功德火腿”原文如下：

功德火腿

原料：

豆腐衣五两，冬菇汤四两，姜末一钱，味精二分，酱油五钱，白糖一钱，五香粉一分，绍酒三钱，芝麻油一两。

制法：

1. 炒锅置旺火上，加入鲜汤、酱油、味精、白糖、五香粉、绍酒、姜末烧开；把豆腐衣撕碎（一张约撕成五六块），放入汤内拌匀；将锅端离火口；待汤稍冷后，用手将豆腐衣揉搓透；再待十分钟左右，使汤汁全部为豆腐衣吸干，淋上芝麻油拌和。然后再用白净粗布将豆腐衣卷成长四寸、直径三寸的圆柱形，外面用纱线扎紧，笼用旺火蒸两小时左右取出，使其冷却。

2. 待完全冷却后，去掉包布，将豆腐衣卷顺长剖开，切成一分左右的薄片，整齐地排入盘内即成。

特点：

此菜呈栗色，形似火腿，软中带韧，咸香味鲜，为佐酒佳肴。

近年来北京素食馆风行，我吃过环境不错的"京兆尹"，菜品借鉴西餐、日料，吃的是锦素，堂间一长裙姑娘轻抚竖琴，让红酒、刀叉不至于孤单，中西文化混搭，主人没少花心思，客人没少花钱。

我爱吃偏开在酒仙桥 798 艺术区一隅转角的"禅豆素食"，小馆简单清幽，价格亲切，菜肴不失素食的质朴本味。

真正的素食是没有荤腥的。荤，偏旁为草字头，自然是植物；腥，泛指鸡、鸭、鱼、肉、蛋。

追溯到春秋战国，在周礼中荤是指类似于大蒜、葱、薤、韭菜、姜等重口味的蔬菜，吃到嘴里产生辛辣异味，说话喷口有失风雅，遭士大夫嫌弃，贬之为“臭菜”。讲究的士大夫忌的是“荤辛”，被后人讹传成“荤腥”，反而饶了许多动物的生命。

传说中神仙吃素，最早笃行素食的当属心愿羽化登仙的道家，《庄子》奉行“蔬食而遨游，泛若不系之舟”。道家生活简朴，寻一处有丹霞红土的山峰修仙，能够餐风饮露长生不老，是道士的终极追求。

西汉淮南王刘安，是个神仙迷，他炼丹时偶然发明豆腐，于是有了人类最伟大的素食。豆腐的出现是革命性的，它赋予食物更多可能性，尤其素食不再局限于草、叶、根、茎，此后素食得以广泛流传。

及至南北朝，笃信佛教的梁武帝好素食、忌杀生，以己度人颁布《断酒肉文》，号令天下僧尼戒色、戒酒、戒肉，开启中国寺庙素食的时代，他亲自下御厨研制出后人称为素食之王的面筋。

唐宋期间食用豆腐普及，明清寺院僧厨已能烹调品位甚高的全素席，同时出现了仿荤素食，如素鸡、素鸭、素鱼、素火腿等，不仅形似，味道也接近。说到底仿荤还是断不了荤念，素得不清不净。佛经《戒律广本》写的明白：佛教没有吃素的规定。过去僧人乞食化斋，施主给什么吃什么，哪里容你挑荤捡素。一念之间，生死尚且攸关，何况荤素。

上海玉佛禅寺的罗汉斋向来不俗，用料繁复，多味融合，可谓一菜成席。90年代我有缘多次拜访钱君匋先生，随老先生到江宁路玉佛寺去吃午斋，一钵罗汉斋，一碗阳春面，吃得魂不守舍，临了求得钱老先生一幅四尺三开的牵牛花葫芦，福气到顶了。

前不久去上海拜望老画家陈家泠先生，陈老八十三岁气色如三十八，我陪他一壶清茶热聊到子夜，次日邀我去玉佛寺观摩他捐赠的佛绘，纸上丹青透出十八罗汉的生动庄严。

中午玉佛寺素方丈安排的斋丰盛，可惜一钵罗汉上素却非往日滋味。

罗汉斋又称罗汉上素、罗汉全斋、十八罗汉斋，讲究的做法是采用花菇、口蘑、香菇、鲜蘑菇、草菇、发菜、银杏、素鸡、素肠、土豆、萝卜、胡萝卜、川竹笋、冬笋、竹笋尖、油面筋、黑木耳、金针菜十八种原料，通过烧、煮、煨、炖而成，以示对十八罗汉的礼敬。

令我惊绝的素食是“淮扬刀客”侯新庆的文思豆腐羹，一次中外名厨云集的宴会，侯师傅现场表演切文思豆腐，布条蒙住眼睛的他轻握菜刀，谈笑间将嫩豆腐丝切得细若白发，浸入清水中抖散开来，好似一团“十丈垂帘”白菊。文思豆腐羹除豆腐丝外还加入少许冬笋丝、香菇丝，切得同样细致，用素高汤焯成，口味自然不俗。

文思豆腐羹本是寺庙的茶点，是乾隆年间扬州天宁寺文思和尚创制。后人吃茶不再讲究，这道茶点被厨师借用，做成一道汤羹，改用荤高汤，增加火腿丝、鸡丝，做成淮扬菜著名的文思豆腐羹。

敬亭山下曾经是大片国营果园，春天桃花、梨花漫山竞开，红如霞，白似雪。宣城自古习俗“三月三上敬亭山”，登山途中先到宋朝寺庙遗址“双塔寺”逗留，然后穿过缤纷的果园，经一坡敬亭绿雪茶山，始拾级登高。初中同学熊兆林的父母是果园林场职工，暑假乳梨成熟，同学心馋相约去敬亭山，果林包围他家屋子，我们爬上梨树，吃饱了才下来。

敬亭山半的翠云庵本是道观，坐东朝西，背依岩谷，面临深渊，始建于唐朝，玄宗之妹玉真公主曾在此修行，道号“持盈法师”。浪子李白爱慕公主，从长安追她衣袂而来，玉真道姑闭门不见，无奈之余惆怅作诗：“相看两不厌，只有敬亭山。”千年之间，翠云庵由道观变成寺庙，寺庙变道观，反复无常，终因道教式微，1987 年敬亭山遗址修复时，政府确定翠云庵为佛寺尼姑庵，供了许多泥菩萨。2019 年不知何故又拆了，如今是一地空墟。

少年时我常登敬亭山抒怀，心情好去，不好也去。那时翠云庵一片杂草丛生的废墟，唯独一棵参天古树，伶仃矗立遗址上，努一把劲爬上山顶，八面来风，心自开阔，眼见山下白水环绕的城池渺小遥远。

宣城的汪姓同学，是夏渡乡农家子弟，寒窗十年考取民航大学，毕业分配到黄山机场，二十来岁升至高管，算是出人头地。

汪同学 1989 年底莫名辞职遁入空门，追随九华山大和尚仁德法师出家修行，赐名释圣苏，因与仁德法师见解不同，黯然下山。后为善导大师之净土法门感动，皈依净土宗，法名释净宗。2000 年悄然回归故里，在敬亭山下借一户民宅作精舍，传播念佛法门。

那时我已娶妻生子，在世俗红尘里混得不可开交。

一日上午心血来潮，前往敬亭山拜访汪同学。他身着一袭淡赭色海青，见面合十寒暄，递给我一张名片，正面写“释净宗”云云，背面印有烫金如来佛像。汪同学我们在窗明几净的空屋子，结跏趺坐，有人奉一杯新茶“敬亭绿雪”。他不提过往，不问当下，谈佛论经，言语冲和自在，无喜无悲，清瘦若竹的躯体精神充沛。正午木鱼响起，起身让我去吃斋棚吃饭，原木长条桌上碗筷摆放整齐，桌旁站立几个灰衣短褂沙弥模样的年轻人。他坐下大家方落座。桌上青菜、豆腐、笋子、扁豆、萝卜汤，专人拎着饭桶添饭，大家随他低头合十，念三声“南无阿弥陀佛”后开吃，席间安静，只有轻微咀嚼声和碗筷碰撞声。饭吃得慢吞，细品出蔬菜和米饭的真滋味。

我年轻体壮嗜好大鱼大肉，腻于酒色财气四堵墙内，吃遍宣城九街十八巷的馆子，皆如猪拱槽般粗放，唯独敬亭山下一饭一蔬，令我心存感念。

离开宣城十几年，回乡探亲再去敬亭山，旧日精舍已成颇具规模的弘愿寺，背靠敬亭山，旁依静水深潭，仿唐建筑毫无朱门黄墙琉璃瓦的庸俗。印象中弘愿寺只供一尊高大鎏金的如来佛塑像，寺内不接受香火，空气里流动着野地花草的清新，僧人诵念“南无阿弥陀佛”声声，显得山寺格外幽静。

以往春秋时节我常去景德镇三宝青野工作室小住，喝茶读书玩泥巴，闲来曾点拨晚生李唯，用粉彩创作青菜、萝卜，在一对春山玉品油脂滑润的甜白釉茶盏上分别画青菜、萝卜，色泽淡雅温润，颇受茶人追捧。她问我为什么喜欢青菜、萝卜，我说：“青菜、萝卜保平安。”

李唯在景德镇陶瓷大学读研究生，娴静慧朴，笔透文艺，她笔下的新粉彩瓷画，堪比妙玉煮雪，看着养眼。

青菜品种繁多，各地大同小异，霜打后的青菜尤其好吃。

90 年代冬日，我出差南浔古镇，镇上水陆阡陌，农妇坐在道旁，叫卖当地称作绣花锦的青菜。菜叶上的脉络曲张如锦绣花纹，菜叶边呈葵瓣，用少许大油清炒，撒盐起锅，吃起来沙甘糯香，叹为观止、食止。此菜只宜清炒，加任何辅料都败其味。绣花锦生长在南浔方圆十里地，十里之外则变普通青菜，徒有其形却失其味，如橘枳差异。

儿时在矿上，妈妈带我们开垦一块小菜地，种青菜、萝卜、辣椒、蚕豆。萝卜个大汁多，当水果生吃，然吃多了呕心。妈妈下厨用菜油、酱油和八角，居然把萝卜烧出肉的滋味。

1996 年深秋，我在北京长安大戏院观看张火丁与张春华同台京剧《秋江》，张火丁张口“那一江春水东流去，小舟能载几多愁”，行腔婉转幽远，翩若惊鸿，青衣风韵恰如透鲜的素食，意味深长。

吃蛇者说

我打小皮肤不好，小腿和脚上长黄水疮，痒的很难受，一挠便皮肤红肿发脓包，破了会流脓水。妈妈带我去矿部医院问诊，医院位于矿部大院外满是松林的山头上。爸妈和他们的同事是港口煤矿最早的拓荒人，我还记得他们开山修路的情形，在山头上平整场地，盖医院、供销社、邮电局、理发店，矿上人称那里为“山头上”。平时买米买面、打酒打酱油去供销社，一长溜平房，一半卖副食品，一半卖百货和文化用品。医院在供销社马路对面，医生看了看我的腿，开些 PP 粉加软膏，嘱咐我每晚清洗后抹在疮口。很快腿上到处结褐痂，痂下面仍然有脓，未见得好转。邻里张胖子告诉我妈“偏方治顽疾”：想法子弄条蛇炖汤给孩子喝，蛇汤清热解毒，对皮肤病有益。

张胖子是个神人，在港口煤矿一号井做井下采煤工人，四十来岁，个子一米八几，胖大魁梧，头发卷曲微黄，高鼻凹目，相貌异于常人。档案记载他起小是不明来历的孤儿，流落淮南街头，靠捡煤渣讨饭度日，十六岁那年淮南解放，政府安排他做矿工，又不知暗地里师从哪位高人练拳习武，长成一条壮汉，下矿井干活一个顶俩，年年被评为先进生产者。每月三十斤的口粮不够他吃，肚子常常饿得慌。鉴于优异的工作表现，政府特批给他每月增加十二斤粮票，尽管如此，仍要自己再买些粗粮才勉强吃饱。

港口煤矿练武的有两个人，一个是保卫科干事林东海，部队特务连转业，三十来岁，个不高，黢黑精瘦的，有点儿O形腿，长得像猿猴。据说他会打猴拳，出手“二龙戏珠”“荫下摘果”，说白了便是插眼掏裆的毒招。

周末晚上矿部灯光球场篮球比赛，是看露天电影以外的盛事，球场外围满观众。打后卫的林东海在一群高个子球员间穿插，身手不落下风，三分球投得特准，吸引许多叫好。后来林东海与大院里玩单双杠的待业青年起冲突，青年甩起一拳，把他左眼打成乌青，从此猴拳神话破灭。

矿上第二个练家子是张胖子，他每天傍晚在自家后院舞弄石锁，几十斤的石疙瘩被他抛起接住，配合四肢的动作，石锁在他身体周围上下翻飞。夏天他食指和中指挑起凉床，放到自家门口乘凉，从未有人见他练拳脚。家里四个孩子只教老大春孩，父子俩起早摸黑跑到灰山僻静处偷偷练功。矿上几千号人，不乏调皮捣蛋的，没人敢对张胖子找茬儿，他胳膊粗，拳头大，足以令人生畏。

小学三年级那会儿读《水浒传》，觉得他像鲁智深，问他能不能倒拔我家门口的柳树，逗得他大笑。

张胖子略懂岐黄之术，逢星期天便背箩筐去大山里采药。大山叫白崖山，我去过一次，沿途许多老坟，深山野岭时有兽虫发出怪声，常人不敢独自进深山。他却不当回事，草帽、背篓、竹杖三件行头，天不亮出门，傍晚回家，采回一筐中草药在大院公共水龙头清洗，有党参、三七、葛根……党参洗净后便吃，嚼得咯吱响，羡煞旁人。张婶没正式工作，在矿部做零星小工，春孩初中毕业被矿上招工下井挖煤，二女大霞高我两届，阿三、阿四俩小子和我同班。

那年代胖人不多，像他们家全家都胖的更少，矿上人说是吃参补的。

张胖子说蛇的次日，恰巧附近农民逮住一条近两米长的菜花蛇，黄花斑斓的蛇缠绕在农民的胳膊和上身，农民左手掐住蛇颈部，蛇口中咝咝吐出蛇信。农民身负大蛇招摇路过矿部，大人小孩稀奇围观。

矿部大院中间一条主路，路边三栋平房，每栋前后三排，一栋平房住四户人家，十八栋平房的间距形成横竖的支路。我家厨房后门正对主路，妈妈闻讯出来，问他蛇卖不卖。农民愣住了，从没有人买过蛇，不晓得怎么卖蛇，他犹豫又难为情，说："卖莫事钱呶，你看着把点。"

我妈出一块钱，他留下蛇欢喜离去。那时猪肉七毛三一斤，鸡蛋一毛钱三个，农民面朝黄土背朝天一日挣十个工分，只值三毛钱。

招呼来张胖子，我妈把困在网兜里的长虫交给他处理。张胖子撸起袖子，拎着蛇尾巴悬空抖它几抖，对围观的人高叫："好蛇！好蛇！"

我家门口两棵大树，左边是柳树，右边是杨树。春夏时节小孩儿折柳枝编成环，戴在头上骑马打仗。杨树高直，树顶一个鸟巢。

张胖子用铁丝箍住蛇颈，挂在柳树枝上，口中念念有词："龙隰远青翠，蛇柳近徘徊。"挂好后用手从上往下将蛇捋直，使小刀在蛇七寸开个口，小心取出蛇胆丢入酒碗中，用刀尖戳破，绿色胆液在酒中润染下沉，张胖子仰脖连酒吞下蛇胆，碗底朝天亮相，围观的人啧啧惊叹。

再用刀划开蛇肚子，扒出内脏，从蛇颈部割开，让蛇皮脱离蛇肉，捏紧蛇皮往下拽，边拽边用刀划皮肉相连处，拽到蛇尾切断，保留一张完整的蛇皮，白花花的蛇肉犹在悬空扭曲开合。最后切掉蛇头，留下蛇肉，收拾完菜花蛇张胖子拿走蛇皮。妈妈把蛇肉洗净剁寸段，放进瓦罐清水里，拍一块老姜，结一棵小葱投入，煨在煤炉上。

天擦黑，玩伴们陆续被自家妈妈喊回家吃饭，我坐在厨房看火，煤炉上蒸汽冲得瓦罐盖子颤响。我琢磨蛇皮和二胡上蒙皮花纹是一样的。

异香逐渐透出瓦罐，我从未闻到过如此清野的香气。妈妈封住炉火，揭开盖子，放几粒粗盐，雪白的蛇段在水雾里翻腾。见到肉我满眼绿光，妈妈笑我是饿死鬼投胎。蛇肉和汤盛到蓝边碗里，蛇汤清澈，甘鲜无比，这是我吃过最好吃的一味中药。蛇骨多肉少，肉贴在三角形脊椎两旁，成丝状，啃半天方啃干净，骨头梆硬嚼不动，便宜了一旁围着桌子打转的狗子。

此后每年会吃几次蛇汤，附近农民打到蛇直接送来我家，托蛇的福，我腿上居然不痒了，黄水疮慢慢痊愈，至今没有复发。

国人吃蛇治病的传统，最早记载出自《山海经》：“巴蛇食象，三岁而出其骨，君子服之，无心腹之疾。”作者语焉不详，心腹之疾应该是心病，类似恐惧症。蛇吞象，人吃蛇，人心不足呀。蛇作为佳肴远可追溯至西汉，《淮南子 · 精神训》记载“越人得蚺蛇以为上肴”；东汉《南裔异物志》记载百姓以蛇肴待客；唐代《投荒录》《酉阳杂俎》诸多笔记，屡见对越人、岭南人吃蛇的描述。大吃家苏东坡被贬岭南也爱上吃蛇，有诗为证：“平生嗜羊炙，识味肯轻饱。烹蛇啖蛙蛤，颇讶能稍稍。”以前在北方爱吃烤羊肉，现在觉得蛇汤和蛙肉挺好吃。后辈朱彧妒忌东坡的食色人生，在其著作《萍州可谈》里八卦：“广南食蛇，市中鬻蛇羹，东坡妾朝云随谪惠州，尝遣老兵买食之，意谓海鲜，问其名，乃蛇也，哇之，病数月，竟死。”这个淡扯得离奇，东坡既爱吃蛇，他的小妾朝云怎会怕蛇羹？朝云死于瘟疫，东坡在祭文里说得明白。朱彧杜撰朝云被蛇羹吓死可笑，却记录当地风俗，宋代蛇肴已普及岭南的民间。

岭南人吃蛇习俗保持几千年，专营蛇餐的馆子似乎只在广东有过。1989年实施《野生动物保护法》，卖蛇餐明面上基本绝迹，唯国营“蛇餐馆”继续营业。蛇实现人工养殖后，部分餐厅申请领到野生动物经营许可证，广州吃蛇之风再兴起，蛇菜的丰富程度远胜于以往，煎、炒、烹、炸、火锅、煲汤，甚至用蛇肉包饺子。

广州浆栏路的“蛇王满”是老字号，创始人吴满原是捕蛇者，清朝末年在珠江旁搭竹棚，收购蛇皮、蛇胆卖给药铺，蛇肉自家吃不完，扔掉可惜，于是开了家“蛇王满”餐馆，专门烹饪蛇肉，不料插柳成荫、名声大噪，传承几代不衰。新中国成立后公私合营，弃用个人字号，“蛇王满”更名“蛇餐馆”。

1965年，切·格瓦拉访华期间曾在此品尝蛇宴，墙上挂着他叼着大雪茄，很拽的照片。

九十年代初我出差广州，住在流花宾馆，乡党蚌埠人氏钟意同我去吃“蛇餐馆”。那日广州大雨滂沱，雨水砸在地上起烟雾，下出租车进“蛇餐馆”几步路，全身淋得透湿。幸好被他家的三蛇炖水鱼、椒盐蛇碌、辣炒蛇皮、蛇胆酒抚慰，因不吃猫肉，没品尝“蛇餐馆”大菜菊花龙虎凤。

隔几年再寻去，国营“蛇餐馆”关张了。

前不久应江彪兄之约去香港觅食，住奕居酒店，闹市山林，自是一份幽静。上午睡觉，下午我俩去看画廊，晚上下馆子，落得清闲快活。偶遇来港采购食材的粤菜名厨钟伟洪、阿敏夫妻，请我和彪哥吃了一顿稀奇，难得清蒸六斤重的黄皮老虎斑。正值秋末，七福酒家大厨现场烹煮菊花五蛇羹，其色芬芳，其味鲜绝，品味蛇羹似曾相识，扫听大厨来历，居然是“蛇王满”厨艺的传人。

“永州之野产异蛇，黑质而白章……”据考证，异蛇是“五步蛇”，皖南又叫“五步龙”，出没于山岭，传说不幸被此蛇咬伤，走不出五步必死。初中语文课上《捕蛇者说》时我妄想，此生定要尝尝此毒物。

多年以后的夏天，去株洲参加中国当代陶艺论坛，东道主陶艺家张尧教授请我和山东陶艺家远宏教授在湘江边消夜，吃当地著名的口味蛇，厨子从笼里捉出一条黑质白章的蛇活杀，声言此蛇来自永州。带皮的蛇段用辣椒和老姜爆炒焖烧，蛇是冷血动物，属凉性，椒和姜辛辣驱寒，它们互相融合激发，在口腔上演“朋克摇滚”。那晚口味蛇香得可以，辣得可恨。俩教授和我顾不得斯文，脱衣赤膊上阵，不停用冰镇啤酒浇火烧火燎的肠胃。

近几年常在海南归波楼猫冬，读书观海之余，去乡野兜风觅食。曾和小友吴成峰游陵水小妹湖，山路崎岖不通，车停路边步行进山，看到别样景色，空山新雨后，薄烟缭绕湖面，一练瀑布自天上挂下，连接碧水深潭。傍晚，在吊罗山下小妹湖旁黎族寨子的农家乐，我们暴吃一锅过山峰炖蚵干，山珍海味一相逢，胜却人间无数。汤浓、蛇甘、蚵糯，吃得浑身发躁，恨不得投身小妹湖图个痛快。

汤食是南方宴席的重头戏，清汤为上，浓汤次之；本汤为上，杂汤次之。

我曾试问名厨大董：“什么汤为上品？”

大董说：“花蕊夫人的开水白菜。”

他问我怎么看，我以为：“蛇汤有清、野、甘、鲜之味，汤不夺蛇，蛇也让汤，清汤寡水里隐藏荒野蛮霸之气，当属汤中仙品。”

十九岁的我，披肩发，喇叭裤，落寞而坚定。从宣城乘长途客车穿行斑斓秋色，柏油路两边大树交柯成林荫隧道，恍若时空交错。我怀莽莽心思，去郎溪县教师进修学校找老丁玩。

学校离郎溪县城约三五里地，周围是红土岗，杂木茂密凌乱。我到的那会儿老丁正在给学生上课，一杯茶、一根烟、一把椅子，跷二郎腿坐在讲台上，面对年龄和他相仿的乡村进修教师大吹法螺。

他同事领我去宿舍，进门便嗅到一味仙香，发现墙角煤油炉上钢精锅里正炖着东西，打开锅盖见蛇汤翻滚，蛇不大汤不多，用筷子戳一下蛇肉已熟烂。我咽下口水盖上锅盖，又见窗台上有瓶老白干，顿时把持不住，稀里糊涂地消灭一锅蛇汤半瓶白酒，把自己撂倒在床上，做了个清秋大梦，梦里雷峰塔倒掉，西湖水倾覆，法海携白蛇青蛇在人间逍遥快活，许仙恨不能杀蛇炖汤。

老丁拍醒我问：“蛇汤好喝吗？”

我咂摸嘴边残留的甘鲜，方回过味来。

他恨恨地踢我一脚，拿饭盒去食堂打些饭菜，借几个鸡蛋回来炒辣椒，我俩喝光剩下的半瓶酒。

老丁是芜湖人，在家行三，小名三毛，下过乡上过大学，他长我七岁，相貌清癯，说话唠叨却不失风趣。他妈搞笑评价：“我家三毛，天上的事晓得一半，地下的事全晓得。”

我少年时渴望知识，手上能读到的书有限，因写诗结识老丁后，他的话作料是我最好的下酒菜。

学校后面有片红土岗，老丁说山岗上埋葬了一个早夭的女孩，他话语间神情落寞，可想而知那女孩生前的模样。在我心目中“女鬼”是美魅的，如《聊斋志异》，如《楚辞 · 九歌》，读高中时我夜里临摹傅抱石的山鬼、湘夫人，心惊胆战却不舍搁笔。

厕所在教室后面的红土岗下，夜里乌漆麻黑没有电灯，一排蹲坑像钢琴黑键，蹲坑下面是空荡的粪池，山风在其间穿梭呜嘤。

我自恃胆大，半夜独自上厕所，擦燃火柴看准蹲位，感觉屁股蛋子凉飕飕的。我哆里哆嗦不断擦火柴，擦火柴的声音、燃烧的火焰、硝烟的香气让我放松，忽略惊慌，擦完最后一根火柴，大便还是拉不出来，只是蹲着撒了泡冷尿，提起裤子，仓皇逃回宿舍。

老丁还在熟睡，我打开日记本想写些什么，怔忡半夜没有落笔。

蜕壳的禅

如今，老安浑身和风充盈，一动一静自然有禅定气象。他无争的生活态度、非无想的颜色釉瓷板画，由内而外透出“不二”的意念，如良庖的锅气隐秘涵养。

刚认识他那会儿，满脸山东汉子的纯良，麻衣布衫，肤色如麦，头上一蓬乱发扎成马尾。

老安大名安锐勇，山东威海人氏，是景德镇早期“景漂”，身上全无流浪艺术家的尖酸自大。威海是我熟悉且喜爱的城市，对那里的人有天然好感，彼此熟悉后，我开玩笑嘲讽伪艺术家标志是有蓬乱的发、须、毛，老安微笑不语。

再见面，他已剃发吃素，成皈依佛门的居士。据说他刚失恋，不知是否受了刺激。

一段日子，周末我从黟县归园驱车往景德镇，和寄居在前村的老安、朱迪、干道甫结伴，饮酒、喝茶、清谈、玩泥巴。

那时花一下午工夫在老安家喝茶，对碌碌的我来说真是奢侈。喝着喝着觉得无聊真好，拼命赶路，赶到前面无非还是路，却错过了路上的风景。

前村是“景漂”们的根据地，白天各自在老鸭滩忙陶艺创作，晚上扎堆老安家，喝茶聊艺术，如我们办诗社那些年的光阴。

夏日，前村的繁星之夜，我和干道甫、朱迪、老安在他家门口乘凉，望着瓦蓝的天空发呆，我提议哥几个成立“冰蓝公社”，为玩泥巴找个理由。大伙响应，于是中国第一个当代陶艺团体诞生在景德镇前村的夜晚。

晴朗的天气，我们去三宝山谷人迹罕至处探幽，在十里香飘荡的溪流旁打坐，下午回前村，路过村民的菜园子，摘些蔬菜，去老安家包素饺子。老安下厨房和面、洗菜、切菜、炒鸡蛋、调馅，厨房小容不下两个人，他麻溜地准备好后将面团、饺子馅端到客厅的桌上，我擀面皮供干道甫、朱迪包饺子，这当口儿老安整出几个凉菜，什么拍黄瓜、拌茄子、煮花生、香椿拌豆腐或小葱拌豆腐。或有朋友不期而至，饺子不够吃，令煮一锅粥，热几个馒头，再炒个土豆丝、卷心菜、西红柿鸡蛋什么的。一次吃老安的煎蘑菇，香得可以，其味不绝于口，我问做法，他说：“新鲜蘑菇冲洗一下，淡油薄盐用心煎熟即可。”“用心”可谓老安做菜做人的要义。

老安的素食清爽可口，作料只搁油盐，他是我眼中的使盐高手，掌握火候用盐激发出蔬菜内的甘鲜。

陶瓷的成分是硅酸盐，在窑火里烧制成器。老安创作可谓慎思敏行，他酝酿良久，感觉来了便去工作室，备好各色釉子，面对泥坯入定，身动时浑然忘我，手抓釉料在泥坯上泼洒涂抹，退步端详再收拾局部，完成后拂袖而去，回前村陋室泡茶煮粥。

信仰是老安的生活，酝酿出渗透宗教气质的陶艺作品《非有想》《非无想》系列。老安创作极具深思，颜色釉假以他手，轻重缓急地安排到泥坯上，期待作品出窑，稍有瑕疵即砸碎丢弃，要求高则出品少。马来西亚有家画廊希望多收藏些他的瓷版画，可是老安创作节奏依旧如京剧老生的四方步，不紧不慢缓缓出场。

2006 年上海艺博会，老安参展的一组颜色釉瓷版画获得金奖，被藏家重金收去，老安面若平湖，不惊不喜。

下午恹恹无心干活，走几步去他家喝茶，老安话少，默默沏茶，我默默地喝，换茶再沏，洗杯再喝。有段日子我在前村租的工作室毗邻他家，秋冬时节村庄恬静，我俩搬竹椅坐在户外晒太阳，暖阳下一壶闲茶，坐着喝着，把人生都喝淡了。

老安笃信藏传密宗，楼上单辟一间佛堂，光线暗淡，檀香缭绕，中央条案上供佛龛，他每天对佛龛磕长头。五体投地磕几百个长头需要很大的体力和毅力，额上渐渐磕出一道隆起的茧子，如似开未开的天眼。如此死磕，佛不在意，他自己内心的信念却越发笃定。

皈依后老安每年出门作云水游，历经山川古寺洗礼，他神清气闲，如渐悟出土的知了猴儿，夏夜悄悄爬上树梢，蜕壳成蝉，薄翼凭空。

熬过几年清苦的日子，冰蓝公社成员的陶艺渐被市场接受，大伙进驻三宝山谷。2011 年，我在三宝村营造“青野 LOFT”，老安也在村里置地建“素心山房”。山房地处后面山的半山腰，二层楼红砖建筑方正朴实。雨后在二楼茶室凭窗眺望前面山峰轻烟薄云，饮一壶热茶，有世人皆忙我独闲的知足；一层是待客空间，墙上挂着近期的创作，窗前一张实木画桌，朋友们在此喝茶聊天，隔壁大厨房供老安烹调美味素食。庭院靠山，一股溪瀑从山林间跌落，被老安养在院内，旁边丛植芭蕉，入院推门可见，清静得奢侈。阳光灿烂的下午，在院内石桌上喝茶观瀑，听鸟鸣蛙鼓，人生快活无非如此。

去素心山房喝下午茶是景德镇安心的去处。老安好一口茶，常有人来送上各地好茶，顺便带走他的茶器。

日本茶人千利休以为“茶是生活中的俗事之美”。

参禅、喝茶成老安的日常功课，茶品当下，禅达意境；茶可以雅至天高云淡。老安的慧根，不敢说了悟禅茶，至少能无所谓禅茶，他不区别茶客，不执着茶器，不挑拣茶叶，只顾提壶续水，山高水长。

我有缘收藏老安一组瓷版画《非有想 · 1 号》，六条屏构图画面，煅烧出的釉色大片红压一汪青，远看红的宁静，青的流动，慢慢走近发现红色渐淡，青色凝重，走到跟前红几乎褪尽，显露出泥的本色，伸手触摸丝滑润凉，恰似处子肌肤。

话说鳜鱼

妈妈善烹上海菜，看家菜是糖醋鳜鱼，做法没啥特别，无非姜、葱、蒜、黄酒、菜油、酱油、冰糖、陈醋、盐。黄酒一定是绍兴老酒，醋必须是镇江陈醋，这二味调料我家厨房常备，缘由妈妈是绍兴人，爸爸是镇江人。

我的童年在地质队大院度过。

1970年，生产逐渐恢复。爸妈工作的地质队在皖北宿县，组织上把部分骨干调动到皖南宁国县，去那里筹建开采新发现的港口煤矿。

那年我七岁，随爸妈乘坐绿皮火车，告别他们燃烧青春的宿县地质队，奔赴皖南矿区。火车停靠符离集站，我和妈妈在车上守着行李，爸爸挤下车在月台上买了一只烧鸡，打开包裹的油纸，香气扑鼻，烧鸡酥烂脱骨，凝结成冻的汤汁挂在鸡肉上，那味道至今难忘。我们一家三口用手撕巴撕巴吃去一马平川的淮北平原。

符离集烧鸡是最早给我留下印象的好吃食物，是记忆里火车站的味道，那味道曾伴随我青春的绿皮火车蜿蜒前行。我总是肩背绿色帆布地质包，在路上、在别处，几乎所有的火车站月台上都有烧鸡卖，打开车窗买只烧鸡抚慰疲惫的旅途。

到皖南后，我家一日三餐简单却稳定，餐桌上开始出现鱼，七岁前我不记得吃过鱼，甚至不记得吃过像样的饭菜。

爸妈工作的港口煤矿位于港口镇东面三公里，春夏时节，稀里八岔有人提溜柳枝上穿着的几条杂鱼来矿区卖钱，他不好意思吆喝，走到人多处问买不买。有时妈妈会买下这些鱼，我们挤在狭小的厨房里饶有兴致地研究它们，妈妈操上海闲话道："侪是猫鱼，没啥名堂，难办遇到老嬢额鳜鱼买一条，烧糖醋鳜鱼把侬吃，鲜得眯眉毛侪落脱了。"

妈妈生在绍兴水乡富裕人家，她印象中小鱼是喂猫吃的，叫猫鱼。然我家买的鱼，哪怕拇指大小，面拖油炸后吃得精光，连骨头也不会剩，可怜小花猫，遇到家里吃大鱼还能叼到几根鱼骨头，吃小鱼它急得围桌子打转，只有眼馋的份。

矿上公家每年秋冬用煤从浙江沿海地区换回带鱼或黄鱼，每个职工发五斤作为福利。妈妈将鱼统统洗净，切块油炸后放进竹篮子盖上纱布，高悬在屋梁下，防止猫和老鼠偷吃，做饭时站在板凳上从篮子里拿出几块烧雪里蕻，下饭又好吃，偶尔换口味烧糖醋鱼，难免感叹："终归不及糖醋鳜鱼好吃。"

恢复高考第二年春天，为让孩子们接受好的教育，爸爸找机会调动工作进城市，我们再次举家迁徙，这次是全家五口人，离开信息闭塞的港口煤矿，搬家到鱼米之乡宣城。

宣城古称宛陵，战国时期建城，城关镇有九街十八巷。九街指阳德街、木直街、福星街、锦城街、元宝街、奉公街、镇前街、迎恩街、西直大街；十八巷为孙家巷、瓦碴巷、羊市巷、九曲巷、茶叶巷、豆腐巷、低巷、里仁巷、姚家巷、萱花巷、魁星巷、孝义巷、王家巷、槐树巷、朱衣巷、古秀才巷、塔影巷、鹿巷。除东南西北门四条大街铺水泥路，其他分支街道保留青石板道路。两条河流环绕宣城，敬亭山绵延北横，山下澄江如练。江山之间种大片桃树和大片梨树，每年春季花开，桃红如霞，梨白似雪。敬亭山是“江南诗山”，唐代大腕诗人多游历于此，后代诗人难免来此沾点文气。唐代文献记载敬亭山“怪石嶙峋，古木参天”。特殊时期古木被伐尚可解释，怪石却哪里去了？

鱼市巷，新中国成立前是烟花柳巷，百姓酸为“瓦碴巷”。新中国成立后妓院取缔，曾经繁华巷子空闲，小贩聚集在此买卖鱼虾，逐渐成市，人称的“鱼市巷”。天不亮东门大河码头船来，小贩沽兑渔夫的渔获，收到什么卖什么。

水产里鳜鱼价格最高，通身花斑煞是好看。终于要吃到念想中的糖醋鳜鱼了。妈妈将鳜鱼洗净，改一字花刀；鱼身抹少许盐和黄酒腌片刻；拍老姜、葱白入锅爆香菜油，煎鱼至双面金黄，酌量加绍兴黄酒、冰糖、酱油、水，大火烧滚后封住煤炉，改小火慢炖；快熟时加镇江陈醋，打开煤炉门大火收汁，同时用勺舀汤汁浇鱼，撒葱花起锅。

一家五口把鳜鱼吃得剩下骨刺，我把鱼骨一节一节咬开，吮吸里面透明骨髓的油甜。

夏末，上海的大姨妈来宣城探亲，爸爸在鱼市巷难得买到一个五斤多重的鳜鱼头，那天妈妈用大铁锅烧糖醋鳜鱼头，烧好后连锅端上桌。中午，一家人围坐八仙桌前，前后门大开，有穿堂风过，前门外杨树和柳树上的知了欢叫，待大人动过筷子后我们才开动，鱼唇、鱼脑、鱼月牙均是说不出的美味，皮肉富含胶质，骨头被仔细拆解，每次进食前用舌头舔开粘黏的嘴唇，最后鱼头糖醋汤汁拌饭让午餐再次达到高潮。

爸爸拿出舍不得喝的丹阳封缸酒，据说西哈努克亲王爱喝此酒。

学钓鱼我是冲鳜鱼去的。

郊外砍竹竿，上街买鱼线，鹅毛管作鱼浮子，挖蚯蚓作鱼饵，忙碌完毕和弟弟骑自行车出城垂钓，钓来钓去上钩的尽是杂鱼，向“老钓”打听，才知道时间、地点、诱饵都错了。

鳜鱼是肉食者，鱼中“贵族”，栖息江河湖泊水底，潜于峭壁下、石洞中，清流潺动处出没隐蔽，似锦衣夜行的杀手，以身上的斑纹作伪装，捕食过往的鱼虾。钓鳜鱼秋季最佳，清晨与黄昏，以小鱼、小虾为诱饵，锋利的钩尖从鱼虾背部小心刺入，不可伤及脊骨和内脏，保证鱼虾活着在水里游动。鳜鱼是讲究的食客，死的绝对不碰，活鱼虾吃下去会吐出鱼骨和虾壳。它不成群结队，也不落单，一条鳜鱼后面跟随另一条，不知它们是情侣还是朋友。宋人罗愿的《尔雅翼》记载:“渔者以索贯一雄，置之溪畔，群雌来啮，曳之不舍……”渔翁钓到一条雄鳜鱼，数条雌鳜鱼会舍身来救，颇讲江湖义气。

清晨和黄昏，山黛水清处，鳜鱼伏击鱼虾，渔父垂钓鳜鱼。

我钓鱼的历史短暂，老是钓不到鳜鱼，羞愧弃竿。

因自小好吃，我读书格外关注吃喝的内容，这一关注才发现鳜鱼这家伙了不得。北魏郦道元《水经注》称鳜鱼:“其头似羊，丰肉少骨，名水底羊。”似乎是存留最早有关鳜鱼的记录。鱼羊合而为鲜，拿羊比鳜鱼形象上虽有点儿“羊头不对鱼嘴”，就鲜而言，没啥问题。唐朝“烟波钓徒”张志和作《渔歌子》:“西塞山前白鹭飞，桃花流水鳜鱼肥。青箬笠，绿蓑衣，斜风细雨不须归。”写罢觉得不过瘾，照搬前两句再填新词。张志和两句词将鳜鱼之美写绝，以至宋朝苏东坡、黄庭坚、徐俯等将原句照搬入词。陆游“买得钓船双鳜鱼”“新钓紫鳜鱼”，范成大的“钓艇鳜鱼肥”，诸多描写鳜鱼的诗词，当是文人食鱼心得。鳜鱼成为筵上名馔应在宋朝，南宋的《梦粱录》《武林旧事》等民俗文献出现过，那时鳜鱼又称鯚鱼、鯚花鱼，江南至今还沿用这种称呼。元代养生家贾铭的《饮食须知》里说："鳜鱼味甘性平，鬐刺凡十二，以应十二月。"连鬐刺都数清楚，可见贾铭多么爱吃鳜鱼。鳜鱼的刺有毒，它在水中展开背鳍时，美丽暗藏杀机。

斑斓的鳜鱼也是画家的笔宠，八大山人画鳜鱼，冷面利齿，白眼朝天，无可言说的亡国之恨恣意笔墨中，细看却是无水之鱼。

鳜鱼被历代文人墨客青睐成文艺之鱼，除"味甘性平"之外，和它隐逸江湖、不随波逐流的性情有关。

民间鳜鱼的名称繁多，各地不尽相同，如菊花鱼、鳜花鱼、桂花鱼、鯚花鱼、花鲫鱼、石桂鱼、鳌鱼、桂鱼等，百姓通常称桂鱼。李时珍解释："昔有仙人刘凭常食石桂鱼，桂鳜同音，当即是此。"我倒觉得是后人偷懒，省略书写笔画，把鳜写作桂。

如此高冷文艺的鳜鱼，四川绵阳人竟然称它"母猪壳"。原因不得而知，问询川籍老饕宋炜、万夏、石光华、二毛，均无答案。想为文艺的鳜鱼讨个说法，我似乎听到鳜鱼翻着白眼说："让我去死吧，别叫我母猪壳。"

无论如何被叫作母猪壳都是鳜鱼的耻辱。

80 年代末，我出差去苏州采购骆驼牌电风扇，入住旅社之后来不及游园，急吼吼去观前街松鹤楼吃松鼠鳜鱼，一条鳜鱼要花掉普通人一个月工资，除了齁甜真是齁贵，油炸后浇上浓稠的糖醋卤汁，完全盖住了鳜鱼本身的鲜美。后来才知道，乾隆皇帝下江南吃的是鲤鱼做的"松鼠鱼"，鲤鱼皮糙肉厚，土腥味重，油炸改口糖醋遮味是厨师道理，不知怎么《调鼎集》中“松鼠鲤鱼”变成“松鼠鲚鱼”。我专门查阅《调鼎集》，在第五卷江鲜部鲚鱼的十四种做法里，“松鼠鱼”的记载：“取鲚鱼，肚皮去骨，拖蛋黄，炸黄，作松鼠式。油、酱油烧。”可见最初的“松鼠鱼”是咸鲜口，现在酸甜的“松鼠鳜鱼”是改良后的。

鲚鱼，应是鲚花鱼，即鳜鱼。料想当初编书的人爱吃鳜鱼，不惜冒欺君之罪误写鱼谱，苏州一班厨师心知肚明，宁愿将错就错，原因无他，鳜鱼更好吃而已。

天南海北大小馆子，我吃过各种烹调的鳜鱼，没多少惊喜，直至遇到臭鳜鱼。

香港回归那年秋天，接到失联二十多年，从小穿一条裤子的发小郑舫来电，邀请我去徽州屯溪玩，他在国营皖储宾馆任副经理。

宾馆五十四间客房，餐厅在二楼，那顿晚餐差点儿惊掉我的下巴。一桌规矩地道的徽菜，红烧牛尾狸、火腿炖甲鱼、红烧臭鳜鱼、石鸡石耳汤、珍珠圆子、虎皮毛豆腐、炒双冬、马齿苋烧肉……两瓶陈年古井贡。这桌菜的主角“雪天牛尾狸、沙地马蹄鳖”，代表徽派山珍水味，其他菜为陪衬，徽州宴席的规矩，鱼菜最后上，鱼上桌表示菜齐了。臭鳜鱼上桌，我的酒囊饭袋已填满，盖子揭开，奇异的热气扑鼻，似臭还香，使筷子挑开鱼背，肉白似蒜瓣，又是一波鲜香。

郑舫告诉我烧这桌菜的大厨高耀水曾给邓小平做过菜。我连忙有请高师傅以表谢意，不一会儿进来个精神青年，他说师傅年逾古稀，今晚亲自下厨做菜，身体吃不消先回去歇息了。郑舫介绍：“这是高师傅的徒弟小叶。”

乘兴郑舫提出皖储宾馆将改制承包，建议我出资助他拿下，本来对这种鸡零狗碎的营生我绝无兴趣，或许被臭鳜鱼熏晕了头，竟然脆生生地答应下来。

从此，“一生痴绝处，无梦到徽州”。

次日中午，高耀水老人给我做了红烧划水，选用大青鱼尾，出锅色红汁稠，酱香肥嫩，鱼尾扇骨间的肉味美得销魂。听高老聊他给邓小平做这道菜的趣事，第一天邓公吃罢红烧划水，对他说：“你这道菜好是好，就是缺少辣子。”第二天他烧划水时斟酌加徽州辣椒酱，邓公诙谐地又说：“你加辣子烧得好是好，可是缺少原则。”

“治大国，若烹小鲜。”邓公深谙其道。

2003 年夏，全国防“非典”期间，我得闲上黄山，在排云楼小住，山上无客，空旷寂寥，一坛五城米酒独酌空山。排云楼老总白力也是好吃佬，他安排厨师给我做红烧臭鳜鱼、凉拌蕨菜、炒苋菜、鲜灵芝炖鸡汤。所有食材全凭挑夫担上山顶，在黄山之巅如此晚餐太过奢靡。臭鳜鱼锅子上桌，用筷子挑开鱼背，轻烟袅袅飘香，内红外白的肉瓣如花散落，入口鲜味尚在舌齿，香气已通过鼻腔冲上脑门儿，晕乎乎的，骨头轻了许多。久闻排云楼的臭鳜鱼为“排臭”，果然化腐朽为神奇，厨师道破缘由，山顶海拔高气温低，鳜鱼腌制发酵时间长，味道自然好吃。黄山自古产灵芝，鲜灵芝炖老母鸡汤，无须其他作料，只用盐调出甘鲜的味道。

酒后浑身通泰，信步至排云亭坐下，抬头见上弦月空悬幽蓝，群松微摇作势欲起，想自己年近不惑碌碌无为，闷上心头，靠在亭柱上恹恹睡去。

隐约听得啸声，一阵劲风吹散酒意，睁眼看月牙在烟薄墨黑的流云里隐现，细听却是风在松林间徘徊低语；一忽儿又昂扬起来，龙吟虎啸；大风劲，漫山松针飞落如雨。余音袅袅归于平静，我呆在松风中，良久回过神来。掸落一身松针，七窍顿开，与其碌碌无为，何不清静无为。

上世纪末，我决意换个活法儿，舍弃营生在徽州黟县龙江乡上轴村置十七亩薄地，从此半归林泉半归田。我在归园耸逸峰泉涧旁丛植松树，虽不能松涛如海，却得“明月松间照，清泉石上流”。

归园外有两栋完整的明清建筑，“近局茶香”和“起烟处”。顾名思义，近局茶香取自陶渊明“漉我新熟酒，只鸡招近局”。起烟处是烧锅厨房，取自“喜鹊寒鸦噪晚田，山前茅舍起炊烟”。

历时三年，归园建成。叶新伟掌管油盐酱醋，他家住归园旁的秀里村，小叶在高耀水的熏陶下，厨艺逐渐开窍。为满足口腹之欲，我礼聘告老还乡的上海梅龙镇总厨邵之俊老人，命小叶拜他为师，研习徽菜手艺。邵老十四岁离开徽州，去上海随本家叔叔学厨，他厨师生涯丰富传奇，多次被派驻外使馆掌厨，因此厨贯中西，一肚子味道。邵老还曾给毛泽东、周恩来、刘少奇等烧过菜。奇巧的是，他和小叶的师傅高耀水是连襟，同行是冤家，他俩亲戚老死不相往来，听说小叶跟高耀水学过徒，邵老不介意，反而倾囊相授。我偶尔去后厨，看见邵老坐在灶台边，耳提面命小叶如何操作，心意拳拳切切。

有几年我常去景德镇玩泥巴，陶院刘晓玉老师带我去昌江边，吃一家“南河鲜饭馆”，厨师姓魏，擅长烹调各种鱼虾鳖鳝。景德镇毗邻鄱阳湖，水产丰富，小店拿手的菜是卤水鳜鱼，采用石斑鳜，色彩鲜艳，肉质紧实，烹调后黄澄澄的，滋味鲜辣，鱼吃光，吩咐服务员下二两阳春面，捞入鱼汤，如此收官方尽余（鱼）味。

向魏厨讨得卤水鳜鱼方法：

1. 一斤半左右新鲜鳜鱼去鳞洗净，改十字花刀抹细盐腌制，放入冰箱保鲜三至四天。

2. 烹饪时洗去鱼身盐味，晾干，铁锅中倒入新榨菜籽油，把鱼略煎至两面金。

3. 锅中留少许油，下蒜、姜煸香，将鱼放入，加料酒、糖、热水，大火烧开，转小火烧至汤汁快干，加入青蒜段、新鲜土辣椒，淋熟猪油起锅。

三月阳春，江南静夜可聆听桃花乍开的呻吟。

北京的桃花开在偏远的郊外，桃花下无流水鳜鱼。

下午石光华来电，前几日他去绵阳，请教川菜大师史正良生前好友吴老师，说因鳜鱼的翘嘴像母猪的拱嘴，四川老百姓常说“嘴壳子”，戏称鳜鱼“母猪壳”，是来自市井的幽默。

我固执地搜索“度娘”，明崇祯的《正字通》如是说：“鳜鱼扁形、阔腹、大口、细鳞、皮厚、肉紧，味如豚。一名水豚，又如鳜豚。”这是关于鳜鱼和猪有关的最早记载。

石光华的“民间幽默说”化解我的心结，为此小事他询问过许多四川老饕，可见光华不仅是好吃佬，且是认真的好吃佬。

莽汉的香积厨

下午飞到成都，出双流机场，看见大熊猫雕塑下的小李哥，胖熊猫衬托下细瘦壳郎的小李哥有点儿喜感。这次来成都照旧是小李哥接机，照旧入住电信南街天使宾馆，进门大堂一幅金丝楠木的照壁，刻写魏明伦撰的《美酒赋》，此公到处写赋，不忍卒读，倒是他二十世纪八十年代写的川剧好得很。

天使宾馆马路对面小天竺公园内，一片竹林隐蔽香积厨餐馆，据说名字是宋炜起的，为刘太亨在重庆开的饭店。香积厨原指寺庙厨房，宋炜偷懒拿来给太亨用，后来亚伟想在成都开馆子，太亨又偷懒拿去给亚伟用。亚伟用时，是香积厨开得正好之际。想一干诗人居然懒得给自家饭店取名，可见当年他们是多不食人间烟火。

本来源自寺庙素食的香积厨，被李家兄弟开得荤天腥地，各路歪瓜裂枣的江湖儿女于此酒肉快活。

大酒宿醉的次日，中午马松电话催我下楼吃饭，我匆忙洗漱奔天使宾馆大堂，不见人影，打电话他说："哎，马上。"马松的马上是匹驽马，磨蹭半个小时驾到，板刷头、斜挎包、秀琅眼镜。

杨路曾告诫我，在约马松和被马松约这两件事上要斗智斗勇，在家准备出发前，先打电话给他："下来吧，马哥，我已到你家小区门口。"上车后再发信息："我等得花儿已谢了！"行至半途打电话：

“你娃再不下来老子走球了。”如此这般，到芳草街马松家小区门口还须等待片刻才见他走过来。若马松约你，别急，半个小时后出发可能你还到早了。

马松带我到芳草街一家小面馆，叫伙计先打碗面汤，他说面汤是宿醉的“还魂汤”，半碗面汤喝下去身子舒坦，脑门儿渗出细汗。我点一两肥肠面，一两牛肉面，一两豌杂面，分盛三碗；马松只吃一碗二两的豌杂面。在江南吃面，二两起卖，浇头可以点多份，价钱另算；四川是浇头随面上，好在能点一两一碗，价格更亲民。等面的间隙，马松开始挨个儿打电话联系李亚伟、吉木狼格、胡小波、杨路、朱民等，敦促他们赶紧出门去瑞升茶楼。

吃完面我俩打车到瑞升茶楼，坐下喝茶扯淡。在成都我只喝碧潭飘雪，上好的蒙顶山茶配阴干的茉莉花，花茶投入透明的玻璃杯，开水冲入，绿叶白花相拥舞蹈，跳得没劲了分开，绿茶沉杯底，如碧潭；茉莉漂水面，似浮雪，饮茶时吹开白花，会想起金庸笔下的西门吹雪。

马松兀自开始洗牌发牌，来一个凑够三人，立马开始斗地主，再来一个人搭伙斗四家，我和李亚伟、马松、吉木狼格是老牌搭子。下午四点后人气渐旺，杨黎、石光华、何小竹等人悉数到场，持茶围观，见不得马松出牌磨叽，石光华忍不住抽他手中的牌打出去。

约五点半结束战斗，一班人往香积厨喝大酒，无论喝成什么熊样，必去玉林路白夜酒吧喝二场，喝到夜糜烂，喝到人散尽。玉林西路的夜色因这伙人而颓废，李亚伟垂首瘫坐马路牙上，马松紧抱白夜门口的电线杆不松手，像怀抱午夜情人。

白夜是翟永明开的酒吧，常有诗会，或纪录片观影活动。翟姐诗好人美，外地诗人来成都先找李亚伟在香积厨喝酒壮胆，再去白夜拜访翟姐，香积厨和白夜成了大西南诗歌的目的地。

那段时光成都的诗生活腐朽没落。

香积厨隐在公园内，向晚僻静，宜三二友人小酌，菜式是李亚伟老家酉阳的川东风味，青菜牛煨锅、水煮粉蒸肉、糯米鸭、鸡豆花、稻草排骨、尖椒剔骨肉、豆瓣鱼……口感浑厚自然。

李亚伟和结巴厨师研发出一道新菜“卵子翻天”，此菜颇具莽汉特色。将猪睾丸洗净切片，调拌少许油盐、胡椒粉、辣椒粉、花椒粉腌制，一窝鹅卵石烧热端上桌，腌好的猪卵片倒上去，刺啦啦油烟暴起，臊气升腾。客人欢呼声中用筷子快速拨拉翻烤卵石上的卵片，待热气散尽卵片烤熟便可食用。此菜麻辣鲜骚，最宜佐烈酒。

我知道酉阳是读《酉阳杂俎》，唐代志怪小说，看得云山雾罩，恨不能羽化登仙。2013 年秋，随李亚伟去他老家酉阳县，方知此酉阳与彼酉阳没半毛钱关系。

酉阳土家族苗族自治县，地处武陵山区腹地，连接湖南、湖北、贵州，李亚伟说他上大学时从酉阳到重庆水陆旅途三天，现在不过三个小时。亚伟三弟在县城开了香积厨分店，菜式比成都本店原始粗犷，单看服务大妈围裙上的字样“喝小酒、打小牌、泡小妞”便知。最销魂的是李亚伟带我去城外三黛沟，一处悬崖绝壁围合碧水深潭，崖岸一家叫三河居的小馆，几个哥们儿一坛家酒、一锅野鱼、一锅土鸡、几盘时蔬，夕阳下坐看黛山渐暗，心想，这么吃着喝着慢慢老去该多好。

十年前李亚伟肺部动手术，一班哥们儿五湖四海来探望，晚上撇开大病初愈的李亚伟，马松、吉木狼格招呼大伙聚首香积厨。长春的胖哥陈琛坐如弥勒，我和老丁、北魏三个安徽人相形之下只是瘦猴，酒过三杯通大道，大伙任意捉对厮杀。“卵子翻天”的臊气激发诗人的多巴胺，胖哥叫板：“咱‘东北银’和‘安徽银’整个豪华的给‘四川银’瞧瞧呗。”

“咋整？”我问胖哥。

他大手一挥爽快道：“听兄弟的，你说咋整就咋整。”

“好！”

打开一瓶 52° 的泸州老窖，恰好倒满两杯，我端起一杯一口闷下，胖哥睁大眼惊讶地看着我，随后他把另一杯干了。我又打开一瓶，添满第二杯，胖哥没料到安徽“山炮”贼能喝。吉木狼格及时拦住说慢慢喝，还有二场。

晚餐后，我们打几部出租车到白夜，胖哥挪身下车，蹒跚几步跌倒在白夜门口，像雷峰塔毫无预兆轰然倒下。

成都宽窄巷子恢复后，白夜和香积厨作为四川文化名片被成都市政府邀请进驻，白夜在窄巷子，香积厨在宽巷子。从此不用去茶馆借地，下午径自到宽巷子香积厨，在院落桂花树下喝茶打牌，听到铃铛响，叫采耳人进来掏个耳朵，闭目享片刻清福。

外地写诗的朋友，来成都到香积厨找李亚伟拜码头，认识不认识的先喝茶后喝酒，人越喝越多，一桌子挤十几二十个是常有的事，有人买单便由他买，没人买单记在李亚伟账上。李亚伟搭上吃喝陪去时间，年终算账赚的钱几乎被请客花掉，自己脸上的酒褶子逐年增加。

香积厨的厨师是个巴适的结巴，他说话费劲，灶上功夫却利索。结巴喜欢听我说菜，每次去香积厨，他忙中抽空从后厨出来唱个肥喏:“墙、墙、墙哥，想吃点儿啥子……”

我安排他和徽菜名厨叶新伟交流，小叶飞来成都，厨帮兄弟拜一个灶王爷，见面自然亲热，结巴陪他耍了几天，小叶传授给他臭鳜鱼制作工艺。结巴依据川人的口味给臭鳜鱼加花椒和二荆条，烧出麻辣臭鳜鱼，成香积厨的看家菜之一。

徽州臭鳜鱼从香积厨上岸成都，一时间红火得很，其他餐厅纷纷效仿。

成都人贪图安逸，他们总能在庸常的麻将馆、茶馆、苍蝇馆中发现生活之美。夏天郊区清浅的溪滩一溜摆开几十桌麻将，人们坐打“溪水麻将”，各种水果小吃摊贩在岸边等吆喝。成都茶馆随处可见，人们打牌、下棋、摆龙门阵各得其乐，饿了有担担面、龙抄手伺候。餐饮更是五花八门，好吃的隐在苍蝇馆内，便宜到令外地人咂舌。

可去可不去成都时，念及香积厨吃香喝辣的哥们儿，我便欣然前往。后来马松远走北京，李亚伟云游江南、云南，我去的次数渐少，没有李亚伟、马松的成都，终究差点儿意思。

不知何故，香积厨搬到宽巷子后不再做“卵子翻天”这道菜，往日的风骚快乐只堪纸上回味。

灰山小学

小时候的生活阳光灿烂，即便阴雨天，心情也是开朗的。70年代出了许多大事，人们忧心忡忡，小孩子并不理会。

皖南山区的冬季最难熬，室内和室外一样阴冷刺骨，落雨天道路泥泞，鞋底踩湿寒意从脚往上升，北风刮过脸上如竹枝抽打。坐在教室上课，冷不丁看见雪花自空中飘落，心情顿觉爽快，同学们兴奋得躁动起来，老师欣然望向窗外。

雪常常深夜降临，早晨推开门眼前白茫茫，一片洁静，没有丝毫寒意。急切地吃完泡饭，背着书包踏雪上学校。矿上小孩儿穿胶底棉鞋，打湿后格外冻脚，羡慕农村同学穿的毛窝子，一种芦花编制的木底草鞋，一寸多高的屐齿隔潮防水，踏雪踩泥都不在乎，还显得高人一等，毛茸茸的芦苇缨子异常保暖。

灰山小学的学生一半是矿工子弟，一半是当地农村孩子。学校拢共二竖一横三栋平房，竖的是教室，横的是办公室和教师宿舍。三栋平房合围成小操场，有一个破旧的篮球架，一株粗壮的遮阴面积很大的法国梧桐，一根笔直的旗杆插在石碾磙上，顶端五星红旗猎猎飘扬。学校左边的灰山，是一片起伏的高地，长满巴根草，右边是灰山大队村里的一片竹林，前后是田野。春耕时节课堂里能听见农民吆喝耕牛的声音，老师讲得正欢，忽听窗外传来农民一声

“吁——”，同学们哄笑起来。上课很轻松，学校课程有算数、语文、音乐、体育、美术，四年级开政治课。家庭作业只是背诵鲁迅和毛主席的课文，那个年代每个年级的语文课本都会有几篇，从小学背到高中，他们的文风影响几代人行文和说话的方式。

办公室外的走廊挂一小截铁轨，上下课时间到，值日老师高举小铁锤敲响铁轨，声音清亮传出很远。下课了，同学们轰跑出教室，找个阳光灿烂处待着，耷拉眼皮任紫外线穿透臃肿的棉袄，触及汗毛，后背痒炽炽的，不多会儿鼻腔开始痒痒，猛打几个喷嚏，舒畅痛快。

山墙下阳光充足，同学们拢着袖子，缩着脖子，身子贴墙互相挤来挤去，口中齐喊：“挤油渣子，炒白菜。”抢不到山墙的跑到操场上拎起一条腿来捉对“斗鸡”。女孩子在操场上跳皮筋、踢毽子，头上羊角辫甩动，脸蛋红扑扑的。

茅厕在办公室后十几米处，平常学生懒得去，除非憋不住，期末考试前茅厕格外热闹，男孩儿并排撒尿，口中念念有词：“尿泡尿，考一百；摸摸蛋，考一万。”女孩在隔壁哧哧地偷笑。

三九天拎火坛子上学都是家里条件不错的，半圆形把手陶钵子，里面装满草木灰，燃炭埋在灰下。火坛子很实用，上课踏在上面焐脚，下课暖手烘东西吃。将黄豆、玉米粒放在百雀羚雪花膏的铁皮盒里，盖上盖子放火坛子里烘，不久铁盒内发出噼里啪啦的爆裂声响，声音停止打开盖子，黄豆和玉米炸开口，又香又脆。黄狗子是矿部大院的孩子，和我一班，他常常鼻涕流到嘴边再吸溜回去，吸不干净就抬手用衣袖擦，衣袖口擦得油亮。他从家里偷一点儿猪油和盐包在牛皮纸里，带到学校烘花生，弄得满教室的香味。课外活动我带人溜到田野捉大青蝗，折一根细竹丫穿起来，在火坛子上翻烤得滋滋冒油，焦香溢出，比花生、黄豆好吃多了。

秋天，教室窗外竹林边高大的拐枣树上结满歪歪扭扭的果子，下课爬上去摘几枝拐枣扔下来，丑果子嚼在嘴里凶甜。春天拐枣树上开满一簇簇黄绿偏白的小花，浓烈香气传入教室，我忍不住对着窗外出神，被班主任陈老师逮着，课堂罚站不说，放学还被叫到办公室训话。我开口想辩白，他瞪眼训斥："鬼扯羊腿。"

"鬼扯羊腿"是陈老师的口头禅，也成了他的绰号。

陈老师初中没读完辍学回乡务农，人到中年膝下三个女儿，老婆身体不好，家庭负担重。他是代课教师，教二、三年级语文，平时不苟言笑，眉头皱成川字，穿一件洗得灰白的蓝中山装，上下四个翻盖口袋，右上口袋插一支英雄牌钢笔，左胸前戴毛主席像章，下口袋一边装丰收牌香烟、祁门火柴，一边装笔记本。即便冬天这件中山装也穿在旧棉袄里面，进教室关上门，解开棉袄的纽扣露出中山装，边掏笔记本走上讲台。陈老师急性子，不适合带一年级启蒙，四、五年级有正式教师，他是民办教师，只能带二、三年级。做教师让他在乡里备受尊敬，自家孩子的学费也可以免掉。一天陈老师叫我到旁边，脸上浮现出和班干部说话才有的笑容，让我托家长帮他搞一百公斤煤票。矿上职工按年度配额供应煤票，用不掉拿到港口镇黑市换副食品。我估摸回家说了也白说，没吭声偷偷打开家里抽屉，抽两张五十公斤的煤票拿给陈老师。周末，陈老师穿老头衫挽着裤腿，拉一板车煤块路过矿部，嘴里叼根烟，喜滋滋的，想必这车煤会让烧柴火的村民眼馋一阵子。

万老师住在矿部大院，我家后面那一栋楼，她体态微胖，面若春风，把学生当自己孩子，帮穷学生垫学费、书本费，上门家访劝家长送孩子上学。热爱教育的万老师被评选为全国特级教师。

学校有一个橡皮篮球，凸出的花纹几乎磨平，上面几块补丁；

一个排球；一双羽毛球拍子，几个塑料羽毛球；两台露天水泥乒乓球桌，几副光板球拍。这些体育用品在课外活动时间由班级体育委员去办公室找高老师借出来玩。教体育的高老师是南京的下放知青，从灰山大队抽调来代课，他个子和名字一样高，身穿蓝色运动衣，每天早上在大喇叭伴奏下，带领全校学生做第五套广播体操。一天他感冒发烧，没人组织领早操，同学们散在操场自个儿玩。我编顺口溜：

高老师高，高老师高，

每天带我们做早操。

我们就是不弯腰，

气得高老师发高烧。

传到高老师耳朵，他把我叫到办公室，本以为会被教训一顿，没想到他说顺口溜编得挺押韵，以后让我和他一起出学校黑板报。对我来说那是一份巨大的荣誉。

李老师教算数，两只辫子齐肩，大脸盘上有些小雀斑，走起路来胸口波浪起伏。夏天她进教室身上散发一股怪味，花露水和痱子粉的浓香都压不住。杨矮子妈妈是医生，她悄悄说李老师有“夹毛骚”，医生称为“狐臭”。下课铃响时同学们往外跑得格外快。

教音乐的吴老师是上海的下放知青，工农兵大学毕业被分配到灰山小学。她身材苗条，穿碎花衣裳，咖啡色裤子，裤缝熨得笔挺，言语时眉开眼笑，自带妩媚。灰山小学合唱团在她教导下多次在宁国县会演获奖，汪校长想培养她入党，单独给她上党课，每见到她严肃的汪校长脸上皱纹笑得绽开，凸起的喉结上下滚动。吴老师丈夫在三十里外的宁国县供电局上班，周末回来住两天。流言传到他耳朵里，二人常为此拌嘴，若吴老师脸上有挨打的痕迹，之后她丈夫便几周不敢回学校，生怕被汪校长请到办公室，喋喋不休地关怀教导。

汪校长算是老革命，十八岁参加国民党军队打日本鬼子，淮海战役投诚解放军，1950年随部队抗美援朝，荣立二等军功，升至副连长，转业回乡当政治教师。他爱讲革命历史：“打鬼子时八路军很艰苦啊，一个人发一支枪——那是不可能的；两个人发一支枪——也是不可能的；三个人发一支枪——是有可能的，但是，还是木头的。”他一句话一个大喘气，惹得同学哄堂大笑，他自己也笑。汪校长国字脸，长寿眉，常年穿黄军裤，上衣随季变化，他动辄集合全校师生到操场列队，扯开嗓子大喊：“立正——稍息。立正——向左向右——转，向前看——齐，稍息。”喊到向左向右转，捣乱的同学故意转错。稍息后他开始训话，从美帝国主义水深火热，讲到国内形势一片大好。一次，汪校长请来一位面目沧桑的老农民，给全校师生作忆苦思甜报告，老农讲到万恶的旧社会地主如何剥削穷人，心软的女同学眼泪汪汪。

入夏，灰山小学规定学生中午必须提前到学校午睡。

去学校路过一片桃林，前天晚上我和黄狗子偷摘几颗毛桃塞在背心里，身上痒痒好几天，肚皮上挠出乱七八糟的血痕，从此看见毛桃就难受。

同学们陆续进教室，伏在课桌上午睡，睡不着闭眼瞎想。太阳照在屋顶，窗外树叶摇曳，微风穿过窗棂进来，在我们的梦里梦外吹拂。

我同桌叫刘秀娥，家庭成分是地主，自觉矮人三分，平时不敢多话，看人眼神怯生生的，她头发枯黄，面无水色，像寒风中瑟缩的麻雀。促狭的同学叫她“地主婆”，她担心我欺负她，偷偷塞给我一枚铜板，正面有字“光绪元宝”“四川官局造”，反面是一条龙。

六月麦熟，灰山小学放十天忙假，让农村学生回家帮忙双抢。矿区子弟四、五年级的学生忙假中安排一天下乡学农，去生产队帮忙收割麦子。

清晨，王老师领一队红领巾走向田野，惊得麻雀叽喳飞蹿，田埂上青蛙乱蹦。

我们学习割麦、捆麦、脱粒，割过的麦田在阳光下像金色的瘌痢头。

中午歇火，两个农民伯伯挑来三桶米饭，一桶粉条烧肉，闻到肉香同学们欢呼雀跃，一碗油乎乎的猪肉粉条拌饭，现在想来满是阳光的味道。

王老师齐耳短发，面相寡淡，带四、五年级语文课，她大儿子鲍列平和我同班，学习成绩不好，每发成绩单王老师脸色最难看，当堂批评儿子，弄得成绩好的学生不好意思喜形于色。她小儿子三岁，长得肉头，穿开裆裤。我五年级上学期王老师怀第三胎，挺着肚子上课，她说教完这学期，就调到港口镇小学，希望同学们好好学习，长大做共产主义接班人。语气中有些不舍，惹得同学们伤感起来。

1976 年 9 月 9 日下午，第二节课上，王老师推开门带着哭腔说："毛主席他老人家逝世了！"

那是个阴郁的下午，广播喇叭里哀乐连绵不绝，灰山小学全体师生呆立操场痛哭，不知所措。

几十天后社会气氛从悲哀无助翻转成亢奋，广播喇叭语调高昂："大快人心事，粉碎'四人帮'！"

春天还反击右倾翻案风，秋天批四人帮，如此巨变老师蒙了，他们常常去公社开会，放任学生自习或课外活动。我在大时代的动荡中糊里糊涂地从灰山小学毕业。

暑假，我和同学王建国下午去学校玩，操场、教室空荡荡的，玩一会儿爬到法国梧桐树上眺望灰山、矿部和田野，累了靠在粗大的树枝上打盹儿，阳光透过树叶晒到身上，斑点明暗闪动，我们如昆虫般自在。

灰山坐落矿部旁边，满山巴根草起伏，春夏秋冬由青绿渐变枯黄。我喜欢独自去灰山上，躺在草地看云朵，薅草根嚼在嘴里，甜丝丝的。雷雨后草皮上会冒出一簇簇黑里透绿、软乎乎的地杂皮，上山拾回去漂洗干净，炒鞭笋、炒雪里蕻、炒鸡蛋皆是美味。山坳草窠里有红梦子、绿刺苔、黄灯笼果可以采食，山上没有树，零散的灌木和芒草不过一人高。

隔一条沟壑，相邻的青山马尾松密布，林间几座杂草丛生的老坟头，旁边盛开点点彼岸花，出太阳还好，阴雨天猛一看瘆人得慌。秋日，周末我和弟弟上山耙松毛，那时家里烧煤炉，用干松毛引火最容易。走在松林间见蜜蜂嗡嗡飞舞，放下竹耙寻它停留过的松树，松针根部的松毛糖如残留的春雪，轻轻抖拨落入掌心，伸舌头舔干净，独有一份透着松树气味的甘甜。

物资匮乏，理想缺失，“文革”结束的70年代，社会却异常安宁，恰如梦魇后的怔忡。

无论如何孩子们是快乐的，每天下午结伴去小河跳水、游泳。遇到挑担卖桃子、梨子的老乡，我们爬上岸围在担子一头假装与他讨价还价，另一头从箩筐里偷果子往河里扔。三四点钟阳光西斜，河水渐凉，小伙伴上岸散去，我和弟弟备好竹竿、细线、小鱼钩，用蜘蛛网缠住鱼钩做饵，沿河岸寻水流湍急处抛竿。浅溪里的川条子鱼被太阳晒傻了，鱼浮子顺水漂流眼见下探一点儿，提起竿来一尾鱼月牙般悬在空中。摘根柳条捋掉叶子，将鱼穿成串提溜回家。川条子刺软肉细，油炸最好吃。饬鱼、洗净、不刮鱼鳞；加入葱、姜、盐、胡椒粉、黄酒腌片刻；在面糊里拖一下；小火油炸至金黄，是上好的零嘴。有时钓不到鱼，玩耍一下午空手回家不好交代，就在河边掏螃蟹拾河蚌，运气好能捉到乌龟王八。

我的童年不算太废，疯玩之余静下来读书、画画。读书的习惯传承自妈妈，她在单位做机要工作，单独一间办公室，没事插上门看小说，上下班报纸里裹一本书。我小学三年级看《水浒传》《西游记》，看完后加油添醋讲给玩伴们听，换他们的山核桃、板栗吃。四年级得到一本繁体字的《三国演义》，我边读边猜，好在家里有本爸爸中学用过的《四角号码字典》，读到情节精彩处哪里耐烦去查字典。《三国演义》里我喜欢有曹操、吕布的章节，一厚本骑马打仗的书，只有曹操、吕布和美人有关系。

钓鱼、兜虾、掏螃蟹、射麻雀、粘知了、叉青蛙、打蛇、扳笋子、挖葛根、挑荠菜、铲马兰头，这许多孩时课外的野趣，竟然全和好吃沾边。七个老师的灰山小学里，我的童年有滋有味。

很多年后的暑假，我带读小学的女儿回到灰山小学。学校空落落的，法国梧桐长高了，旗杆上的红旗簇新，三排平房没有变化，只是更旧了，旧出我的梦萦之外。

香蕉冰棒

候鸟城市的居民不在意节假日，他们花大把时间觅食晒太阳。海口是候鸟城市，过年没啥年味，尤其是海甸岛，住的多是冬来春去的候鸟人，他们天天闲得慌，没事晒太阳看大海，看得海也无奈。

吃罢午饭，我开车去西海岸假日酒店，接来海南过年的张道士、小苹果父女俩去文昌乡下遛遛。张征是北京人，平素笃信岐黄之术，好朋友们戏称他张道士。

高速几十分钟车程，到文昌侨乡迈陈村。村子隐在大片椰林中，椰树挺高，地上树叶影子微微晃动，透过树顶密集的绿叶看蓝天是抽象的碎片。椰林间散落一些门户紧闭的百年老屋，屋顶长出杂草，墙面青苔斑驳，看得出很久无人打理，屋主早已迁居外国或外地，留下老屋作念想，偶尔回乡祭祖。村里渔民多数姓翁，他们祖先来自福建莆田，后代遗传先辈闯海的勇气，休养生息后再下南洋。

春节期间渔民不出海，村里的女人在屋内打纸牌，男人聚在路边店喝老爸茶、摇色子、推牌九。

小苹果嚷嚷想吃冰棒，村里小卖部没有，玩一会儿她便忘了。

我们脚下林荫斑驳的乡间小道，在各色野花中蜿蜒伸展到海边……

我像小苹果这么大，也爱吃冰棒。

1970 年 3 月 1 日春季开学，上午我背着妈妈缝的新书包，拎只小板凳，自个儿去离家不远的灰山小学报名读书。一年级没有课桌，一班小孩儿坐在自带的凳子上。万老师用红粉笔在黑板上写“毛主席万岁！”，她带我们一遍一遍地大声朗读：“毛主席万岁！”这是我启蒙的第一课。

转眼夏天，上午第二堂课，隐约听到“香——蕉——冰棒”的吆喝声，由远及近渐渐清脆，心痒得坐不住。下课了，操场像秋收后的麦田，满是麻雀般叽叽喳喳的孩子。“香——蕉——冰棒”吆喝声止，篮球架下高年级矿上的孩子围住卖冰棒的，五分钱一根，手持晶黄的冰棒吮舔，发出吸溜的声音，天热冰棒化得快，舔吸得也快，舍不得一口咬下，及至上课铃响，老师进教室前脚冰棒棍还含在嘴里。

没钱的孩子只好在一旁眼馋。

灰山小学离我们生活的矿部大院不远，放学进院又听到“香——蕉——冰棒”的吆喝，赶紧回家放下书包，向妈妈要五分钱跑出去。

卖冰棒的女子，二十岁左右，头戴草帽，皮肤略黑，脖子上搭一条白毛巾，上绣“为人民服务”五个红字。同学们私下叫她“香蕉冰棒”，还编顺口溜：“香蕉冰棒，吃了上当，不吃不胖。”

其实吃了也不会胖，那年头胖子稀少，大院里除了张胖子一家人比较肉头，唯一的胖孩儿是和弟弟同班的胡文革，据说是偷吃他姥爷的大补中药，发胖得畸形了。

盛放冰棒的蓝漆木箱内壁有一层棉垫，为保温，箱顶盖子只能打开一半，外面有搭扣。歇一会儿，她一边肩膀挎起冰棒箱子，身体斜斜地走开，叫卖声渐远。

年年夏天，“香——蕉——冰棒”如期走进我们的生活，两长二短地叫卖声刺激矿区的孩子们。

二三年级我便学会挣钱的门道，攒集杏仁、牙膏皮，捡废铜烂铁，步行三公里到港口镇废品收购站换钱，顺手买些鱼钩、鱼线、火纸、玻璃弹球之类玩耍的家伙什儿，在镇上望望呆再回矿部大院，余钱存到开学买香蕉冰棒。

零碎听说些“香蕉冰棒”的事，她家住宁国县河沥溪大桥头梗，卖咸鱼的上隔壁编草鞋的下隔壁，兄弟姐妹七个，她是老大，为供弟妹读书她从小辍学卖冰棒。长大后她每天清晨批发冰棒步行十八里山路到矿区叫卖，矿上人条件好，每根冰棒能多卖一分钱，运气好中午卖完赶回县城。若途中突然天阴下雨，她眉间愁成川字，箱子里冰棒快化了，她吆喝三分钱一根便宜卖，高年级的学生可以赊账，自己不舍得吃一根。“香蕉冰棒”中等个头，五官周正，平时面容呆板，似罩一层雾霭，只有眼睛是活的。从来没见她笑过，笑起来应该不难看。

那时矿区出现两个类似公众人物的女人，她们分别在春季、夏季如期而至。由于印象深刻，她们的样子至今清晰。

春天，油菜花开，矿部常见一个齐耳短发、容貌姣好的女子，她笑得无邪，一路自说自话：“懂了吗？莫说。”“我懂了，不说。”遇到英俊的青年男子，她停下来傻笑，表情忸怩。一群孩童跟在身后起哄，她忽然转身敞开上衣，裸露胸前白花花颜色，孩童惊吓跑开，边跑边回头偷看。她继续缓行低语：“懂了吗？莫说。”“我懂了，不说。”她以前曾是花鼓剧团唱戏的，喜欢一个年青矿工，他也喜欢她，谈婚论嫁的那个春天，他遭遇煤矿井下冒顶因公牺牲，得知消息她昏死过去，醒来后再无忧愁，整日傻笑，自话自说。医院诊断她得了“花疯”，治疗后情绪稳定，躲在家里不愿出门，每年春暖花开旧病复发，并不危害别人，只是在矿区边说边走。

我小学毕业那年夏天，“香蕉冰棒”没出现。下课习惯望向篮球架那边，有调皮的孩子学喊一声“香——蕉——冰棒”，大家伸长脖子四处寻找。

暑假，一群小伙伴去山门洞玩，旁边是上海胜利水泥厂。三线厂福利比煤矿好得多，奶油棒冰八分钱一支，奶香熏甜，卖冰棒的上海佬上海话叫卖声特别腻歪：“哎——上海奶油棒冰唻。”

夏天矿部放露天电影时，他偶尔也骑自行车来卖“上海奶油棒冰”，顺便看场电影回去。

工厂外生活区冷饮室有汽水、棒冰、红豆刨冰、冰绿豆汤，还有穿半透明的确良衬衣嗲声嗲气的上海姑娘。

1977 年全国恢复高考，同年学校统一改秋季招生。小学毕业后在家勤玩了半年，秋天开学入煤矿中学读初中。

夏天，“香蕉冰棒”又来到矿区大院，推一辆崭新的永久牌加重自行车缓缓行走，蓝色冰棒箱固定在车后座上，怀里兜着熟睡的婴儿，她的叫卖声格外清脆悠扬。途中停在树荫下，架好自行车，撩起衣裳给孩子喂奶，她面带笑意，笑起来挺好看。

那年暑假，随父母工作调动，我离开生活七年的宁国港口煤矿，举家搬迁到宣城矿机厂。一切重新开始。

宣城县城关镇九街十八巷，电影院门口的喇叭裤、麦克镜，三眼井玩蛇的徐傻子，农行拐角说大鼓书的张瞎子，百货公司门口修钢笔逗蛐蛐的王神经——奇怪有趣的人事。各种不知名的小吃、瓜果，赤豆冰棒、芝麻冰棒、花生冰棒、奶油冰棒，从夏天一直卖到秋天。

许多年后，女儿小学时放暑假，我送她去宁国海螺水泥厂（原上海三线胜利水泥厂）二姨家玩，开车路过港口矿部大院。二十年光阴划过，当年我家的那一排平房依旧，门口杨树更高柳树更粗，杨树顶的鸟巢已看不见。

灰山小学三排房子和操场依旧，遇到的儿时玩伴拘谨木讷，看得出他们很久没走出这片灰山了。

依稀听到熟悉的叫卖声："香——蕉——冰棒。"

一个满头灰发的妇女，推一部老旧的永久牌加重自行车，后座固定脱漆的冰棒箱。只是她的声音沙哑，身形枯槁，面孔横生许多皱纹，她和港口煤矿一起凝固在七十年代，渐渐地变旧、发黄。

想告诉女儿，我小时候多爱吃她卖的香蕉冰棒，想买一根尝尝是否依然如过去的滋味。我终于没停车，眼见"香蕉冰棒"推自行车的背影在汽车后视镜里缩小、消失。

彝族舞曲

和吉木狼格约了十多年去他的家乡大凉山，几次差点儿成行，终被成都“烂人”们的各种酒局、茶局、牌局耽误。狼格知我是好吃佬，和我讲述大凉山的坨坨肉、邛海清波鱼，各钟野菜和菌子。终于撇开身边杂事，告诉他我准备出发去大凉山，又听他在电话那头说：“必须为你准备彝族招待贵客的礼遇，当面棒杀一头小牛，现煮了吃。”

我眼前浮现小时候看灰山大队宰杀一头不能下田干活儿的老牛，它眼角流泪，瞳孔折射出它无数次耕耘过的田野。

我慌忙退了买好的机票。

若论成都的酒搭子和牌搭子，狼格是最好的人选。他是皮肤黝黑、眼神透亮的彝族人，沉静如山，他的诗篇如冬月清冷。

成都的午后，朋友们陆续聚到香积厨院内，斗地主的、喝茶的自成一堆，细若麻秆儿的小李哥乐得迎来送往。天擦黑，大伙进屋喝酒，挤一大桌八十年代的第三代诗人，如今为了生活，他们多在干二渠道图书出版，其中三个少数民族：土家族野夫、苗族何小竹、彝族吉木狼格。野夫和何小竹外表汉化，远走他乡离开族群环境经年，怕是自己也不在意了；狼格尚存彝族人的天性，喝酒野得很。后来野夫远走大理避世，何小竹隐居成都郊外，再后来马松北漂帝都，李亚伟浪荡西湖杨柳岸，唯狼格仍留守成都。他每日上午睡觉，午后去茶楼下围棋、斗地主，晚上与朋友喝酒，狼格的赋闲作息比上班族还规律。

成都的诗人中，狼格始终生活在诗外。像法国那个老滋老味的艺术家杜尚，完全不把艺术当回事，花七八年时间玩国际象棋，随意给小便池取名“泉”，寄去美术馆参展，他扯掉艺术的底裤，逼疯艺术界。杜尚说:“我喜欢活着、呼吸，甚于喜欢工作。我不觉得我做的东西可以在将来对社会有什么重要意义。因此，如果你愿意这么看，我的艺术可以是活着，每一秒、每一次呼吸就是一个作品，那是不留痕迹的，不可见不可思的，那是一种舒服快乐的感觉。”

狼格做到了像杜尚那样活着，他大学学的中医，却没去号脉开方，后来几乎从未正式长久地做过什么工作，他的生活就是他的工作。

今年秋末，狼格告诉我，彝族歌手瓦其依合家族举办隆重的祭祀活动，他带队去拍纪录片，保留即将消失的彝族风俗。祭祀活动包括原生态彝族饮食习俗，不可错过。我立马答应，订机票从北京直飞西昌。

小学时读过小说《彝族之鹰》，讲彝族少年从奴隶成为飞行员的故事，书中描写的大凉山彝族风土人情常令我悠悠神往，心心念念多年的大凉山情结该去解开了。

当年归园初建成，在烦了斋聆听章老师琵琶独奏《彝族舞曲》，轮指如花，慢起渐快，明媚悠扬，曲终愁绪了了。时值傍晚，庭院梧桐树上高悬新月，她长发迤地，犹抱琵琶，在余音里倚栏，似聊斋的狐仙。

机舱内响起《彝族舞曲》，飞机落地西昌青山机场。狼格派人接我，驱车蜿蜒入大凉山腹地。

彝族人父母过世几年后，请毕摩（巫师）选吉日，尽其所能操办隆重的祭祀，乡亲穿戴彝族盛装相聚，神情欢快并无哀伤，祭祀仪规繁杂，由族内长者和毕摩共同主持进行。

狼格身披白色查尔瓦，指导摄像机天上地下多机位拍摄记录。

瓦其依合家建在大山斜坡上，屋前平整出一坪场院，男人们在院子里喝转转酒，一碗苞谷酒大伙儿轮流喝，喝干再续上，吃着大筐里热乎乎的煮洋芋。阳光下融融暖和，一忽儿阳光被流云遮住，顿感山中秋寒。

女人们在场院外草地上准备晚餐，她们说笑着淘米、摘菜、舂小米辣。一群孩子像家雀儿，嬉闹着跑来跑去。

几个壮汉现场棒杀一头牛、一头猪、一头羊，打死的牲口瘫在地上，用干草覆盖点火燎烧，将牲口体毛烧光，刀刮处理干净后皮呈黄褐色，用水冲洗后开膛，扒出内脏大卸八块，剁成肉坨坨。牛肉坨坨一块半斤左右，猪肉、羊肉坨坨约二三两。野地里用石头支几口大铁锅，锅内注山泉水，血呼啦嗒的肉坨分别丢进三口锅内，不加任何作料，架柴火烧煮。男人坐在草地上聊天，不时添加柴火撇去锅中浮沫，用铁锹般的锅铲翻炒坨坨肉。

坨坨肉是彝族大菜，彝语称“乌色色脚”，逢年过节祭祀必不可少，牛、羊、猪都可以做坨坨肉，牛肉最为隆重。彝族传统杀牲不用刀，鸡鸭用手捏死，牛、羊、猪则挥棒捶击头部令其昏死，猪、羊割喉接血，牛血腥重不取，如此操作称“打牲”。今日祭祀来了许多客人，打牲前彝族汉子将牛、羊、猪牵到客人的跟前，请客人查看，以示主人的诚意尊敬。

天色将晚，火候成熟，肉香飘荡山间。烧锅的壮汉将六成熟的坨坨肉从锅里捞出，放入簸箕内，撒上盐巴簸荡，盐味渗入肉中，激发食物本味。坨坨肉倒在草地铺好的草席上，亲戚朋友们围拢过来，站着、蹲着、坐着，手抓坨坨肉大口咬嚼，肉汁溢出嘴角，吃腻了喝口干酸菜汤。

眼前原生态的庖厨血腥，在我想象之外，心中未免不忍，旋即被彝人大碗喝转转酒、大块吃坨坨肉的豪放情绪感染，酒肉下肚压住了打牲的惊吓。大凉山彝人自然放牧，牛羊猪满山跑，吃高寒植物，坨坨肉有山野的滋味。

跑来跑去的彝族孩子皮肤黝黑，眼睛透亮，如山间树木自然生长。

夕阳染红层叠曲线的山岗，大凉山沉默冷静。狼格说：“春天的凉山，索玛花漫山遍野，你再来看看彝族人的花祭。”

祭祀进行三天三夜，狼格在山中忙碌拍摄纪录片，他交代彝族兄弟拐拐带我看看西昌。

次日拐拐带我泛舟邛海，阳光下小风吹起波粼，鱼游水里，鸟飞空中，西滨泸山横陈。邛海岸一家小馆，拐拐预订好晚餐，油淋葱花清波鱼、蒸油肉、凉拌蒲公英、爆炒见手青，二荤二素，一壶苞谷酒，就着邛海日落小酌。

清波鱼先氽水，再淋葱油，一尾鱼埋没在油绿的葱碎下，拨开葱夹食鱼肉鲜嫩无比。西昌冬天温暖不适宜腌肉，当地人将凉山乌金猪肉的五花肉切块，小火温油将肉炸至金黄，放入坛子里上面浇满猪油，可长久保存。当地称之为油肉，类似雅安的坛子肉，吃时打开坛子取出几块，切厚片蒸熟，半透明的油肉，醇厚郁香毫不肥腻，和白米饭入口，不输日落红霞的邛海。凉拌蒲公英略苦回甘，没想到蒲公英开花前食惠，开花后浪漫。见手青切片后眼见奇异的变化，色泽从白至黄，由黄转青，青再幻成湖蓝，由一点晕染展开，如抽象水彩，几分钟后湖蓝变浅，终归一抹淡灰。世上的美丽都有毒，处理不妥会令人迷幻。见手青炒辣椒滑嫩鲜美，我大爱此下酒物，吃完多加一份，酒意随邛海月色升起。

回到旅舍，倒头入睡，依稀听得耳畔低回《彝族舞曲》。

洞子火锅 · 屿咖啡

许多年后宋炜告诉我，那晚他请吃洞子火锅的钱是借的。

傍晚，宋炜和菲可去解放碑扬子岛酒店接我，宋炜问：“哥们儿，想吃啥子？”

我说：“火锅。”

在外埠人眼里，“重庆 = 美女 + 火锅”。重庆就是个大火锅，长江是锅底，麻辣生鲜的各色人在这个码头上涮来涮去，山城美女是火锅里最鲜辣的菜。外埠人来重庆，涮不好会谗奸掇事。

八十年代我和魏德祥出差去重庆，从芜湖八号码头坐轮船，历时一夜一天，船行到朝天门码头时天刚擦黑。岸上棒棒争相帮我们担行李，问他担到旅馆多少钱，棒棒说五毛。我俩跟随他的脚步踏上雾霭里的石阶，一直走，雾里看不到尽头，走至平地稍息片刻，微风徐徐吹拂，春寒得不惊人，再回头已看不见嘉陵江。继续走上坡路，好不容易到人民宾馆，给棒棒一块钱说不用找了，棒棒狡黠地笑了，说：“我们说好的是五毛，对不对头？重庆说五毛就是五块钱，你们说的五毛钱重庆说五角。不信可以问问其他棒棒。”那时的五块可不是小钱，错在自己没问清楚，没啥说的，给钱走人。

登记入住后赶紧出来找场子喝酒，船上几日盒饭、方便面，吃得口中淡出鸟来。出门是人民路，就近寻一家小火锅店，店里一人，灯光暗淡，油乎乎的几张桌椅，墙上挂张发黄的菜牌，上面写鳝鱼八角、毛肚七角、青菜一角……我俩打趣说，看清楚了确实是“角”不是“毛”，如此便宜！没等看完便叫道：“老板，每样菜来一份，一斤泸州老窖。”

老板打量我们欲言又止，口中蹦出两个字：“要得。”随后拾掇一个炭炉和满是红色海椒的锅底端上桌子，操起一杆小秤开始抓菜称菜。

我俩坐进屋里，抽烟聊天，打开泸州老窖，寡酒先咪了起来。牛油锅底很快煮沸，菜也一道道上来，我和老魏雾里吃火锅，辣得满头汗，冒得亢奋。我吃辣差点儿，老魏胃口大开，在火锅里舀半碗辣油汤喝下，大呼痛快。

老板精瘦，侧身坐在门口，手托长烟杆含在嘴里，烟火明灭于雾中。

结账时老板拨拉算盘打来打去，头也不抬报出价格，我们直呼算错了。老板用烟袋指指墙上说：“锤子，个人看清楚菜牌牌，看清楚再说话。”我们仔细审视墙上菜单，方看到最下面淡淡的一行小字，“以上菜按两计价，一份半斤”。别人没算错，是我们没看仔细。在一个坑里跌倒两次，活该。

我和宋炜、菲可打的到临江门洞子火锅，刘太亨、李海州已候在那了，先点了九宫格锅子和一堆碟烫菜。

洞子里人群扑满，乌泱乌泱边吃边摆龙门阵。重庆火锅特有的香味弥漫，渗入毛发，从鼻孔钻到肺里、胃里，感官刺激得过瘾。我喜欢闻这香辣的味道甚于喜欢吃，像小时候喜欢闻汽车尾气。火锅是九宫格纯牛油锅底，底料由几十种天然香料炒制而成，以当地的海椒、花椒、麻椒为主。火锅店无须厨师，重在炒底料的师傅，长时间熬炼，酝酿出麻、辣、鲜、香。宋炜告诉我九宫格火锅或源自魏晋的“五熟釜”，分成多个层次，不同格子浓度和温度有差异，煮不同食物，是九宫格火锅的秘密。中心格沸腾少油，适合烫毛肚、鸭肠、腰片、牛肝等鲜嫩的下水，长竹筷夹起，在沸腾的锅中荡三五下，蘸油碟入口，要的是麻辣烫脆的口感。每样食材烫几分熟自己把握，比如毛肚，须七上八下，烫出脆翘的滋味。十字格温度适中，适合煮牛肉、黄喉、香菜丸子，中火慢炖，锁住菜的原香。四角格在边上温度最低，适合焖脑花、鸭血、鳝鱼、耗儿鱼，文火将食物煨炬汃才入味。

“吃火锅急不得，边吃喝边聊天方吃得巴适。”宋炜笑色得意，继续说，“七上八下的意思是让毛肚冷热交替，得到鲜嫩青春的口感。”吃得性起，哥几个脱掉上衣，露出白花花一堆醉肉，开始“乱劈窑柴”地划拳。

洞子火锅可追溯到抗战陪都时期，为躲避日军飞机轰炸，山城挖掘许多防空洞，抗战结束，防空洞闲置出来，有人在洞子里开火锅店。二十世纪六十年代，中国和苏联、美国交恶，为预防核武器袭击，中央号召全国“深挖洞，广积粮，不称霸”。重庆又挖了许多洞子。改革开放后政府开放部分关闭已久的洞子，出租给社会上做仓库、旅社、商店、餐馆等，由此洞子火锅兴起。

吃一脑门子汗，走出闷热的洞子，外面江风一吹真是清凉。太亨、海州、菲可有家的回家，光棍宋炜带我晃悠到朝天门码头。

长江和嘉陵江交汇处渝中半岛上的屿咖啡，宋炜戏称这里是

“大扎卡”（大裤裆）。屿咖啡老板大妹，是宋炜的女哥们儿，每提及“大扎卡”，她佯怒盯宋炜一眼。有大妹必有二妹、三妹……到屿咖啡，伙计说大妹、二妹、三妹结伴往大理，找野夫、赵野耍去了。宋炜略感失落，在盛产美女的重庆，两个男人在酒吧喝寡酒，传出去恐被江湖笑话，他开始不断打电话邀约各种文艺女青年。

屿咖啡也卖酒，什么酒都卖。音乐响起，屿咖啡安静下来，屋角小舞台上，一个黝黑的大汉轻抚电子琴。前奏响起他打开嗓门儿，唱一首英文老歌，歌声粗粝收敛，缓流如嘉陵江雨后浑浊的江水，似路易斯·阿姆斯特朗，一口老痰哽在喉咙压抑低沉。唱歌的老徐黑壮，像打铁的，宋炜说他以前在工厂的确是铁匠。

十几年前朝天门的夜色简朴，两岸楼房高不过山，灯火密而不亮，两江交汇相拥而去，船来船往，间或响起汽笛声冗长沉闷，旅人于深夜听来莫名感伤。

离开屿咖啡，我俩在朝天门码头散步，聊些子吃吃喝喝的事儿，宋炜洞悉川菜，他正在主编发行《中国美食地理》杂志。龙门阵摆得肚里馋虫苏醒，正好消夜。出租车载我俩在山城夜色里起伏，停在七星岗捍卫路旁，走上一个陡坎子，闻得人声嘈杂、油烟味浓，转弯看见苍蝇馆，门口简易塑料桌椅坐满客人。老板娘三妹见宋炜如见唐僧，颠颠地过来，捏细嗓音叫唤：“炜哥——想吃啥子？”

“给老子整酸辣蹄花、泡椒腰花、油渣莲白，两碟风鸡，四两姜鸭面，一箱山城啤酒。”宋炜信口吩咐，如在自家厨房。

酸辣蹄花属小河帮川菜，将新鲜蹄花先煮后蒸脱骨切小块，用蹄花汤和小米辣、大葱、小香葱、醋、酱油等调料拌蹄花，此菜小辣微酸，十分爽口；做泡椒腰花火候要大，厨师手脚要快，老坛泡椒是这道菜的灵魂，厚腰片切花提前腌制片刻，炒好上桌趁热吃，口感嫩脆小骚；油渣莲白吃的是怀旧；风鸡香且下酒，鸡皮Q弹有嚼劲，吃罢回味还想吃。宋炜调侃：“几片风鸡一小碟三十元，好贵。还在老子喝白酒的时期，一次和王琪博两人对饮，一举吃了三十碟。”

我问宋炜：“你出口成脏，嘴这么欠是不是常和人打架？”

“打个锤子架，老子从小到大没打过架。”见我不信，他认真道，“打架打架，一个打，一个架，才叫打架嘛，老子招架不住，从来是挨打的，啷个是打架哦。”

苍蝇馆店名“姜鸭面”，拿手的自然是姜鸭面，端上来却是可恨，一巴掌大小碟一两，一筷子叨光，面的筋道和仔姜爆炒出鸭碎的香辣恰到好处。一筷子吃下去胃口被吊起来，你叫个十碟八碟，他也三碟五碟地上，让你吃了想，想了再吃。

我和宋炜喝过许多酒，有瓢泼大酒，有细雨小酌，眼见他从白酒时期喝到啤酒时期，如今喝到威士忌时期，他喝酒之路像重庆山城的街道，在高度和低度间交叉起伏。

偶尔读宋炜的诗，兀自风骚，如他故乡沐川山中无人解味的苦笋。

秋风起

秋渐凉，涮羊肉的铜锅开始热腾。老北京早已耐不住对羊肉、芝麻酱、糖蒜的嗜好，溜达到胡同里的涮肉小馆，涮羊肉、涮萝卜青菜，如意不如意的日子，涮涮就过去了。

“将台涮肉”离我家不远，出小区右拐三百米路左边，破烂近乎腌臜的棚屋，却挡不住它的好吃，秋冬二季若赶饭点去，且得排队等候。夏末那会儿，我馋他家羊肉，去涮过一次，与“苍小姐”、“蝇公子”同桌，吃的大汗淋漓，鼻牛儿蠢动，阿嚏一声喷出，那叫一个快活。放下筷子，剥一粒糖蒜呱吱呱吱嚼碎，满口甜脆，再哧溜一口“小二”，腹内滑下一道热流，回溯上头，晕乎乎的舒坦。“将台涮肉”老板是个胖大的青年，赤条条的背上纹浮世绘浪人头像，走起路来背后赘肉抖动，头像面目狰狞生动。

老舍眼里北京的秋天是瓦蓝的，朵云悬空动也不动，郊外的香山斑斓招人。现在天没那么蓝，山上红叶零落在蜂拥游人的脚下，入夜的香山还是老样子，月亮照漏树影，秋虫吟守那份宁静。

北京秋天还是好，只是短得不堪珍惜，穿T恤觉得凉时，套上羽绒服直接走进冬天。我家小区门口的将台路旁高大挺直的杨树，树叶蔫巴不红不绿，蝉声嘶哑零落。

花圃按季节送来菊花，书房浮动谙熟的秋香，念及江南，已是

“螃蟹唤吾入醉乡”的时节，秋意浓，秋风误啊！北京之秋纵然有万般好处，仅食螃蟹的去处不如江南好。

索性打个“飞的”下江南，乾隆老儿水陆行程几个月的光景，如今冲瞌睡的时间就飞到了。

出租车驶出南京禄口机场，窗外细雨田畴的江南穿心而过，似旧日情人的倩影。

车到鼓楼区察哈尔路右拐上坡，久违了，丁山宾馆。

九十年代，南京场面上讲究：“玩在玄武，吃在丁山。”

玄武饭店楼顶卡萨布兰卡酒吧，夜晚秦淮河畔的春风流莺，港台商人、倒爷、新贵闻香而至。每次到南京，卢中强带我一晚玩转好几个酒吧，厮混过几次卡萨布兰卡，满眼曲线扭动迪斯科，下意识摸摸菲薄的钱包，只得乖乖坐在吧台，将一排“Tequila”（龙舌兰酒）拍得嘭嘭响。寡酒喝得无趣，索然讪讪离去。

好在丁山饭店明园厅的淮扬菜足够销魂，蟹粉狮子头、大煮干丝、盐水鸭、淮安软兜、六合猪头、水晶硝肉……肚子吃得再饱也得给鱼汤小刀面留点儿空间，小刀面的鱼汤随季节变换，春天刀鱼、夏天鳊鱼、秋天草鱼、冬天青鱼，恰似四季渔歌，意味深长。

秋风起，蟹横行。

九十年代末的秋季，张小波、李亚伟、宋炜、野夫等一众二渠道书商来南京参加书展，时在军区战友歌舞团作曲的卢中强囊中羞涩，让我请他们哥几个撮一顿，不容分说：“都是你们一帮写诗的鬼人。”

晚餐安排在丁山饭店，一帮八十年代的先锋诗人，成二渠道书商后个个财气风发。我请大厨安排了经典的淮扬菜，茅台酒、大闸蟹，酒喝了不少，蟹只吃黄和肉，爪螯丢一桌，真是金盘盛泔水，可惜了。经年后提起那顿晚餐，除李亚伟外其他人竟然忘记了。

饭后卢中强领大伙去新街口偏僻巷子里的“极地 77 酒吧”，南京最破最躁的“Live House”，老二是酒吧老板兼歌手、伴奏。张小波不出意外地酒喝大，与人打闹起来，砸得桌椅散架，啤酒瓶乱飞。老二坐上小舞台，怀抱吉他唱：“安静下来，让我们听得到雪花在开，开在胸怀，朵朵像云彩……”

人们顿时安静下来，沉浸在老二缓慢磁性的歌声里。

卢中强说一个大雨之夜，他家传来急促的敲门声，老二浑身湿透闯入，激动地操起吉他弹唱这曲刚写的《安静下来》。

但凡去南京，晚上必往极地 77 喝啤酒听民谣。十一点过，老二演奏结束，我们去街边馄饨摊消夜，热腾腾的馄饨端来，卖馄饨的妹子顺口问：“阿要辣油？”乍听起来像是说“I love you”。

卡萨布兰卡酒吧早已不存在，极地 77 酒吧的旧厂房拆迁，唯丁山宾馆的美食如故。

晚上约人在明园厅吃金毛大闸蟹，巴掌大的蟹公母一对，“蟹八件”锤、镦、钳、铲、匙、叉、刮、针摆开，两碟姜丝陈醋，温一壶二十七年的女儿红。蟹细细地吃，品琥珀膏、胭脂黄、玉蟹柳的鲜美，酒慢慢喝，推杯换盏喝到轻骨头，方喝出点儿意思。

今晚醉卧秦淮河畔，做个如是方青的秋梦，醒来打马归去。

秋风起，去上海撒娇诗院找老克勒默默喝酒。下午他已去菜场买了一筐大闸蟹，配点儿四喜烤麸、糟毛豆，开一瓶旧藏的神仙大曲，不到饭点儿二人便喝将起来。十几只蟹下肚，万念俱灰。蟹壳堆在八仙桌上，如落满枫叶的山丘。应了那句：“一手持蟹螯，一手持酒杯，拍浮酒池中，便足了一生。”

上海人酷爱吃大闸蟹，市民去菜场买一只螃蟹，小贩会殷勤地秤好卖给你。若在北京，只买一只怕是卖菜的懒得搭理你。

北京人编排上海人，两口子在动车上吃一只大闸蟹，可以从上海吃到北京，吃完蟹壳拼成完整的蟹。推究此事源于晚明宦官刘若愚写的《酌中志》，书中描述公公们吃螃蟹的情景：“(蟹)蒸熟五六成，群攒坐共食，嬉嬉笑笑，自揭脐盖。细将指甲挑剔，蘸醋蒜以佐酒。或剔蟹胸骨八路完整如蝴蝶式者，以示巧焉。”可见拼蟹壳的噱头出自宫里头，是打北京传到上海的。

朋友说20世纪70年代他家住在正元里石库门，隔壁杨秃子的苏北亲戚送来几只大闸蟹，全家紧闭门窗闷声吃一通儿，吃罢大开门窗将蟹味散出去，惹得弄堂人空闻其味羡慕嫉妒恨。次日，将吃剩下的蟹壳和韭菜炒一大盆，开门对弄堂咪老酒。碰到这种“欺磕鬼”，邻居们表面不响，心里恨得牙痒痒。

江南谚语：生吃螃蟹活吃虾。

小时候暑假我和弟弟去小河溪掏石蟹，在岸上掐根狗尾巴草，挖蚯蚓捏碎沾涂草尾，沿河边寻找扁扁的螃蟹洞，将草伸进去抖动引诱，螃蟹伸钳子夹狗尾巴草，顺手拉它出来。捉住螃蟹在溪水里洗洗，摘除三角腮、心脏、肠胃，掰开生吃，石蟹肉不多，吃的是解馋的味儿。

张岱说：“食品不加盐醋而五味全者，为蚶、为河蟹。”

生吃螃蟹打宋朝开始流行，叫作“蟹生”，宫廷御宴经常出现。南宋浦江女厨吴氏，在《吴氏中馈录》里详细记录蟹生制作法：“用生蟹剁碎，以麻油先熬熟，冷，并草果、茴香、砂仁、花椒、水姜、胡椒俱为末，再加葱、盐、醋共十味，入蟹内拌匀，即时可食。”

江南人善吃蟹，顶懂吃蟹的莫过绍兴人。生吃、熟吃、糟吃、醉吃，吃得花样百出。螃蟹性寒，绝配温补的绍兴黄酒，有黄酒垫底，多吃几只蟹无妨。历代绍兴食蟹饕客不少，张岱自不必说，北宋傅肱吃得兴起撰写《蟹谱》；陆游嗜蟹近痴，写蟹的诗近百首；徐渭吃蟹画蟹，他的《黄甲图》珍藏于故宫博物院；鲁迅爱吃蟹，以至于说“第一个吃螃蟹的人是勇士”。

我妈祖籍绍兴，善烹螃蟹：大闸蟹蒸，小石蟹炸，不大不小的六月黄切四块炒年糕。最好吃的是幼蟹，将它生捣成糊，放入空罐头瓶，用蜂蜜腌渍，其中加入去年的桂花糖，中秋节打开，用调羹舀出来全家分食，据说这种吃法源自唐朝，称作“蜜蟹”。

重庆三碗面

“人生要吃好三碗面——人面、情面、场面。”杜月笙做人讲究，打个比方把江湖道理说得一清二楚。

重庆的哥们儿带我吃过三碗面。

一、姜鸭面

冬夜，毛毛小雨，宋炜和我打车到七星岗捍卫路，往右走上坡看见红色雨棚，灯光下泛着暖意，棚子里消夜的客人乱哄哄地热闹，老板娘三妹迎来送往，她长得像“二师兄”般讨喜，每回她见到宋炜如见到师父唐僧。

“姜鸭面”是没有招牌的苍蝇馆，来的都是熟客，它本以卖酒卖菜为主，只是姜鸭面太好吃，盖过了菜的风头。姜鸭面类属宜宾燃面，以鸭肉和仔姜为主，鸭肉切丁干煸出鸭油和焦香，仔姜要够脆嫩，配葱、蒜、辣椒、花椒、郫县豆瓣酱等调味剂炒好，和熟面条干拌而成。她家姜鸭面一两一碟，碟子巴掌大小，买半斤面偏给你分成五小碟，摆在桌上像梅花，煸干的鸭丁如苍蝇粘在面上，一筷子下去碟子空了。她家的面条筋道，鸭丁干香、仔姜朝天椒混合的鲜辣，咀嚼生成一种市井风味。叫几瓶山城啤酒，配风干鸡、煮花生、烧椒皮蛋，喝到深夜客散，醉眼看灯光下斜风细雨，心头泛起江湖飘摇岁月蹉跎的惆怅。

再去重庆，捍卫路姜鸭面已拆迁，甚至找不到原址，问人说新店在附近。三伏天正午，宋炜和我寻许久，绕来绕去，其实就在不远处新楼群的拐角。新店上下两层门脸，改名“慕儿姜鸭面”，进门打听，正是捍卫路那家因“地沟油事件”上报纸的苍蝇馆，改名或许是为回避这段好吃不好说得过去。

新店敞亮干净，苍蝇少了。姜鸭面改卖二两一碟，口味大不如从前。苍蝇馆做大后难免味道变撇，连苍蝇都懒得光顾。

二、开半天

前些年好事者网评“中国最好吃的十碗面”，重庆小面缺席，颇让山城人恼火，网上的声讨此起彼伏，不久悄无声息，网潮来得快去得急。中国五十六个民族，二千八百多个县，唯独面条是不分地域被普遍接受的最通俗的食物，做法各有特色，没人能把中国的面吃全，如此睁眼盲评“中国最好吃的十碗面”，这事实属瞎扯淡。

在我的食单里，重庆小面算得上一碗好面。

太亨说马家堡有个小面馆，牛哄哄的名字——“开半天”。上午卖面，下午收摊儿，老板放言：“老子开半天，耍半天。”

他家大刀耳片好吃，马松在重庆时天天中午去吃。马松属于玩弄词语过瘾的人，毫不讲究吃喝，他巴巴去吃这碗面，想是冲“开半天”和“大刀耳片”两个拉风的名词。

向来睡到自然醒的我，上午十点叫早，和太亨约定，他十一点来解放碑洲际酒店接我，去吃“开半天”。

太亨全名刘太亨，戴一副眼镜，精瘦机敏，生得朝奉面相，却正经是第三军医大学毕业的军医。20 世纪 90 年代初，他莫名入狱，吃足两年牢饭。无罪释放后不想回医院，遂下海做生意，在重庆开过“香积厨”餐厅，我没吃过，宋炜说口味不错，想来是不错的。太亨后来和李亚伟、万夏一样经营二渠道出版公司，做得风生水起。朋友们调侃，太亨差一点儿就是大亨。

太亨泊车在马家堡人行天桥旁，我们过马路到居民楼底的店铺，红字招牌写着“开半天猪耳面”。我俩在门口矮桌前坐下，各要二两红油猪耳面，猪耳单置一碟。

不愧为大刀耳片，耳片切得飞薄透亮，片片带脆骨茎，如秋天的树叶。浇上油辣子，安逸得很。面是细碱面，淡黄筋道，面上的豌豆尖氽水后散发清香。耳片单独下酒自没的说，挑进碗里拌面吃，是另一番滋味。红油耳片五元一份，吃完面打包几份，晚上下酒。

在重庆，他家的猪耳面显得清淡家常，减少了麻辣，保留了鲜香。

“开半天”始于 1978 年，算是改革开放后较早的个体户，牛就牛在几十年老板只开上午半天，午餐后打烊，去茶馆喝茶摆龙门阵，晚上在麻将桌上“血战到底”。

很久没去重庆，据说“开半天”被下一代接手已开全天，同城送外卖，淘宝店卖到全国。以前常和朋友吹嘘重庆“开半天”老板如何牛气，现在看来还是钱牛气。

三、眼镜面

网上得知重庆“十八梯眼镜牛肉面”老板眼镜病故，我下意识咽了一下口水，开始怀念眼镜牛肉面。可惜眼镜才四十八岁，想是阎王爷馋他的牛肉面了。

眼镜大名蒋明国，在家排行老五，打小近视眼，落得绰号“眼镜”。1988 年在十八梯下半城开牛肉面馆，自称眼镜面。

眼镜做事勤快，日日天不亮开始生火炖牛肉，重庆十八梯下半城牛肉飘香，附近居民就知道眼镜面开门了。熟客生客陆续寻香而至，眼镜下面、捞面，表情专注严肃，不和客人搭茬儿啰唆。

严肃的眼镜很会做生意，初开店时，别家牛肉面卖三元，他卖六元，碗比别家大，面比别家多。眼镜面首创用火锅底料做面的调料，口感热辣劲爆，在一味追求极致的重庆小面界达到一个巅峰。眼镜面里的牛肉选用肉中带筋的腱子肉，且肉坨坨块大，卤得香𤆵入味。若有客人想出钱多加一份牛肉，眼镜瓮声瓮气呛道：“你把牛肉吃完了，我的面卖给哪个？”

初吃眼镜面是跟宋炜去的，那时他正创刊《中国美食地理》杂志，对川渝二地的民间美食如数家珍，馆子老板认识他，过来打个招呼，随即忙去，偷闲再来聊几句，走时分文不少。宋炜说：“老子硬就硬在采访组稿从不白吃白喝，毕竟吃人家的嘴软……”宋炜的杂志内容丰富、好看，可惜没有刊号不能公开发行，因而没有广告。张小波预言杂志半年内关门，最迟一年内必然倒闭。宋炜卖掉一套别墅贴钱杂志，两年半还是关门大吉。宋炜对张小波说：“你娃不是咒老子一年必然倒闭吗？老子终于撑了两年多。”

宋炜绰号“快半拍”，行事超前，却不能持久，故每由“先驱”

成“先烈”。其实他的杂志若再坚持两年，等到互联网自媒体开始，也就无须刊号了。

中午，我俩从解放碑扬子岛酒店步行，穿过几条热闹的马路，由上半城拾级向下，再向下。

十八梯是山顶上半城通往山脚下半城的老街道，坡度大，石阶又陡又弯，两边挤满低矮的住户和店铺，什么裁缝铺、铁匠铺、烧饼铺、杂货店、理发店、修脚店……稀里哗啦的麻将声，咿咿呀呀的灯戏，掏耳朵的铃铛和棒棒是流动的，猫猫狗狗懒懒地卧在路边，恍惚穿越到旧日，还没有被高楼大厦湮没的重庆。

行至下半城，过马路看见“十八梯眼镜牛肉面”，眼镜左手拿勺右手持筷站立锅前，下面、捞面、烫青、冲料、舀牛肉，面热心静，如一夫当关的大将。

大块牛肉坨坨，大碗红油辣子，我吃得大汗淋漓，晕晕乎乎找不到北。

四、结尾

重庆三碗面好吃惨了，以至于除火锅和小面我不记得重庆还有什么好吃的。

刚和宋炜通话，聊到过去的姜鸭面、开半天、眼镜面，感慨世事变迁，我们曾经眷念的场面逐渐消失，人面渐起皱纹，不变的是情面。

有一年我在重庆，早晨八点多宋炜电话打到酒店客房，吵醒我周公清梦，他激动地在电话那头喊：“哥们儿，快起来！出太阳喽。”

出太阳有什么好稀奇，我磨蹭半天起床，洗漱出酒店，依照他发来的地址往通远门寻去。

阳光下重庆人的喜悦写在脸上，我顿时理解了蜀犬吠日的成语。

通远门城楼上，晒太阳的人密密麻麻，像田野里的向日葵。宋炜和太亨早占位子沏妥茶水，王琪博、李海洲、何房子、菲可、杨庆、梅花落、金玲子陆续赶来，没事儿，就集体晒个太阳。梅花落知我没吃早餐，悄悄下去，叫来一碗小面。

姜鸭面、猪耳面、眼镜面不复过去，重庆的兄弟姐妹人面如故，太阳出来不出来，一起喝口茶、吃碗小面。仅此一面，便胜却人间无数。

宁国·港口

从上海搬家到北京，整理几十箱书籍，抹尘、归类、上架，看过不再看的书搁在一边，迟早拿去捐了，看过还会看的旧书单独置放，它们已是我精神家园的一部分。网购的新书，没盖藏书章，翻箱倒柜找出“周墙藏书”印，一本一本补盖，红而不燥的印色，落在书页上古朴雅拙，手握印石，品味往事的润凉。

90年代末，我回到童年生活过的宁国县工作。有幸结识刘植楠先生，先生年长我许多，走动几次彼此聊得来，视为忘年交。得朋友李宁贻赠寿山老黄冻一枚，一握大小，山形，两面皮雕奇石梅竹，润透横秋，原印字已被磨掉，不得知其主人名号，想来也是风雅的。我拿去拜托刘老捉刀治“周墙藏书”印，他把玩一番黄冻，许可留下。两个月后功成，印面阴刻石鼓文“周墙藏书”，刀法随形随意，方寸间镌刻流云，落边款:“寿山名石乙卯年夏为小友周墙治印　皖宁兰石斋老牛”。

退休前刘老是宁国县文化馆馆长，瘦条条的白面书生隐没小城市井，下班回家侍弄花草、书写石鼓文、画兰花、治印章，小快活大自在。只不过刘海粟去黄山，途经宁国县落脚，赖少其举荐他给刘海粟治印“九上黄山绝顶人”，此事后刘老被地方人民高看一眼，再难得清闲。

刘植楠号老牛，精通诗、书、画、印。刘老谦逊，自我评价：金石犹可，其他勉强。观刘老的墨兰，疾风劲草，一折一弯看似轻巧却暗藏风骨。刘老说兰草是书写出来的，画兰则有品无骨，没有风骨的兰草无异路边杂草。

寄居宁国三年，我常去拜访刘老，偶尔从古董贩子手里淘得玩意儿，拿去请他掌眼，对与不对凭他一言。刘老素来清净，不喜吃喝应酬，一次我俩品着明前的“黄花云尖茶”聊到晌午，肚子咕咕响，我顺口请他吃饭，他竟然答应说：“在宁国下馆子，你得跟我走。”

过河沥溪大桥到河沥溪镇。河沥溪又名东津河，源自东天目山的千秋岭，曲折北流，多水汇合到此，曾是皖南重要的水陆码头。河沥溪老街依水而建，正街长约一千二百米，五条巷道串联起十余个大小胡同。我小时候来这里玩耍过，老街的码头、戏楼、绸场、糖坊、酒家、药铺、理发店、杂货店、供销社、商铺林林总总，繁华仅次于屯溪老街，有“小宁国县、大河沥溪”之说。

车子停在河沥溪大桥头梗，卖咸鱼的上隔壁，编草鞋的下隔壁，一所老房子，门头悬木匾，上书“董记老母鸡汤”，木匾年久斑驳掉色，乍看是“董己老母鸟汤”。

中午客人稀少，掌柜兼厨师董师傅瞧见刘老，赶紧迎出来，兴奋得有点儿慌张。刘老随口点老母鸡汤、红烧肉圆子、青菜豆腐、马兰头拌香干，和董师傅玩笑：“要老母鸡汤，不要老母鸟汤。”

董记老母鸡汤做法简单，鸡剁成块，肫、肝、心、肠一样不少，放在深筒瓦罐里煨，加入本地野生香菇，一鸡一罐，估客限量。瓦罐端上桌揭盖，金黄色油花浮在汤上压住热气，用汤勺搅几下香味散发出来，舀入碗里喝几口，暖流直通脑门儿，晕乎乎地快活。

我在家试图学做，每次香菇把鸡汤染得微黑，感觉差一把火，炖不出董记的味道。那时我家住上海，常从宁国带董记老母鸡汤开车回家，为保一罐鸡汤不泼洒，原本三个半小时车程开五小时。

红烧肉圆子如拳头般大小，肉馅切成石榴籽丁，瘦七肥三，肉圆子先油炸半熟定型，存放在菜橱里，吃时下面垫青菜煲熟，用筷子夹开分享，上好的口味。

烧青菜豆腐用鸡油。小磨麻油马兰头拌香干。

刘老善饮，我俩小酌半斤淮北口子酒，聊些张岱、李渔的故事。董师傅早备好纸笔，抽话缝过来求刘老题写匾额，说是多年的心愿。刘老起身书“董已老母鸟汤”，“已”“鸟”二字空出偏旁，董师傅看得一头雾水，刘老戏言：“改日你拎一罐老母鸡汤去家里，我再补偏旁，落款盖印，还你完整的‘董记老母鸡汤’，可好？”

董师傅乐得叠声道谢：“您老人家想喝鸡汤，随时招呼。”

宁国县域不大，四面丘陵，是水阳江、青弋江、富春江的三江源头，东津、中津、西津三条河穿流县城，河岸竹林连翠，瓦舍隐约其间。史料记载同治元年，宁国瘟疫流行，尸横遍野，十家九空，此后三年宁国成了荒无人烟、鸟兽绝迹的死地，直至湖北等地灾民逃荒至此定居，休养生息后人口渐多，所以后来有“湖北填江南”一说。皖南地区语言复杂，以皖江语系和徽州语系为基调，唯独宁国方言是湖北腔。

七岁那年，父母工作调动，我家从一马平川的淮北宿县搬到山峦重叠的宁国，那时城外西津河上没有桥，由港口方向进县城要摆渡，又称西津渡，两岸用胳膊粗的钢丝绳绞索拉动笨重的渡船往返，渡船上汽车、拖拉机、板车、牛羊和人群混杂。

西津渡下碧水静流，上海三线厂的青年男女在河里野泳，青蛙一样快活，看呆了过渡人。

西津渡周边没有村庄，三线厂隐蔽在山坳深处，渡口古意苍茫。

县城往北三十里的港口镇，位于水阳江上游，江水流经宣城、芜湖汇入长江，流向南京、扬州、上海，明代港口码头可以停泊百吨舟船。镇上一条被岁月磨光的青石板街道，街道两边分岔许多小巷子，像鲫鱼脊骨上的分刺，临街一排排实木槽门，看得出曾经的商铺繁华。20 世纪 50 年代“斗私批修”后街上店铺基本关闭，变成寻常人家的住宅，剩下寥寥开门营业的供销社、布店、粮店、药店、馆子店、五金店、肉店、豆腐店，统归集体所有制，偶尔几个私人的裁缝铺、铁匠铺、花圈铺、早点摊子，散落在不起眼的偏巷里。

我家所在的港口煤矿是省属国企，离镇上公路约十华里，走田埂小道，不过三里地。

矿部生活区范围内边角荒地多，勤快的人家开荒种蔬菜补贴家里，猪肉、豆腐、粮食、布料等凭票供应的东西，到镇上、县上去购买，煤矿每周工作六天，礼拜天放假，想改善生活得起早去港口镇。

每月发工资后的礼拜天，听收音机天气预报若是晴天，凌晨妈妈会叫醒我，穿衣刷牙洗脸，挎篮子出门。我走在前面，妈妈走在后面，她不时停下，用衣角擦近视眼镜上的雾。

出矿部生活区，穿过我读书的灰山小学，走进田野。春季大片的紫云英、油菜花；秋季金色的稻谷；冬日田地渐渐干硬，挂霜的稻茬儿踩上去咕吱咕吱地响，田间草垛零落，草垛顶上的揪揪，远看似坟茔；夏季满眼绿色，各种虫鸣交响田野。

星星嵌在瓦蓝的天幕上，星光下依稀可见纵横阡陌，脚步声惊吓青蛙，扑通扑通跳进田沟，我也被它们吓了一跳，想到妈妈在身后，内心顿时勇敢起来。此后很长的路，都是这么走过的。我和妈妈一前一后，在星光田野里渐行渐小。天微亮，过一个鸡鸣狗吠的村庄，到达镇上。

先去排队把凭票供应的猪肉、豆腐买好，再逛自由市场，卖蔬菜、卖鱼虾的就地摆摊儿，我们买些自家菜园子种不出来的藕、茭白、荸荠等。路过早点铺子，妈妈会停下来买一个麻球、糍粑或烧卖给我，有时会叫住挑担走街串巷的小贩，买一块发糕或一个粽子。

春天清晨，阳光初照，回家的路明朗短暂，田野上蜜蜂、蝴蝶、蜻蜓飞舞，田埂盛开黄色的矢菊、紫色的南芜花、白色的瓜子草。我和妈妈在路边挑几把带露水的荠菜，回家包馄饨。

每周晚上矿部大院放露天电影，《列宁在1918》、八个样板戏，翻来覆去地放。列宁的卫士瓦西里安慰老婆："面包会有的，牛奶也会有的，一切都会有的。"那年头，中国大多数人民没见过面包和牛奶。

牛羊肉凭票供应，要赶早去十八公里的县城去买，下午去只能买剩下的杂碎。山里的猎人打到麂子和四不像，拿到矿部来卖肉，用刀切割成块过秤，麂子肉不肥，价格比猪肉便宜。

每年冬天矿上用煤从浙江沿海换回整车带鱼，职工每人发五斤。妈妈将带鱼清洗干净，切成菱形块，加入葱、姜、盐、酱油、黄酒，腌渍后摊在竹匾里阴晾，风干的银膜裹住鱼肉，煎鱼时不会溅油散肉，煎至两面金黄出锅，焦嫩滋香，我早在锅台边等着尝鲜。带鱼冷却后码在篮子内，覆盖一块纱布，用木叉挑起高悬于屋梁下，猫鼠闻得着够不着，可以保存一段时间。下班做饭取几块，雪菜烧带鱼好吃极了，偶尔做糖醋带鱼，连骨刺都能嚼成渣。

宁国人家年夜饭必须有碗头鱼，一般是鳜鱼、鲤鱼、家鱼，取吉祥有余之意。碗头鱼烧半熟放进菜厨里，年初一和其他菜一起端上桌，许看不许吃，放到正月十五那天回锅煮熟，好在冬天不会坏掉。穷人家没钱买鱼，刻一条木鱼抹上酱油，放在盘子里，天天端上桌作看菜，正月十五后撤下。矿上的孩子不懂本地规矩，大年初三去陈同学家串门，中午留饭，我第一筷子夹下鱼肚子上的肉，同学妈妈的脸顿时垮下来，几年后遇见她还垮脸，可见厌烦透了。至今陈同学的全名忘了，只记得他妈叫牛玉兰，是回民，不吃猪肉。

我家最受欢迎的家常菜是雪菜鞭笋。

雪菜上一年腊月腌在大缸里，几乎家家都腌，用青石压腌雪菜的缸上，放在家里拐角阴凉处，盖上木盖防止气味外泄，吃的时候取出一把。鞭笋不用买，矿上周边山地到处是野竹丛，拣其中冒尖的细笋掰断，从开春可以掰到夏末。鞭笋包裹坚硬的鞭箨，一片片剥去，露出青白相间嫩嫩的笋肉，切成笋丁开水氽煮去其青涩，雪菜多洗几遍，洗去咸腐，先用姜葱爆香菜油，入笋丁翻炒断生，再倒进切碎的雪菜炒，放少许砂糖提鲜。炒雪菜鞭笋油要多，雪菜吃油，老话说得好："礼多人不怪，油多不坏菜。"

和玩伴上山玩，眼看天色向晚，顺手竹林间掰一把鞭笋回家，晚上餐桌上多一碗雪菜炒鞭笋。雪菜是去年冬天我赤脚站在大缸里一层一层踩密实的，老话说童男子脚踩的腌菜没有异味。

那时每家必备几口缸，大缸装水，中缸腌菜，小缸盛米盛面。

鞭笋的甘鲜和雪菜的咸酸相逢，雪菜碎末挂在笋丁上，入口冬去春来，便胜却人间无数。

港口镇宋代名称杜迁，大诗人杨万里路过此地将息一宿，次日清晨逛市场，吃了几个白煮手剥笋，一碗雪菜笋丁粥，意犹未尽，留诗一首《晨炊杜迁市煮笋》：

金陵竹笋硬如石，
石犹有髓笋不及。
杜迁市里笋如酥，
笋味清绝酥不如。
带雨斫来和箨煮，
中含柘浆杂甘露。
可斋可脍最可羹，
绕齿蔌蔌冰雪声。
不须咒笋莫成竹，
顿顿食笋莫食肉。

多年后去乡千里读透这首诗，才觉得不期而至的乡愁，是隐藏在童年味蕾里的雪菜鞭笋。

宣城七章

一、闭门羹

“闭门羹”一词出自唐代宣城名妓史凤，牵连尘封千年的香艳故事,《宣城县志》没有记载，古代编撰县志的学究生生怕这段艳史给地方抹黑，他们宁愿给无数寡妇立贞节牌坊，也不待见千古奇女子。新修编的《宣城县志》2008 年版，我翻阅良久，全书仅《列女》占五卷,《人物》仅三卷，却找不到史凤的半点儿影子。

唐代冯贽《云仙杂记》所引《常新录》一段:“史凤，宣城妓也。待客以等差。甚异者，有迷香洞、神鸡枕、锁莲灯；次则鲛红被、传香枕、八分羊；下列不相见，以闭门羹待之。使人致语曰：请公梦中来。”

寥寥几十字，笔下色、香、味俱全，一句“请公梦中来”，婉拒得体面，给落选恩客留足面子和想头。可见史凤性情黠慧，既不得罪客人，又吊足客人胃口，典型的宣城女人风格，难为她想出以“闭门羹”谢客的手段，失落的客人未出门已品出相思味，真是云雾里伸巴掌——高手!

故事太过精彩，以至忽略女主史凤的才情。还是后人上心，编辑《全唐诗》时收录她七首绝句，小抄如下：

一、迷香洞

洞口飞琼佩羽霓，
香风飘拂使人迷。
自从邂逅芙蓉帐，
不数桃花流水溪。

二、神鸡枕

枕绘鸳鸯久与栖，
新裁雾縠斗神鸡。
与郎酣梦浑忘晓，
鸡亦留连不肯啼。

三、锁莲灯

灯锁莲花花照罍，
翠钿同醉楚台巍。
残灰剔罢携纤手，
也胜金莲送辙回。

四、鲛红被

舷被当年仅御寒，
青楼惯染血猩纨。
牙床舒卷鹓鸾共，
正值窗棂月一团。

五、传香枕

韩寿香从何处传，

枕边芳馥恋婵娟。

休疑粉黛加铤刃，

玉女旃檀侍佛前。

六、八分羊

党家风味足肥羊，

绮阁留人漫较量。

万羊亦是男儿事，

莫学狂夫取次尝。

七、闭门羹

一豆聊供游冶郎，

去时忙唤锁仓琅。

入门独慕相如侣，

欲拨瑶琴弹凤凰。

诗中的香艳气息由内而外次第退出，委婉细腻地抒发她与恩客的暧昧程度，诗篇读罢难免想入非非，面红耳热，较之同时代的长安鱼玄机，史凤少几分不羁，多些子趣味。

大唐盛世，世俗风气宽容，男欢女爱空前开放，诗人留下的淫诗艳词不在少数，只是太过含蓄内敛，似这般畅快风月的，唯独奇女子宣城妓史凤。盛唐 289 年，断文识字者皆会吟诗，入选《全唐诗》的不过两千二百余人，史凤位列其中。《全唐诗》里与宣城有关的诗计二百九十八首，唐代客居宣城的大文人有李白、韩愈、柳宗元、白居易、杜牧、梅尧臣，游历宣城的文人骚客不计其数，如刘禹锡、王维、孟浩然、李商隐、颜真卿、韦应物、陆龟蒙……李白先后七次流连敬亭山麓，遗诗四十二首，经典如“抽刀断水水更流，举杯消愁愁更愁。人生在世不称意，明朝散发弄扁舟”。史凤与这些唐朝大人物并列《全唐诗》，且风骚独占七首，可谓“诗中花魁”。

明代佚名学者编《名媛诗归》，卷一十四记录史凤其人其诗，此后鲜有典籍提及。

我无意考查历史，实在替色艺卓绝的史姑娘抱屈，与她同时代的青楼才女薛涛、鱼玄机，家乡人民引以为骄；南齐苏小小墓葬西湖畔，供人世代凭吊；文化大家陈寅恪为晚明柳如是立传。同是青楼名妓，他人流芳，史凤被家乡人遗弃。偶尔有好吃佬提及“闭门羹”，钩沉出史姑娘千年风华，言语间不免轻薄，可叹皖南人虽读书过劲，史上不乏官宦、文人，却罕有风流名士。

唐宋青楼属高级风雅场所，为博恩客青睐，妓自小研习琴棋书画、诗词歌赋，长大人情练达，通晓食色。青楼之食无非点心小吃佐酒辅茶，驰名江南的“董糖”，出自秦淮八艳董小宛巧手，我们小时候，过年才可以吃得到。

史风谢客的“闭门羹”早已失传，如何烹调没得相关记述。我在归园田居那几年偶发闲心，依据印象中的宣城羹汤特点，和史凤《闭门羹》诗里的线索，用红豆 、桃花、莲子、酒酿烹调，煮成自以为是的“闭门羹”，热吃甘稠暖心，冷凝后用竹刀划块分食，清凉透顶。我的“闭门羹”不足以还原千年前史凤的手艺，却是归园食谱的保留甜点。林泉清隐，关门即深山，晨起食罢此羹，游园读书发呆，松散适意；或寒夜客来，高谈阔论至三更半夜，话尽茶凉，热此羹食罢散去，闭门合窗将息，一枕无梦。

二、老鸭汤、香菜

水陆码头的城镇，流动人口多，口味杂陈，饭店的宴席菜肴丰富自不必说，单看早点，蒸、煮、煎、炸，稠的、稀的品类繁多，钱多吃讲究，钱少吃实惠，吃得舒坦最要紧。不说长江重镇重庆、武汉、南京这些大码头，仅皖江沿岸小城镇码头，各色早点做的花样百出，其中宣城老鸭汤泡锅巴值得一说。

挑散养两年的麻鸭，宰杀、洗净、切块，肫肝、肠旺一样不少，放进砂锅加入井水，拍姜葱投锅中，大火煮开改文火吊汤，此时火候最讲究，须保持锅里的鸭汤咕嘟咕嘟冒泡，火大了汤会变浑，煮一会儿，打去浮沫，不断地一点一点添加冷水，如此五六个小时吊出的清汤鲜香，鸭肉软乎。次日清晨出摊儿，配一篮子粳米大锅饭炕的厚锅巴，一蓝边碗滚热的老鸭汤泡锅巴，吃到客人脑门儿、后背泌出细汗。

教我高中政治的宫老师家境清贫，他弟弟从小辍学放鸭子，拿一根长竹竿，竿顶挂布条，天天在北门寡妇桥下的道岔河岸边赶鸭子，从一窝叽叽喳喳的绒毛黄鸭赶成一群呱呱叫的麻鸭。他头戴一顶旧草帽，像匈牙利电影里的牧鹅少年马季。几年赶鸭子的工夫，他长到与大人一般高，开始觉得难为情，草帽压得很低，生怕面对熟人。

寡妇桥是北门道岔河上的单孔石桥，原名桃源桥，始建于唐末，是宣城众多石桥中最古老的。清代发大水被冲垮，由一家寡妇捐钱修复，后人感其恩称寡妇桥。喊着喊着原名反倒被人淡忘。道岔河年年夏天发大水，水没过寡妇桥面，附近的人用各种网、兜在桥上捕鱼，围观眼馋的不少，堪称一景。寡妇桥旁是宣城师范大门，穿过宣师教学楼、食堂、图书馆，后面是三百米环形跑道的体育场，我家住在体育场旁一座单门独户的院落里。

80年代宣城南门鳌峰电影院门口有一家早点店，专卖老鸭汤泡锅巴，搭配包子、稀饭、茶叶蛋，方便附近生活区的居民，和来宣城开会出差的人，普通百姓不会花冤枉钱吃这么贵的早点。

宣城行署设在南门，政府官员们工作、居家在那里；几大国有工厂开在北门外，工人家属区在厂子附近；码头、汽车站、火车站在东门，那边旅社、饭馆多，商人、贩夫走卒出没；西门街巷的平房汇集各类手工作坊，手艺人居住在简陋的环境里。

难得口袋有几张钞票，想吃老鸭汤，我起早从北门矿机厂骑自行车到南门鳌峰，一路上坎子，出劲蹬车肚子更饿。到了停好车，恰巧有人吃完让座，心里小快活，点一碗老鸭汤泡锅巴，特别招呼汤里要鸭头、鸭膀爪。锅巴绝配老鸭汤，嚼一块锅巴喝一调羹热汤，锅巴的焦香化在老鸭汤的清香里，也可将豆腐乳抹在锅巴上，或者掰开锅巴泡在热汤里，一口汤锅巴，夹几根香菜，嚼在嘴里咕吱咕吱的，豆腐乳、香菜随便吃不收钱。锅巴吃得差不多，再吃碗里的鸭头、鸭膀爪，不用动手，筷子夹到嘴里嗦一下便骨肉分离。

香菜是宣城一绝。宣城人说的香菜可不是指学名芫荽的植物。

每年霜降后，宣城几乎家家腌香菜。周边的菜农肩挑一担担高秆白菜在居民区叫卖。买一担或半担回家，全家人动手将高秆白菜择、洗、晒、割、剪、晾；再去菜市买回红辣椒粉、八角粉、黑芝麻，用石舂捣碎姜、蒜、晶盐作调料，将半成品菜加调料揉、拌、装、封，多道工序制作耗时费力，偷懒绝不得行。那时节，家家门口空场地上铺满晒白菜的篾匾和草席，有人家腌得多，晾衣绳、树枝丫到处挂白菜。完成复杂工序的香菜，腌制在口小肚大的养水坛内，盖上盖子，注水封住坛口阻隔空气进去。半个月后开坛，香味喷出，用干净筷子夹少许放进碗碟，淋点儿小磨麻油，咸香脆辣，堪称腌菜之君。

讲究的人家择出菜心单做一小坛子香菜，撒上九蒸九晒去皮的白芝麻，来年清明前，“敬亭绿雪”茶上市，沏一盏绿雪，一碟芝麻香菜心，一碟水阳干子，搬把竹椅恹恹地坐在家门口，吃到、喝到、太阳晒到，二郎腿跷起，此刻老子天下第一。

宣城人历来奸巧滑怪，对于吃喝倒还实诚，没瞎扯什么香菜掌故。本是民间习俗的腌冬白菜，只不过制作讲究罢了，若胡编乱造出无聊腻歪的故事，反倒败了风味。

汶川地震前一年，野夫在四川罗江县写剧本，我和赵野从成都去探望，野夫搁置秃笔张罗招待吃喝。放下筷子觉得罗江菜是川菜的例外，似乎没那么麻辣。野夫说知我，罗江县清代有父子文人，其父李化楠曾在江南做官，告老还乡建筑醒园，撰饮食专著《醒园录》，对罗江菜影响至深。其子李调元也不瓤，精通诗文戏曲，多有作品传世。

后来川人龚平赠我《醒园录》善本，仔细阅读，感兴趣其中记载的做五香菜法：“每十斤菜，配研细净盐六两四钱。先将菜逐叶披开，秆头厚处撕碎或先切作寸许，分晒至六七分干，下盐。揉至发香极软，加花椒、小茴香、陈皮丝拌匀，装入坛内，用草塞口极紧，勿令泄气为妙。覆藏勿仰，一月可吃。”

李化楠做五香菜法的工艺用料和宣城加工香菜大同小异，他在浙江余姚做县令期间，多次游历敬亭山，老饕如他必然识得宣城香菜，受启发是自然的。可惜现在罗江已没有五香菜，或许做工太繁复，罗江后人懒得传承下来，否则倒是可以比较一下味道。

宣城好吃的早点还有锅贴饺和春卷。锅贴饺是发面饺皮，有韭菜肉馅、荠菜肉馅，豆腐油渣馅的卖不上价，渐渐地没人做了。用一个汽油桶改做的立灶，上搁置圆形浅口平锅，配简单的折叠桌椅，熬一钢精锅稀粥，便可以出早点摊了。平锅刷少许底油，锅贴整齐排好，煎至底部微黄，洒一瓢面汤，盖上锅盖中火焖干水分，锅里嗞嗞作响，揭开锅盖，看饺子“胖”起来，用铲子铲起，分送给等候的客人，趁热吃，皮焦面软馅嫩，咬一口油滋出，不小心会溅到身上。春卷只卖春天，冬末春早水芹菜上市，民间开始做春卷，薄面皮包裹芹菜和臭干丝，过油炸成金条状，脆皮松馅，咬一口香芹和臭干混合热乎开胃。也有人家做萝卜粉丝馅、韭菜豆芽馅的素春卷。如今想吃春卷不问季节，荤食的春卷常有，也好吃，我在宁波吃过黄鱼春卷，特别好吃。

80 年代末，我和冰姐承租东门大街阳德居委会楼下门面，做家用电器批发生意，每天早上沏杯茶，买三十个锅贴饺摆在柜台上，小两口子在柜台里面边吃早点，边盘算快活心事。

三、鬼火摊子

我家搬到宣城的那年，十字街有那么两三家消夜摊子。天黑后摊主用板车拉煤炉、折叠的木桌椅等家伙什儿，去十字街头出摊儿，卖些面条、水饺、馄饨、汤圆、五香蛋等小吃。

城关镇原有四家电影院：北门王家巷的人民电影院；东门中山路的宛陵剧场；宝塔山上的宣州影剧院；南门叠嶂路工人文化宫电影院。驻扎西门的南京军区通讯二营的大礼堂偶尔放映内部片，供部队官兵及家属观影。城关镇不多大，影院剧场离十字街都不远，晚上看电影散场，无论从哪个电影院回家，三个方向的人必定会路过十字街，恋爱的人坐下来吃点儿热乎夜宵，回味电影剧情，这约会才算完满。

深夜的十字街，几盏煤油灯照亮冷清的烟火，过往食客混杂，下夜班的，打牌的，偷鸡摸狗的，不明来历的，逢陌生吃客，摊主不搭茬儿却格外留神。赢了钱的打牌佬呱话连篇，大声招呼老板炒面里加一个煎鸡蛋，打二两散酒，来一个兰花干子，喝得咪咪嘛嘛再走。输钱的满脸晦气，埋头吃一碗清汤面闪人。

宣城人称十字街夜宵是“鬼火摊子”。俗话说：“佛吃早餐，人吃午餐，鬼吃晚餐，妖吃夜餐。”如此看来宣城弄妖作怪的大有人在。

改革开放后，经济逐渐好转，百姓的荷包鼓起来了，政府沿街安装了路灯，十字街的鬼火摊子，亮堂热闹起来，其中小手的摊子生意最旺。小手个头不高，细眉细眼，生下来右手只有大拇指和小拇指，人送外号小手。他家摊子最大，除了卖馄饨，也卖汤面、炒面、面条是手擀面，馄饨现点现包。小手捏馄饨飞快，捏十个往锅里一丢，半透明的馄饨在沸水里翻滚几下鼓胀起来，肉馅一点儿鲜红，如大肚子金鱼浮在水面，他麻利地往蓝边碗里放猪油、酱油、葱花、味精，拎竹壳暖水瓶倒开水冲汤，漏勺捞起锅里的馄饨，迅速放入碗中，辣椒粉、胡椒粉在桌上，客人随意。一调羹连汤带水的馄饨吃进嘴里，嚼到哪怕面皮中一丁点儿肉末的鲜美，足以让老城的夜色温暖起来。

江南馄饨分大馄饨和小馄饨，大馄饨吃馅，全素馅、菜肉馅，包得鼓鼓囊囊像元宝；小馄饨喝汤吃皮，馅是精肉的，一根筷子挑丁点儿肉馅抹在皮中，手掌轻轻一握就好。汤有鸡汤、鸭汤、骨头汤，最普通的是红汤，即酱油、猪油加葱花、味精。我有个同学，初次约会晚上和女孩儿去宛陵剧场看电影，散场后逛到十字街吃馄饨，两碗馄饨端来，女孩儿刚要吃，他说等一等，数数看够不够十个。第二天女孩儿和他吹了，想想也是，连吃馄饨都要细数的男人，以后数落日子该多么烦人。

卖汤圆比较简单，煤炉上炖一个钢精锅，汤圆是黑芝麻馅的，预先搓好排列在木板上，盖一块白纱布遮挡苍蝇。客人吃几个下几个，下好汤圆连汤一起盛在蓝边碗里端给客人。从碗里舀一只滚热汤圆，吹吹放进嘴里，牙齿一碰，甜香流出，溢满口腔。我带魏德祥去吃过，回味后他写了一首诗《滚热汤圆》，可见“小二哥的汤圆圆又圆”。

小手家消夜渐有名气，人称“小手摊子”，遇到不熟的人调侃，他老婆不乐意，垮下脸来。小手老婆国字脸，五大三粗，负责煤炉火候和收拾碗筷。他家紧邻人民电影院，两口子每天下午在电影院门口卖香烟、瓜子，夜间去十字街摆摊儿卖夜宵，勤劳节俭养活老小一大家子。

一天在北门三眼井，遇到大众饭店的小厨师喜子，他递来一支烟，告诉我他辞职下海了，夜间在十字街摆馄饨摊子。我的店离十字街没多远，周末晚上关门盘点后，和冰姐过去吃夜宵。喜子的馄饨摊子在小手街对角，一位俏女子在摊头帮忙，我开玩笑问他从哪拐来的，喜子说是他新婚媳妇，水阳人，小媳妇笑得羞涩，喜子很是得意。喜子的馄饨汤里多加了小炸和碎榨菜，软和的馄饨搭配香脆的小炸和榨菜口感不错，到底是国营饭店老师傅的徒弟。

回家路上我对冰姐说：“喜子留不住他的媳妇。”

她问：“为什么？”

“不为什么。”

馄饨摊子生意旺，喜子乐呵呵，嘴龇得像火花，他媳妇埋头干活儿，时不时偷瞄一眼食客。

半年后，喜子的馄饨摊子歇火。风言，他媳妇跟别人跑了。

四、小二子、老朱

离开宣城几十年，人事难免淡忘，记忆里的趣味越来越浓。有些地方，有些人，有些食物，想想都过瘾。

宣城是块“乌龟地”，十字街为龟背，南门往高处走，东门、西门、北门的街道全是下坎子。南门街道短，出了街道是鳌峰，如龟头昂扬，四条街道左右岔出许多小巷，是乌龟爪子。每年六七月，宣城多会发大水，连天暴雨浇灌，上游宁国县山区的洪峰顺河泻下，东门、西门、北门全泡在水里，只有十字街和南门安然无恙。几天后洪水退去，城关镇地上一片狼藉，太阳一晒散发腐泥的臭味，好多天才清理干净。

平日街上的待业青年，喇叭裤、长头发，白天闲逛瞎凑热闹，晚上去电影院门口叉天（泡妞），拎录音机去府山头广场草坪跳迪斯科。

东门大河上的济川桥是明代的五孔石拱桥，船形的桥墩还是古董，桥上的栏杆已换成水泥的。桥下两岸是码头，不远处的宛陵剧场，小商贩聚集门口，跑江湖卖艺要把式的你来我往，他们用绳子围一块方形场地，表演胸口碎大石、魔术、杂技；卖老鼠药的缩在拐角，扯侉里侉气的腔调，数落："嘿，你不买来俺不卖，老鼠咬你家小锅盖……"

人民电影院对面的山墙下，常年摆租书摊子，摊前置矮凳竹椅。小人书一分钱看一本，小说外借三分钱一天，封面包牛皮纸，有明清小说《水浒传》《七侠五义》之类，也有手抄本《一双绣花鞋》《梅花党》《少女之心》，偷偷供给熟客借阅。暑假下午，我常去书摊儿消磨，单等一声叫卖："洋糖——糯团"。慢慢走来一个衣衫素净的小妇人，脆生生的"糖"字拖长音，到"糯团"短促收声，她脖子挂一方扁平木盒，垂直撑在腰上，盒口朝上，盒里几排椭圆形的洋糖糯团，掀开挡灰的白布，竹夹子夹糯团放在白纸上递给客人。粉嘟嘟的糯团在手中软粑粑的，隐约可见其中黑芝麻糖心晃动，咬一口芝麻糖流出，忙将嘴凑上去吮吸。

从人民电影院走到西门大街右拐，嗅到人民饭店散发的香气，他家早点丰富，烧卖、面条、包子、麻球、糍粑和稀饭，最好吃的是小刀面。蓝边碗底少许酱油，加猪油、碎榨菜、味精，开水冲汤，厨师用长筷子从大锅里挑起热面铺碗里，撒上葱花，微黄的碱面滑溜溜的，面汤是浓浓的酱香。

宣城人吃的酱油出产自东头湾的酱坊，酱坊除了做酱板、酱油，还腌酱菜、豆腐乳，酱油红褐透亮，酱香浓郁。江南的汤面、拌面、猪油拌饭的味道，酱油是决定性的。

文化馆门口有一口宋代的三眼井，那一片区被称为"三眼井"。徐傻子穿着白灯笼裤黑布鞋，在那里摆地摊玩蛇。胳膊粗的花蛇在他赤裸的上身缠绕蠕动，眼见观众渐渐聚集，徐傻子使小刀在手掌划一下，血渗出来，展示给大家看，打开小纸包里的药粉撒在伤口上，血顿时止住。他沙哑嗓音吹嘘一番，拍掉手上的药粉，摊开手掌居然完好无损，围观者惊叹不已。他抱拳环顾行礼道：“各位父老乡亲，有钱的捧个钱场，没钱的捧个人场……”说罢开始兜售跌打损伤药。

快到十字街，农行门口开阔阴凉，讲大鼓书的张瞎子长期占据大门左侧，一张桌子上搁茶杯、醒木、竹板，右手立一鼓架，上置扁鼓和竹根鼓槌，下首摆几条矮脚长凳，只要不下雨，张瞎子中午准到。开先扯闲篇，家长里短，奇闻逸事，待长凳上渐渐坐人，方始说书，但见他右手执鼓槌，眉毛上下挑动，声音忽高忽低，忽急忽缓，每说到要紧处，鼓点如急雨骤停，醒木拍下，卖个关子：“咹——欲知后事如何，且听下回分解。”一个头扎两只冲天辫七八岁的女孩儿，端搪瓷盘子挨个儿收钱，坐听的按规矩必须给，多少不论，旁边站听的可给可不给，不给听久了难为情，醒木拍下时悄悄开溜。

歇息片刻，张瞎子接着开说，咣啷咣啷一阵乱响，一架三轮车从十字街往北门下坡急驰，骑车少年半站半坐，一手扶龙头，另一手握车刹把左右摆动敲击车杠，行人惊吓躲闪埋怨。张瞎子眼瞎心不瞎，晓得听众分心，他暂停下来，喝一口老茶，呸出茶叶梗，竹鞭击鼓长叹：“小二子——在作。”

小二子是北门别士桥往下大众饭店的学徒，初中毕业顶他爸的职上班，每天蹬三轮车去东门菜市买菜，运回北门饭店，路上骑两个上坡两个下坡。别看他小鼻子小眼小个子，在飞驰的三轮车上，顿时威风成流动的街景。

结婚后小二子不再飙三轮车，他保职停薪，在东门农贸市场边上开了家小饭馆。饭馆没有招牌，一间狭长的屋子，光线昏暗，几张台面油水笃厚，到饭时基本客满。小二子话不多，熟客来了，笑眯眯打声招呼，发一圈香烟，回厨房烧菜。酱烧排骨、清汤鲫鱼是他的拿手菜。一碟排骨端上桌，酱色浸透子排，肉软炽入味，骨松可嚼；鲫鱼汤小锅子煨炖，两条斤把重的鲫鱼，加几片冬笋，不加多余作料仅用少许姜葱去腥，晶盐调味，清汤不失甘鲜，鱼肉蘸醋，吃出螃蟹的味道，塞进鲫鱼肚子里的肉馅用筷子夹开粉嫩，吃在嘴里透着鱼鲜。

他家的烂腌菜蒸豆腐平中见奇，沤烂在缸底的腌菜叶子和腌菜卤汁色泽碧绿，将熏臭的腌菜卤汁浇在嫩豆腐碗里，加入菜籽油、辣椒酱、蒜末，隔水蒸熟，奇特的“臭鲜”令人欲罢不能。宣城人爱吃这口烂腌菜蒸臭豆腐，小铁锅架在炭炉上，蒸得臭气熏天，反称为“千里飘香”，其腐臭咸鲜外地人吃不消，掩鼻而过。烂腌菜炖成浓稠的绿糊，臭豆腐深陷其中，舀几勺拌饭，好吃过瘾。

有人说他往菜里加罂粟壳，吃了上瘾，问他时笑道：“听那些人瞎扯。”

皖江地区盛产麻鸭，养成人们冬天喝老鸭汤、夏斩卤鸭子的食俗。卤鸭分红皮鸭子和白卤鸭子，红皮鸭子是先卤，后抹麦芽糖入油锅炸成红皮色，配特制的卤汁，口味甜咸交融，芜湖的红皮鸭子是一绝；白卤鸭子宣城胜出，白卤重在盐与火候，调卤水的姜葱及香料大同小异，绝不能加酱、酱油、糖色之类，用晶盐激发出锅里卤水的鲜味，渗入鸭子里，煮好后熄火焖锅，待卤水渐凉后取出鸭子斩块，色泽淡黄清爽，咸鲜渗透其中。

宣城东南西北门，街头巷尾卤鸭摊子不少，下午陆续出摊儿，生意差的卖到天黑后才打烊。卖得快的数东门宛陵剧场旁的麻子，和西门外贸巷对面的老朱，他两家卤鸭子卖完，其他摊子才开张，每家摊子卤十几个鸭子，配些与鸭同卤的兰花干子、蒲包干子、豆腐皮，卖完收摊儿。麻子和老朱生意好也不多卤，老规矩，给同行留口饭吃。

麻子卤鸭人称“麻鸭”，麻子矮黑客气，手上斩鸭子，嘴里与熟客扯三拉四。他的口头禅：“宁可变成鬼，不能亏了嘴。”

老朱五十来岁，白净精神，头戴灰色帽，并不说笑啰唆，自顾斩鸭子、过秤、打包、收钱、找零，拿鸭子用左手，收钱用握刀的右手，每次摸过钱，下意识地将手指在湿抹布上捻一下。老朱冷面热心，遇到老顾客，他不作声不作气，多给一块兰花干子，或多给几根鸭肠。他左手小拇指短半截，据说曾经嗜赌，输寒了心，剁小拇指头发誓戒赌，再不沾摇单双、推牌九、翻二八杠，偶尔打几圈小麻将不伤皮不伤骨。生意太旺，晚来的只剩下兰花干子和卤豆腐皮，难免抱怨，鼓噪老朱多卤几只鸭子，老朱推托忙不过来。拗不过主顾念叨，添加了卤猪蹄、卤大肠、卤顺风，依旧每天早早卖光。大伙围在摊子前，老朱心里明白谁先来后到，谁也别想插队，老主顾后来，眼看卤菜将尽，他会留四分之一鸭子或者一个猪蹄，借口事先打招呼留的，其他人亦无话可说。

我是老朱的常客，想吃他家卤鸭子，下午提早关店门，骑摩托去他家斩半只卤鸭子，有卤猪下水后，斩四分之一卤鸭子，加一份猪耳朵、几块兰花干子，回家与爸爸、弟弟小酌，一天日子小快活收官。

离开宣城后每次回家，爸爸下午早早去老朱那里斩卤鸭子、卤猪蹄、卤顺风。我陪他去过一次，多年不见，老朱已是满头白发的干瘪老头儿，腰板依然直挺，斩鸭子手起刀落。

五、澡堂子

城关镇几个澡堂子，一年开三季，夏天歇业。夏天宣城最大的澡池是东门大河。

四季开门营业的澡堂子唯独宝塔山下的九龙池。

宝塔山是城关镇的制高点，山顶矗立九级六面砖塔，结构饱满端庄，建于西晋永宁年间，唐代称开元寺塔，宋代修复改称景德寺塔，历经更名、修复，风雨飘摇中幸存。塔顶三节插瓶护环，上挂粗铁链，不知作何解，传说是上面绑过飞天大盗才留下的，这种故事哄小孩子罢。

沿光溜溜的石阶上宝塔山，行至半路左拐有家大屋，粉墙黛瓦，门头一块砖雕匾额，上书“九龙池”三个字。进门休息厅是天井改的，采光极好，沿墙排列木制躺椅，铺白毛巾，躺椅间放茶几，几柜带锁给客人放贵重物品，躺椅前一双趿拉板。跑堂的引客人到空座，脱光衣服放躺椅上，脚踩趿拉板，要一条白毛巾，啪哒啪哒走向里间泡池。

池子热水泡一会儿，毛孔打开浑身松软。泡池分三个，大池子温度适中，小池子温度略高，最小的池子上面盖一块木隔栅，人坐在上面蒸。澡堂正午开门，讲究的人赶去泡清汤，晚上池水成浑汤，自己安慰说：“脏水不脏人。”下午泡澡的是闲人，三天不泡身上痒痒，浸在大池子，闭目享受热水抚慰。老头子体寒，泡水烫的小池子，或坐在木隔栅上蒸汗，他们目光凝滞，皮松肉垮，皮肤像失去口粮的麻布袋，皱巴巴地耷拉着。

搓澡的哑巴，将大毛巾铺在池子边沿，舀半盆池水浇上去，让毛巾紧贴池子，扶客人躺下的哑巴将小毛巾缠手上，从脸部开始搓澡，利落地搓掉正面的泥垢推到客人胸口，拍醒昏昏欲睡的客人，让你看他的成果，然后用手刮去泥垢荡洗毛巾，扶客人翻身趴着继续搓背，搓完解开手上的毛巾，啪啪抖落泥垢，在水桶里荡荡，铺在客人背上，噼里啪啦地敲出明快的节奏。

泡够了起来淋浴，打肥皂冲洗干净，去外间躺椅休息。刚落座跑堂扔来一团滚热的手巾把子，准头力度恰好落到客人手里，抖开擦擦身上汗珠，点一杯雨前的溪口云尖茶，送几片脆甜的青萝卜，喝着茶找熟人搭茬儿。吃完萝卜肚子咕噜响，悄悄放个闷屁，手巾把子又飞过来，擦嘴擦手躺下小眯片刻。也有客人自带二两白酒，点一包五香花生米，两块兰花干子，喝得脸红到脖子和胸门口，再去泡澡搓背，泡好后上来叫碗馄饨，吃罢睡上半天。跑堂的眼尖，看人发手巾把子，吃食点得多发得勤快，遇到混得好的人，即便什么不点，他也殷勤得手巾把子飞个不停。

九龙池外，一溜小摊子，下馄饨、煮茶叶蛋、炸腰子饼、削甘蔗、卖应季水果，只等澡堂子里吆喝，小摊贩屁颠颠地送进来。

如今老城拆除，澡堂子几乎消失，新开的桑拿、SPA、皇家洗浴五花八门，洗澡的客人不少，搓背修脚的都是苏北师傅，不同的是以前澡客瘦子多，现在澡客胖子多；以前男澡堂的客人，脱掉衣服用毛巾捂住裆部，小步快跑溜入澡池，生怕别人看见笑话；现在不然，赤条条的，唯恐别人看不见。

国营企业都有浴室，从制药厂往北数，矿机厂、纺织厂、造纸厂。企业浴室有的天天开，有的隔天开，家属凭单位发的澡票洗澡。市井百姓得不到这个福利，夏天男人带孩子去东门大河游泳，顺便把澡洗了，因此宣城人通称游泳为洗澡。春秋冬三季，人们在家烧水用澡盆洗澡，有钱的隔三岔五泡澡堂子，洗的依然是东门大河的水。

最北的国营企业是火葬场，讣告上总写成“火葬厂”，那里不制造、不修理，只负责烧灭，算不上什么厂。火葬场有间小浴室，估计除自家员工，没人敢去那里洗澡。火葬场负责人老张，人称“张厂长”，他答应得嘣脆。

东门大河书名宛溪河，环绕城东，流至北郊，与华阳河交汇成水阳江，在敬亭山下形成三岔河。李白诗:“青山横北郭，白水绕东城。”青山指敬亭山，白水即宛溪河。 三岔河宽阔清澈，夏日午后，会水的孩子们下河游泳，能渡过三岔河的，算是水性好的，不会水的在浅滩扑腾嬉戏。

朗夜，月洗河面，微波细粼，但见一叶扁舟漂荡，渔夫扬竿，几只鸬鹚在月影中翻飞扑水。

如此景色夏天也没有人敢夜泳，传说“水鬼”在夜晚出现。皖南人称“水鬼”为“水猴子”，迷信它们是溺水者的魂魄寄生，在水里缠住人往水底拽绝不放手。白天三岔河清澈见底，见不得天日的“水鬼”遁形了。

六、鱼市巷、羊市巷

鱼市巷是东门中山路通木直街的一条小巷子，巷子窄，显得两边墙壁高峭，墙体剥落处露出灰砖，长方形青石板铺地，被岁月磨得溜光滑亮，在巷子里看天是一条蓝色粗线。

鱼贩子沿巷子两边墙根就地摆摊儿，面前盆、桶、篮子里大小不同的鱼、虾、泥鳅、黄鳝、甲鱼、螃蟹等水产，巷子地面湿漉漉的，中间勉强留出人行缝隙。

上初二那年，我家搬至宣城，城关镇九街十八巷，鱼市巷最好玩，之前住在平原和山区，没见过这么多鱼，常能买到的有鳜鱼、鲫鱼、川条子、鲶胡子、青混、黑鱼、鲢鱼、胖头鱼、昂丁鱼、刨花鱼、土步鱼……

土步鱼大头小尾，土褐色，别看它长得呆板丑陋，肉质格外白嫩，宣城叫土步呆子，苏州人称塘鳢鱼。宣城人嫌它又丑又小，价格卖得便宜，拿它烧雪菜，鲜得可以，剩下的鱼汤留做雪菜鱼冻，早餐配粥面吃那是绝了。汪曾祺调侃："苏州人特看重塘鳢鱼，谈起来眉飞色舞。"可见各地风味差异。土步鱼重不过二三两，姑苏名菜"雪菜豆瓣汤"里的豆瓣，便是取土步鱼两颊的月牙肉，奢靡如此，难怪说要鲜掉眉毛。

宣城南漪湖盛产刨花鱼，一寸来长，扁平如碎刨花，新鲜刨花鱼面拖油炸，香酥到食不吐骨，晒干后加盐、辣椒、生姜等调料腌在坛子里，最下饭下酒。

琴鱼绝对稀奇，鱼市巷没有卖，宣城人多听过未见过，它仅产于泾县与宣城之间的琴溪，唐代就是贡品。琴鱼长不盈寸，口生龙须，颜色斑斓，小鱼儿在溪水游动，静听它弄水的清音，如仙人抚琴，琴溪、琴鱼因此得名。琴鱼隐在清澈的水底石缝中，清明前后浮现，当地人用竹篓、篾篮在琴溪滩头张捕琴鱼，不洗，直接放进加了茶叶、桂皮、茴香、糖、盐煮沸的水中，片刻捞出，摊在篾匾上晾干，用炭火细细烘制成琴鱼茶。后人用敬亭绿雪泡琴鱼茶，茶汤腥咸，喝着不是滋味，既败了茶气，又坏了鱼鲜。琴鱼茶只合泡琴鱼当茶，陆放翁言："一掬琴高鱼，聊用荐夜茶。"杯中放几条琴鱼茶，开水冲入，琴鱼苏醒，张口睁眼，头上尾下，摇曳浮潜，饮之咸鲜回味，堪称妙品。

我曾用琴鱼茶泡饭，一勺饭加几条琴鱼茶，在锅中煮开，盛入“春山玉品”霁青瓷碗内，琴鱼浮于米汤，食泡饭品琴鱼，其味清淡悠长。

鱼市巷古时候是烟花巷，深巷内隐蔽多家清幽馆舍，其中偎红倚翠，浅斟低唱，风流可想。百姓酸它是“瓦碴巷”。新中国成立后风花雪月场所取缔，常有小贩在空巷卖鱼，逐渐形成市场改称鱼市巷，瓦碴巷之前的巷名已无可考。

宣城西汉设郡，唐宋盛极一时，往来文人骚客多如东门大河的鲫鱼，不知当年名动江南的史凤，可是在此巷内煮闭门羹。

东门大桥附近还有羊市巷，现在是青年路。羊市早已消失，宣城人爱吃山羊肉的习俗却保留，逢年过节，去菜市场买个羊胯子，回家炖羊肉锅子，加萝卜、辣椒、芫荽，是冬日家常大菜。

当年我去弋江访友，在文昌镇青弋江边吃过一家鱼咬羊，至今犹念。那家饭馆在弋江粮站隔壁，柴火灶支在门口，里面几张饭桌方凳，剁成大块的鱼头和羊肉装在两个大盆里，用新榨的菜籽油爆香姜、葱、蒜、辣椒，下羊肉块翻炒，再下鱼头混炒，加少许黄酒、酱油、盐，厨子用心翻炒焖煮，香气弥漫屋里屋外，吃过的人无不咂嘴称鲜。

冬日，水阳嫂子开始在家做羊糕，本地山羊肉切块洗净、焯水，黑毛猪皮切小片洗净；将羊肉、猪皮放进锅内加水，加酱油、糖、萝卜、葱、黄酒、盐各少许；旺火烧沸，撇去浮沫，文火炖至肉烂；捞出，剥熟羊肉皮铺盘底，拆羊肉摊皮上；沥出锅内汤汁，去作料杂质，捞出煮熟的猪肉皮斩茸，入羊汤锅内，大火烧化成汤羹，撇去浮油浇在盘内羊肉上，撒碎蒜苗、芫荽，一夜冻成羊糕；切厚片盛盘，状若晶莹脂膏，配自家辣椒酱蘸食。

探究羊糕做法，先烹羊成羹，结冻切块为糕。《说文》曰："五味和羹。"羹者，从羔从美，上古的羹指调五味烹成带汁的羊肉。揣测古人冬日食羹，吃剩的羹隔夜成冻，食之味美。羊糕或由来于此，确切地说是"羊羹"演化成羊糕。

我酷爱水阳羊糕，将其纳入归园食谱，稍做变化，去掉腻歪的猪皮，选肥羊和鳜鱼煮羹，加问政山笋、荸荠、芫荽，五种食物不同，烹调次序须拿捏得当，完事纳入冰箱冷藏，如此"归园羊糕"，别有一番滋味在舌头。

唐朝宣城妓史凤待客，还有"八分羊"，如她诗中：

党家风味足肥羊，
绮阁留人漫较量。
万羊亦是男儿事，
莫学狂夫取次尝。

史凤诗赞的党家肥羊必然不俗，千年后党家风味难觅。我常揣度爱吃羊做羹的史凤是水阳人，她以食说事的神气流传至今，体现在宣城女人身上。

七、宣城四镇

我的生命旅程似乎以七年划分。出生在淮北宿县北关地质队，七岁前生活在地质队大院；随爸妈工作调动搬迁到皖南宁国县港口煤矿，第二个七年在矿部大院度过；初二转学到宣城，那年我十四,七载少年时光留在宣城矿机厂大院。工矿的大院生活有别于市井，来自五湖四海的人在一个单位工作，一个大院内过日子，天南地北的口音掺杂混合成“非标普通话”。大院里有学校、食堂、供销社、电影院、医院，“麻雀虽小，五脏俱全”。在交通不发达的年代，大企业小社会里成长的大院孩子，性格简单明朗。

在宣城最早认识的朋友是贾晓东。初二我刚转学到宣城三中，课间在教室外走廊玩折扇，扇面画墨梅，题五言四句，隔壁班的贾晓东过来搭茬儿:“扇子上的画谁画的？”“我。”他将信将疑又问:“诗也是你写的？”我说:“是的。”放学路上我们聊起来，他从书包里掏出一颗水东蜜枣给我，蜜枣形状扁平，色如琥珀，吃起来沙甜。

宣城自古四个重镇，水东、水阳、湾址、城关。

水东镇在宣城县和宁国县交界处，是江南枣乡，独特的水土气候，使那里生长的青枣皮薄肉厚又脆又甜。明末清初，一个好喝闲茶的徽州和尚，想出蜂蜜煮枣然后阴干的方法制成蜜枣，储存至冬天做茶点。此法传到民间，水东人用竹刀在青枣上割多道细纹再煮，枣皮裂开，蜜糖渗入，成金丝琥珀蜜枣。地方官员拿它进贡，皇帝老儿吃罢叫好，水东蜜枣名声得以传播。

后来水东蜜枣改蜂蜜为砂糖，沙甜恰好，蜜意犹存。

皖南农民爱在家门口种各种经济植物，如桃树、李树、杏树、石榴树，水东人家只种枣树，村落的路边、田头、山下随处可见。新人结婚栽棵枣树，枣子寓意早生贵子，枣树伴孩子长大，夏天遮阴，秋日结果。

行走宣城、宁国之间，每回看见远村的枣树，想起鲁迅先生那句经典的“废话”：“在我的后园，可以看见墙外有两株树，一株是枣树，还有一株也是枣树。”

春天，枣花星点开放，泛青带黄毫不喧妍，空气里甜丝丝的味儿，村庄外枣树下，放蜂人辛勤忙碌；秋天，挂枝的青枣隐在树叶里，枣树多刺不能爬上去采摘，只消在树下用长竹竿抽打树枝，枣子叶子落一地；冬天，枣树黝黑坚韧，带刺的树枝虬伸，望去像守卫村庄的寂寞武士。我吃过用枣花蜂蜜古法制作的水东蜜枣，拿着黏手，有枣花的余香。

城关镇春节很热闹，大年初一，唱花鼓戏、舞狮子、耍灯龙、踩高跷在街上流动表演，国营商店放假歇业，小商贩沿街摆摊儿，赚节日的人气钱。站在十字街头张望，东南西北四条街上黑压压的人头攒动，满是旺盛的生机。

在街上遇到金著春同学，他生得圆眼阔口狮鼻，黑不溜秋。金著春邀我去他家，他家在工人俱乐部对面巷子里，进门给长辈拜年，在堂间八仙桌前坐下，桌上漆器食盒盛满花生、瓜子、蜜枣、小炸之类年货。金著春沏一杯敬亭绿雪，他妈端来一碟香菜，一碟手撕水阳香干子。架不住他客气，我吃了块水阳香干子，咸中带甜，甜里透香，蘸点儿辣椒酱，又多吃几块。

水阳香干子是水阳镇特产，用手撕巴撕巴，浇点儿小磨麻油，配辣椒酱，做茶点和下酒冷碟。宣城人很少用水阳香干子炒菜，觉得它本是佳肴，无须画蛇添足。水阳干子出自水阳镇私家豆腐坊，手艺代代相传。选用陈年原缸酱油、桂皮、八角、丁香、茴香、甘草、冰糖等调料，加入老鸡汤，将白豆腐干熬制几小时后浸泡，次日再煮开后关火捞出，盛在竹匾里沥水，制成色、香、味俱佳的

“香干子”。臭干子做法没那么讲究，将白干子泡在发酵的臭卤水里泡制而成。臭卤水是每年腌菜沤烂在缸底变臭的渣汁，咸臭咸臭的，兑水泡出来的臭干子呈瓦灰色，闻起臭，吃起香。通常吃法是油炸后蘸辣椒酱，讲究的辣椒酱里加剁碎的嫩姜、嫩蒜粒，辣中带脆香，好吃极了。皖南一带惯用臭干子炒水芹、炒芦蒿，香臭混搭，别具风味。

夏天去丈母娘家吃饭，年逾古稀的小脚老太太下厨做丝瓜臭干子汤。她将几块臭干子煎至两面焦黄，搁进沸腾的丝瓜汤里一起煮，起锅后大拇指捏住麻油瓶口，淋一圈麻油，汤菜异常可口。如今我偶尔网购水阳干子，在家做臭干子丝瓜汤，回顾老太太慈祥的味道。

宣城俚语：“水东的枣子，水阳的嫂子，湾址的女子，城关的老子。”表面上褒贬不一，却道出宣城四镇的特点。

过去从水阳到城关坐小火轮，水阳江上行驶大半天，水阳干子进城尚不易，何况水阳嫂子。说来也怪，但凡水阳姑娘出嫁成小嫂子，如脱胎换骨，滋润得有红似白，街上遇见面生的漂亮少妇，一打听没准儿是水阳嫂子。

水阳还有一种下酒菜“鸭脚包”，过去交通不便利，不为外乡人知晓。20 世纪 90 年代初，敬亭山宾馆菜单上开始有“鸭脚包”，第一次吃我便惊住了，人间竟然有如此下酒物。不知水阳嫂子怎样想出做“鸭脚包”的，用鸭掌包住鸭心，扯鸭肠一道道捆住，配私家调料卤制后风干，鸭掌酱泽深亮，吃时隔水蒸熟，骨酥、皮香、筋拽拽的，口中余味不散。此物只合下酒，最好配宣城酒厂的“老春酒”。原以为朋友是最好的下酒菜，遇到“鸭脚包”，朋友也得靠边站。“鸭脚包”制作讲究，阳光下水色桃花的水阳嫂子，坐在家门口，将鸭心包在鸭掌中，用鸭肠紧紧缠绕，心肠相连包含她多少难缠的心事。

湾沚镇紧连江南米市芜湖，自古市井码头多烟花女子出没，新中国成立后这种职业荡然无存。1971 年宣城部分公社和乡镇划归芜湖，其中有弋江镇和湾沚镇。

宣城自西汉设郡以来，一直是江东大郡，郡府所在地古称宛陵，即后来的城关镇，系皖江水陆码头。历朝历代城关镇盛产混世的“街油子”，他们奸巧滑怪，言必称老子如何如何，故有“城关的老子”一说。

离开宣城几十年，近来交通便利，回乡的路程越来越近，每次回去看见不一样的陌生，城市新旧变化纠葛着惊喜和感伤。在家听年迈的父母念叨去世的同事，曾经的同学相忘江湖，聚散风中。

龙首塔和开元寺塔孤立在钢筋混凝土的楼群间，它们南北矗立，守望时间的拆除与重建。九街十八巷的宣城记忆几近消失，早已不是抬头不见低头见的城关镇，妄称老子的人们逐渐老去。

幸好宣城人留下了属于自己的口味，那些民间固执流传的食物里保存了一座消逝的旧城。

庄周故里的一日三餐

回忆是轻松的碎片，把碎片拼凑成型并非易事，你无论如何写不出过去的美好，时间里逐渐褪色的感动，如相册里的老照片，旧得那么有味道。

我无数次梦回漆园，看万佛塔风铃惊动鸟儿的蓝天，涡河夕照里迎风摇曳的芦苇，波光粼粼的红色水纹……醒来想，何必醒来呢？毋宁庄周梦蝶，蝶梦庄周，物我两忘得好。

在我最燃情的岁月，曾游荡于庄周故里的蒙城，和诗友北魏的大学同学张一，合伙在蒙城南关开了卖电工电料的小店。建国三十多年，皖北大部分农村还没通电，夜晚靠煤油灯照明。1985 年，政府决定户户通电灯，我们看到商机，在以个体经营为耻的年代活下来。我在蒙城头尾待了一年多，其间许多故事，爱恨情仇说来话长，待另起一行。单说南关的一日三餐，满是青春的滋味。

张一是蒙城本地人，马鞍山师范毕业后分配在立仓镇小学教书。刚去蒙城时我们承包了立仓镇供销社，双日逢集营业，单日关门，却也轻松快活，只是赚不到多少钱。整日里白天看店读书，晚上和张一到镇上小饭馆喝酒，饭后回到学校差不多到了全镇停电的时间，在屋外冲个凉，上床扯淡，扯困了睡觉。我提出应该从农村包围城市，去蒙城县里开店。张一认可此建议，我们在蒙城南关外国道旁租间店面，重新开始营业。立仓镇距县城近四十公里，小店日常由我照看，张一周末过来，叫上他文化馆的朋友喝两天酒，晚上去人家跳迪斯科、交谊舞。常来跳舞的有个女孩叫二闺女，穿喇叭裤毛线衣，身材丰腴匀称，面若观音，美得出奇，她迪斯科跳得兴起时身上曲线纵情扭动，大伙让在一旁打着节拍欣赏。

店后小院子里有一间屋子，仅放得下床和书桌，院内东家堆了垛稻草，阳光明媚的下午，我常躺在草垛上读书、望着天上的云发呆。院墙外是买卖黄牛的集市，逢集日四乡八镇的人把牛赶到院外的树林里，拴在树上待价而沽。买牛的挑来挑去，掰开牛嘴看牙口，用棍子挑开牛粪检查，人们讨价还价，插科打诨，嘈杂得很，牛一声不响。

逢集日睡不了懒觉，早起后跑到万佛塔下练形意拳，先站三体式，再练五行拳，劈、崩、钻、炮、横，个把小时下来练得人意气充沛，肚皮也饿了。

沿护城河走到南门，过吊桥已嗅到香味，右边一家国营饭店，早上专卖 sá 汤和面点。我要碗 sá 汤，两个油酥烧饼，找空位坐下。冲 sá 汤的师傅得有臂力和准头，他在甑锅里舀一舀子滚热的 sá 汤，半空中手腕一扬，舀子倾斜，sá 汤如瀑冲入打好鸡蛋的蓝边碗中，服务员在汤里点上香油和米醋，一碗香味浓郁的 sá 汤端到客人面前。我用勺子搅了搅滚热的 sá 汤，蛋花和鸡丝旋转，食之满口肉香，麦香回甘收口。一碗 sá 汤下肚，一天好心情开始。

sá 汤的 sá 字康熙字典里没有，卖 sá 汤的店门口木牌上写得分明，月字偏旁右边天字下面一个韭字，蒙城人管此字叫 sá，出处无考。我最早喝 sá 汤不过五六岁，那时我家在宿县北关，爸爸带我去街上喝 sá 汤，吃小笼包子，sá 汤过于美味，因此印象深刻。来蒙城喝到 sá 汤，十几年前的味蕾顿时打开。

sá 汤制作不简单，首先需要特制的甑锅，用紫柳木箍成的桶状甑锅有原木的清香。其次是选料，挑选比较肥的母鸡、猪骨、新麦去皮的麦仁。从下午开始将清洗干净的老母鸡、猪骨、麦仁投入甑锅蒸煮，用武火攻至水响汤开，转文火把它们炖熟透，捞出鸡拆去骨架，撕碎鸡肉，连同葱、姜、胡椒粉、盐等多种辅料投入甑锅。豆火焖至次日凌晨开店营业，肉已糜烂于汤中，打开锅盖加入淀粉，边加边搅和，再用大火烧开即成。

油酥烧饼绝配 sá 汤。刚出炉的油酥烧饼金黄色，用火钳挑开，层叠酥脆，薄如油纸，透着焦香，吃起来咯吱咯吱地响，一手持饼，一手兜掉下的碎渣。若配一碗 sá 汤，吃饼时任碎渣和芝麻掉入汤中，给滑润的 sá 汤增加了脆口。

山东、河南、苏北、皖北都有 sá 汤，或叫“撒汤”“澈汤”“糁汤”“饦汤”“啥汤”等，有用鸡鸭的，也有用牛羊肉的，以老母鸡做 sá 汤的居多。我想它可能源自上古彭祖研发的雉羹，传说彭祖曾凭一道雉羹换得一座城池。

中午忙完，过马路再过吊桥去南北大街找饭吃。吊桥下的护城河早已干涸，河道长满杂草，吊桥是水泥桥的名字。过桥后的南华门只剩下城门洞，南北大街石板铺地，光溜溜的石板上满是岁月的痕迹。大街中段影剧院前有块空场地，白天剧院没有演出，场地上摆许多卖吃食的摊子，干的有馒头、花卷、包子、大饼、窝头、面条、饺子、馓子、油条等，几乎全是面食，稀的无非稀饭、油茶、大麦茶。油茶装在一把偌大的壶里，壶是长嘴大肚子，外面裹着棉布，汉子背壶沿途叫卖。油茶类似胡辣汤，面浆水勾芡煮熟，里面有切细的豆皮、面筋、花生米、麻油、芝麻、猪骨髓、胡椒粉、十三香，吃起来汤汁浓稠，顺滑绵密，微辣鲜香。喝油茶得沿碗边转圈儿喝，喝得吱溜吱溜响，方能喝出油茶的滋味，喝到花生米时细细嚼碎，满口留香。我通常会打一碗油茶，照当时心情配点面食，简单吃完后回去看店。

下午三点后乡村的电工赶末班车回去。我也结束一天的工作，关店门回到院里，洗把脸，打开收录机听张蔷甜腻的歌：你好像一条潺潺的小河……靠在草堆上眯眼迎着阳光。

一个松散的下午，做了没有彩蝶的梦：风太大，我被吹倒在草垛上。打个寒战惊醒，天色向晚，我想起在立仓镇外看夕阳点燃千顷高粱地烧红西天的情景，一时灵魂出窍，在空中盘旋几圈才回过神来。

晚餐照旧去吊桥旁王老八的卤肉摊，斩一只猪蹄二两耳片，王老八麻溜地切罢肉用纸包好递给我说：“包你吃得样到的，格拉蹦的。”每次付钱时他必客套一番：“弄那，给啥钱，别给了。”说着伸手接过钱去。

顺路买两个馍或半斤葱油饼回屋，往茶杯里倒三两漆园春酒，自个喝将起来。猪蹄肥糯软香，是上好的下酒物，酒肉穿肠，面红耳赤，心想过会儿约城东头的小凤儿去万佛塔下听风铃。

一个没有星星的晚上，和小凤儿在干涸的护城河边走了良久，我们回到小院子，关上院门，关上房门，坐在床上……

怎料此刻北魏破门而入，两手行李，风尘仆仆。他刚从地质队辞职，来蒙城和我们一起创业。

一个没有星星的晚上，注定不会发生什么好事。

写到此，随机播放的音乐居然传出哥们儿左小祖咒与张蔷的合唱:“是啊，到现在还没发生什么好事呢……”

在蒙城待了一年多，现在想来却是一年好光景，没有现实的烦恼，没有理想的焦虑，每一天都在简单的无聊和快活中度过。

等闲识得江南面

虞山蕈油面

和默默、李亚伟、赵野去常熟参加一个诗会，写诗很有意思，诗会却无趣，好在对于我们来说无非换个地方吃喝、斗地主。与哥几个酣斗至子夜，回酒店房间泡泡热水澡，沏一杯酽茶，拾拾弄弄，将近黎明。肚里打鼓，想到破山寺兴福老面馆的蕈油面，肚里的鼓声愈加急切。更衣出门打车往破山寺（又叫兴福寺），吃一碗蕈油面，顺便体会“清晨入古寺，初日照高林”。

至破山寺天将泛亮，寺庙傍山犹在隐约中，寺东几十步处兴福老面馆已开门，厨师在烧水备料，服务员收拾桌椅。我择户外溪水边位子坐下，于山色破晓中等一碗头汤虞山蕈油面。

虞山松林间春秋雨后会长出许多蕈菇，当地人称松树蕈、雁来蕈，南宋《武林旧事》称之“乳蕈”。松树蕈普遍呈淡褐色，比一般蘑菇瘦小，蕈肉白嫩，清香特别，其野不能养殖，口味异鲜，是稀有的山珍。破山寺僧人最懂吃，他们在虞山采来松树蕈洗净，少许盐腌渍晾干，用菜油加适量姜葱、八角、丁香，小火熬制成“蕈油”，封装在瓶子里，吃面吃饭时扤一勺做浇头。

兴福老面馆的蕈油面是手打碱水面，齐丝丝卧在蓝边碗的红汤里，新熬制的蕈油做浇头，蕈菇口感鲜嫩，嚼之有山间松风的野味，挑起面拌匀，香气已是馋死人，吸溜一口汤面，自觉满足，不负大好晨光。转念想到睡觉的哥几个，有一毫毫吃独食的愧疚。

面吃罢，天光大亮，陆续有赶早的香客踏青而至。眈眼见阳光普照破山寺的绿瓦黄墙，一派和山水不协调的荣华。我小的时候，江南寺庙粉墙黛瓦，如乡村祠堂一般清净得很，何以演变成如今庸俗气派的庙堂。

意兴阑珊，顿消“清晨入古寺”的念头。打车返回酒店，舍不得漱口，咂摸唇齿间蕈油面的余味，踏实睡去。

无锡老鬼面

多年前在满觉陇桂花季遇见无锡孙伯荣兄，黄晓捷组的饕餮局，一伙人在杭州狂吃两日，集体点赞的是“江南渔哥”的宁波菜。以前吃过许多宁波菜，不如“江南渔哥”做得醇厚，能把菜做得家常又不寻常是极难的事，可见阿蔡在后厨下的功夫不浅。

吃喝间闲聊到江南面食，孙伯荣告诉我无锡有家“老鬼面”特别好吃。问何以叫“老鬼面”，他说一个老饕朋友绰号“老鬼”，老鬼教常去的餐馆厨师做出这道江湖面，称之“老鬼面”。问面的做法，他笑笑说:“待你去无锡见面就晓得了。”

“老鬼面”由此成为我的情结，一直吊牢我的胃口。

次年春天应卢中强之邀，去苏州参加十三月音乐节，结束后挂念无锡“老鬼面”，是时候去了却心愿了。

我叫车直奔无锡。途中联系孙伯荣，他人在香港，嘱咐我去无锡湖滨饭店二十八层“渔”餐厅，说安排厨师长陈晓明接待我。

一个人吃没劲，我叫上在无锡做乡建的老乡胡子对酌。晚餐主打太湖鱼菜，丰盛自不待言，窗外太湖夕照，渔舟点点，更是美得寂寥。天黑后菜单安排的菜终于走完，主食该是我期待的“老鬼面”。我和胡子干了杯中的“惠泉酒”，润得舌苔清爽。服务员端上两碗“老鬼面”，厨师长陈晓明前来招呼，他让我们先趁热吃面。待喝尽面汤后闲聊吃喝，问陈大厨“老鬼面”定价多少，方知“老鬼面”不在“渔”餐厅的菜单上，也很少人晓得，是孙伯荣、老鬼等一干朋友的私厨。“老鬼面”的底味是传统雪菜肉丝面，升级后改用周庄的腌菜苋，加入天目山雷笋丝、太湖白虾仁、金钩翅烩煮而成，猪大骨吊浓汤加腌菜苋、黄豆酱油慢火煮开，下锅手擀鸡蛋面、虾仁、笋丝稍煮片刻，出锅前放入清汤煨制的金钩翅，加少许海南白胡椒粉，一份“老鬼面”做成。其美味没的说，连面汤都让人欲罢不能。

我不由得对“老鬼面”的始作俑者老鬼景仰起来，若非口味刁钻的老饕，断想不出这等考究的汤面，再来无锡定请孙伯荣兄引见老鬼，同为“好吃鬼”，可在太湖边浮一大白。

又请陈大厨给我做了份老式白汤面，虾仁、蘑菇、青菜、老汤、面，汤浓面韧，口味古早。红白二碗汤面下肚，用无锡话说，“吃膛落了”。喝一杯东山碧螺春清肠，人生如面，此行无锡情面、老鬼面都有了。

夜宿太湖之滨，犹念“老鬼面”。我以为此面的灵魂是周庄腌菜苋，虾仁、笋丝、鱼翅不过是搭头。每年油菜抽薹时节，周庄人摘下嫩薹，清水洗净，几个太阳晒成半干，用盐搓揉均匀晾一两日，放入小甏腌制，甏口用箬叶和黄泥密封，以隔绝空气。菜苋和盐在甏内自然发酵形成独特风味，数月后拍泥启封，碧绿的菜苋变成金黄，清凉的香气自甏口冒出，取出嚼之咸酸生津，比雪里蕻口味丰富。腌菜苋可炒菜做汤，若加一调羹砂糖，浇上小磨麻油凉拌生吃，咸酸鲜嫩，是佐茶下粥的妙品。

常州银丝面

90年代初我在宣城做家用电器批发生意，频繁行走常州进货，临近春节的旺季，一个月往返十多次，晚上带货车出发，到常州市郊找旅舍休息，次日去常州街上扫货。那几年经济逐渐好转，黑白电视机、彩电、缝纫机、自行车是市场紧俏货，在常州哪怕零售价买，运回宣城一两天内笃定卖光。

南大街是常州繁华之地，百货商场、五交化公司开在那里。国营单位不和个体户做生意，非国营单位又没有货源，我只好偷奸耍滑，将自己开在宣城中山路的小店注册成“中山商场”。我敏锐地发现每个城市都有中山路，每个中山路都有国营中山商场，我皮包里揣着“宣城中山商场”的介绍信和合同章，穿一身廉价西服，从容混迹于常州各家国营公司向他们进货。有时软磨硬泡几天才能得手，南大街孙府弄的银丝面馆，便是我早晚打尖的食堂。

银丝面馆创立于1947年，从开业起一直没有挪窝，面馆门面不大，一间房临街上下两层，堂吃座位是小圆桌和小方桌。后厨操作间和堂间隔着玻璃窗口，看到后厨两口大锅，平操作台的大铁锅煮面，高出操作台的不锈钢深锅熬汤，两口锅从早晨面馆开门始终保持沸腾。银丝面馆的面汤以鸡婆为主，加猪骨、田螺、河蚌等多种材料一夜熬煮，将肉的鲜味烂透在汤汁里，早晨大火边煮边舀，从沸腾处取汤，汤清味浓。吃银丝面先喝一调羹汤，味蕾瞬间被激活，再吃面白如玉，细如丝，入口顺滑柔韧，方体会银丝面的好处。吃到最后依然丝丝分明，不会糊烂，据说揉面时加入鸡蛋清，蛋白质使银丝面变白，且口感更加爽滑筋道。

等面的片刻我隔玻璃欣赏灶台师傅煮面，大铁锅火旺水开，细面投进去，长竹筷往水里一掏，面浮上水面即熟，竹筷捞一缕面高高拎起，如瀑悬白练，放入打好面汤的蓝边碗中，一个折叠抽出筷子，银丝面根根分明，整齐如鲫鱼背摆在碗里。师傅投面、掏面、捞面、摆面，一气呵成不过几十秒，再用筷子夹几根鸡蛋丝放在面上，一碗白汤银丝阳春面完成。

江南吃面的浇头丰富众所周知，有道是“面以浇变”，面的味道随不同的浇头改变。银丝面馆寻常浇头有二十多种，如雪菜肉丝、面筋塞肉、糖醋小排、红烧大肠、响油鳝丝、狮子头、煎鸡蛋、什锦、大排、熏鱼、扣肉、烤麸、素鸡等，现炒的浇头有炒肉片、炒腰花、炒猪肝、炒虾仁。地道的银丝面原是白汤，加浇头汤汁或少许酱油变成红汤面。考究的老客要一碗寡面多点几份浇头，老酒咪咪、浇头嗒嗒，喝完酒剩下的浇头和汤汁倒进面里，用筷子拌匀，细细吃面，慢悠悠消磨快活晨光。

芜湖虾籽面

多少年后我和万夏、马松在园景酒吧无聊地讨论过这个问题：当年如果没有遇见诗歌，我们现在会干什么？

二十啷当岁是迷惘的年纪，我在省城合肥蹉跎两年，除滥读文史，也浏览一些哲学书，越读越糊涂，以前觉得已成定势的简单问题，竟然变得复杂凌乱，譬如生死，譬如来去……

一个五心烦躁的夏夜，在宣城师范教师宿舍遇见教音乐的丁老师，他长我七岁，自称老丁，正替休产假的女友董老师代课，他是董老师女儿的父亲。那时我交朋结友，长发甩裤混迹街头，白天和哥们儿唱《美酒加咖啡》，晚上闭门听《命运交响曲》的磁带，颓废又不甘心。认识老丁如发现新大陆，打开了眼界，和他喝过几场酒后看见他的诗：

一匹骆驼走不动了

它把毛皮大衣脱了下来

送给村口总是咳嗽的老人

他的诗敏感慈悲，深沉脱俗，瞬间震了我一下，让我想起自己曾写过诗，原来诗意可以如此明确凄美。

在一次群架斗殴事件后，我顿悟出自己内心满足的生存方式，开始读书写诗，同时下海赚钱，简单的理由是赚钱后再换得时间闲下来干自己喜欢干的。

老丁家在芜湖镜湖边，他诗意松弛的生活态度吸引我，常从宣城乘公共汽车去芜湖找他玩。诗友北魏家也在芜湖，晚饭后我们三个人围着镜湖一圈一圈地走，主要是听老丁演说，在他歇息或暂停的空当儿我们发表几句，旋即被他接过话去。听来听去，我发觉老丁也迷惘，他见识多，迷惘自然比我们更多。不久，我们仨成立了“三个人诗社”，精选三个人十九首诗，手写油印一百本《诗十九首》，跑去安徽师范大学门口兜售，五毛钱一本，好歹卖掉几十本，开心的是买诗集的多数是女同学。

卖诗的钱最好的用途是吃喝。芜湖曾为江南四大米市之首，自古是“三江六码头”，百姓富庶，小吃繁多，数得上的有“五香居”的卤猪蹄、“马义兴”的牛肉锅贴、“耿福兴”的虾籽面，还有街头巷尾摆摊的鸭血粉丝汤、油炸臭豆腐干、酒酿圆子、红皮鸭子。那会儿刚时兴喝啤酒，大杯生啤沁透肺腑，乘酒兴三个人继续去镜湖转圈，像三头找不着方向的驴。

如今三个人天各一方，走在自己的路上。当年转圈的镜湖已阔别多年，印象中夏日镜湖荷叶田田，江边长街石板路两旁保留各个行业古旧的店铺，最有名的是百年老店“耿福兴”。每次走长街像是回顾这座老码头的江城，半道去“耿福兴”小坐片刻，吃一碗虾籽面解馋，若在饭点儿，加一个酥烧饼。店里也有大肉包、小笼包、烧卖、春卷，唯有酥烧饼绝配虾籽面，虾籽面大碗宽汤，吃完面，透鲜的面汤就酥脆的葱油烧饼，便胜却人间无数。

一碗虾籽面卖一毛五分钱加二两粮票，有时身上没带粮票，只好干叹气。好在长街还有沿街叫卖的馄饨挑子和桂花酒酿，那些是个体户，不需要粮票。

虾籽面全靠虾籽提鲜。夏季来临，长江野生青虾腹部和虾脚之间拥抱满满的虾籽，买回鲜虾细细挖取它们的虾籽，放在清水里，用手轻轻搅拌水里的虾籽，让它散开不粘黏在一起，洗净虾籽后用手指挡住碗口慢慢倒掉多余的水分。用净锅干烧至冒烟，调小火，放入虾籽用锅铲不停翻炒，虾籽将干时加少许白胡椒粉与细盐调味，待虾籽炒成颗颗干粒，关火放凉，装进瓶中保存。如此繁复劳作，一公斤青虾只能炒出五十克虾籽。

面条是手擀小刀面，下面前在碗里放入虾籽、猪油、葱花、酱油，冲进骨汤，大锅清水旺火煮沸，抓一把面条抖散入锅，煮开后加冷水养片刻，长竹筷捞起盛在碗中。虾籽面宽汤窄面，每碗二两面条，十克虾籽。虾籽面是芜湖特色小吃，许多店在卖，众口一词还是“耿福兴”的最香。

最后一次吃虾籽面是1987年正月，我决意闯海南。现在用一个“闯”字觉得挺可笑，那年头却需要极大的勇气。那天下午老丁请我去长街吃“耿福兴”，他的话不多，气氛比较沉闷，大有一去不复还的悲壮，虾籽面也吃得没滋味。

傍晚在芜湖八号码头乘船去武汉，再辗转往天涯海角。一路上，读蓝皮的《四个四重奏》，耳畔不时回响德彪西的《帆》。

清汤挂面

庐山烟雨浙江潮，
未到千般恨不消。
到得还来别无事，
庐山烟雨浙江潮。

晚来无事，摊开宣纸写东坡的《庐山烟雨浙江潮》，那是我生平第一次自找苦吃。

1982年高考结束后，我明确自己将不再进学校读书。和死党们没来由地晃荡了几个月，必须将面对社会给我出的第一道考题：我将往何处去？

融入社会自食其力是别无选择的，先从哪里起步困扰着我。思索几天，找不到头绪，走是必须走的，我整修好金狮自行车，随时准备骑上它出发。中秋节在报纸上看到有关钱塘潮的文章，当晚收拾简单的行囊，次日清晨骑车上路，往杭州、海宁方向。

宣城去海宁必经杭州，想到西湖心旌荡漾，骑行在阳光下，脚踏清风，内心空旷轻松。平均每小时十五公里的速度，两个多小时骑过宁国县城，接下来是山路，道路高低起伏。很快我找到骑坡道的窍门，无论大坡小坡推车走上去，下坡一路滑行，不疾不徐地行进，旅途反而不累。到仙霞地界，在路边山泉旁停车，洗把脸，吃一块月饼当午餐，水壶灌满泉水继续赶路。

过云梯乡一路大上坡，推车缓行，累了站片刻。山顶是千秋关，扼守浙皖咽喉要道，自古兵家必争之地。及至抵达关口，山风荡涤疲惫，回望来路在层层梯田间逶迤。千秋关是两米多高的石拱门，门额石匾上横镌“千秋関”三个大字，过关到浙江临安地界，我懒得看千秋关废弃的古迹，骑车驰往山下。

骑下坡兜风，闪过横路乡天色已晚，山下道路平坦，伴随天目溪在群山间弯曲向前。路上行人稀少，白鹇飞过溪面不留影子，山间烟雾缭绕，眺望峰峦只是寥寥几画弯曲的笔意，我正自沉浸在米癫的水墨意境里，忽闻鹧鸪声声格外撕心，说着那句千年不变的鸟语：“行不得也哥哥。”

行不得也得行，大好的风景都在路上。迎晚风骑行在山谷，妄想自己是巡弋山水的大王。空山月夜溪水潺潺，夜风绰绰，偶尔云遮月时风景消失，天空飘来一帘细雨，愈加显得雨弱云娇，水秀山清。

远处一低垂的星光渐渐变亮，我明白那是一盏灯，内心顿觉温暖，脚下更踏实有劲。

亮灯处是一家路边小店，支好车我推开虚掩的门，见柜台前一个女孩儿在剥花生，她诧异地打量眼前疲惫不堪的陌生人。我问她附近哪里有旅舍、饭馆，她说往前一里地於潜镇上有家旅舍，不过这时饭店打烊了。闻言我本已饿过头的肚子响声大作，她扭头暗笑。我跟她买了半斤桃酥，准备去镇上。包好桃酥她突然说："你吃面吗？给你煮碗面吧。"我开心极了，连忙道谢。她捅开煤炉，舀两瓢水倒进钢精锅里放在炉子上。我细看她比我小不了几岁，生得修竹般清丝，扎两根麻花辫，面若秋水。我问她怎么一个人看店，她说爸爸在外务工，弟妹还小，她初中刚毕业在家帮忙，她欲言又止。得知我骑车去海宁看钱塘潮，她眼神里满是惊奇，好像说：你真的没事干吗？

水烧开了，她取半斤挂面投入锅中，用筷子搅散，再次烧开后她舀半瓢冷水倒进锅里，在蓝边碗里放点儿猪油、酱油，捞入煮好的挂面，兑面汤端给我。

我拌匀汤面，大口地吃，猪油、酱油烘托纯粹的挂面香，我吃得连汤带面一点儿不剩。她在一旁静静地剥花生。

汤面好吃极了，因为饥饿，或者因为秀色。

我告辞小店女孩，转身骑行在漫天繁星下。

第二天上午到杭州，泛舟西湖，水光潋滟；第三天骑到海宁盐官镇，观钱塘潮呼啸奔涌，惊涛裂岸。完成目的后兴奋达到高潮终归于平静，一直忘不掉的是茫茫夜途中的灯火，小店里煮清汤挂面的女孩。

黑暗里看见一盏灯，是希望；饥饿时得到一碗面，是温暖。即便清汤挂面，也是最珍贵的布施。

丽都酒狂

丽都之于北京，如圣日耳曼区之于巴黎。

丽都是京城较早的涉外区域，众多老外落户这里，催生周边相宜的商业集群。丽都区域道路不宽建筑不高，路两旁槐树交柯，阳光穿透树叶洒在地上，如乱丢一地散碎的银子。

若是夏季，枝头挂满槐花，由绿及白，空气里清香弥漫。风吹过，白花似小雪飘落，忽得一夜夏雨，打落槐花遍地，早晨出行的人踏着松软的花路，心情愉快的可想而知。

白天这里走动的人少，沿街门店大多上午关门，周围散发不争的静谧，恍若巴黎的某个街区；晚上灯影灼灼，诸多饭馆、酒吧热闹起来。中央美院和798艺术区毗邻左右，丽都又成艺术家生活休闲的去处。

将台路芳园西路旁一条食街，东北饺子、兰州拉面、塔里木餐厅、贵州酸汤鱼、宋记爆肚、大懒龙、将台涮肉……寻常烟火旺盛。冬天玻璃窗内雾气凝结，等菜的客人用手指在玻璃上涂鸦，流下道道水痕，隐约可见屋内的喧闹；夏天客人坐在店外，女人显大长腿，男人打赤膊，燕京啤酒论箱走着。

几百米外，过酒仙桥路到颐堤港，几十家餐厅分散在商场各层，全是品牌餐饮，中餐、西餐、日料和东南亚菜，小资们饭前饭后可以逛商场、超市，在电影院逗留。

将台西路和丽都广场之间分布许多日料店、韩国菜馆、法餐厅、意大利餐厅、西班牙餐厅、泰国餐厅、印度餐厅等，仅日料店和居酒屋就数十家，每天都像是国际美食节。几家淮、鲁、川、粤菜馆反倒成了配角。

这片不大的区域隐藏有几十家酒吧。酒吧以卖酒饮为主，中午有简餐，有些晚上可以吃到不错的西餐，如亿多瑞站、Mandrill、园景和园庭。最不起眼的酒吧“courtesy”，主人是雅痞的德国大叔，胡须修得整齐支棱，大叔是老板兼伙计，无事开张，有事关门，倒也逍遥自在。门口停一辆 1972 版哈雷戴维森 XR750-courtesy，车在人在店开，用机车名做店名，可见他多爱那辆老爷车。店内仅容得下四张靠柜吧椅，余客在店外站着喝酒，客人基本是老外，白人黑人都有，中国人会站路边聊天，不会站路边喝酒。“courtesy”只卖德国啤酒和苏格兰威士忌，他家乡巴伐利亚的猛士黑啤麦芽味厚重，闷一大口有飙机车的感觉。“Knight”酒吧的酒保会近距离表演魔术；“TING Bar”是音乐餐吧，在法国乐队的演奏中品尝法餐；去“拽马戏剧”酒吧可以欣赏沉浸式话剧体验……这些酒吧距丽都广场不过几百米，夜晚丽都表面很安静，丝毫看不出它内在的躁动。

一班 80 年代写诗的老哥们儿，论喝酒要数莽汉。如今李亚伟喝废了，马松喝颓了，万夏依旧在酒海的浪头上晃荡不倒。

我家住将台路，万夏家住将台西路，两条平行的路，居然叫一个路名。诸如朝阳公园路不通朝阳公园，三个方向的道路都叫工人体育场南路，“朝阳群众”分辨路线和分辨是非一样毫不含糊。芳园西路连接两条平行的将台路，我们两家距离不过六百米，一个路北，一个路南，恰好处在好吃好喝的地理上。

以前来北京玩和万夏约酒，于将台西路择一清净的川菜小馆，点几道厨子的拿手菜，“牛栏山小二”他一瓶我一瓶，自斟对饮边聊边喝，空酒瓶排在桌上，各自喝掉六瓶。我说：“还喝吗？”万夏抬起两只手，掌心朝下摆动，凭空乱弹琴的样子，说：“然后、然后，再喝一瓶，如何？”

2010年，我家从上海搬到北京，对于不愿在家开伙的人，住在丽都这个满是吃喝的窝点太合适了，何况毗邻酒徒万夏。隔三岔五与万夏推杯换盏，轻易消磨掉十多年，万夏硬是把我从酒搭子喝成陪酒，他依然唯酒无量，只是酣醺的速度比从前来得快。万夏另一个酒搭子马松，和他是大学同学，早年一起搞莽汉诗派。马松喝酒属太极功夫，酒力不足，黏劲有余，他从买马抢酒到默然陪喝，两个莽汉常喝到星夜无色，诗人无语，万夏双手挥舞乱弹琴说：“然后、然后……巴拉巴拉……”马松频频点头：“哎、哎、哎……”

周末得闲，万夏技痒，在家预备家宴，卤菜、烧腊、茴香蚕豆、洗澡泡菜这些冷盘雷打不动，洗澡泡菜提前半天做，小脆微咸略酸，叨几筷子入口脾胃顿开；茴香蚕豆只放海盐和少许调和油，看似平常却高明得很，盐是百味之首，拿捏少许撒入，调和油淋几滴就好，若用麻油或花生油，香味抢去茴香和豆香，此菜就毁了。

他家的老阿姨是资格认证的二级厨师，善烹老牌川菜，万夏有时要搞点儿改良，阿姨反应慢半拍，他着急上头开始数落批评，搞起了“厨政”。有时菜炒好装盘，他尝一口味不对，随手倒进垃圾桶，自己上灶再炒一份。阿姨早已习惯，笑眯眯地在一旁乖乖地打下手。七年后，老阿姨辞职回四川老家，带着和大董、陈晓卿、沈宏菲的合影照，在县城开了一家餐馆。

一个斟字酌句的诗人研究烹调，烟火里有了诗意。万夏从不烧鱼，小时吃鱼被卡过，以致惊惧了几十年。

万夏喜爱植物，养了一大园子的花，有牡丹园、绣球园、玫瑰园三园。他的太太黄利喜欢玫瑰，他就把欧洲几大系列的名品三百多株弄了一大园子，取名“天使玫瑰园”，几乎每天都揣把花剪在园子里晃荡。三五老友陆续来万宅，先去园子里看花，再开香槟、红酒，菜上桌换威士忌，从下午喝到子夜，背景音乐在万夏遥控下换来换去，从交响乐切到钢琴曲，再切到大提琴独奏，终归停留于邓丽君的靡靡之音：“来来来，喝完了这杯再说吧……”客人们暗暗松了口气。

阿姨进来说：“昙花开了。”

万夏让大伙儿去前院赏花，夜色里洁白的花骨朵精神清澈，暗香浮动，毫不喧妍。万夏采一大捧昙花，大伙回屋添酒热菜重开宴。他家主食基本是抄手，这次吃昙花鱼片抄手。半朵昙花浮在雪白鱼片的抄手汤碗里，方才矜持的静美化为汤食，入口竟有些不舍。夜半告辞经过院子，再看架上昙花已然蔫了，不枉那些殇于美食葬身诗人腹中的花朵。

家宴菜单若出现“风雪酒香肉”，主食必然搭配荷叶饭。一片厚切的晶黄的咸肉放在一小碗白米饭上，肉和着米饭入口，牙齿嵌入咸肉，酒味油香滋出渗进米饭，咀嚼，闭嘴咀嚼，开始明白什么是肉的滋味。

咸肉是万夏自己腌的，在气候干燥的北京，腌成滋润的咸肉可不简单。入冬开始盯着天气预报，通常北京十一月初有场雪，预报有雪的前三天去新源里菜市场，挑二十斤肥瘦三层的中五花肉，切成十公分宽一刀。万夏腌肉的独门秘诀是酒：腌制二十斤五花肉，需三斤花雕、二斤糟卤、一瓶葡萄酒、一瓶白酒，白酒用五十度以上的高度曲酒，曲酒富含微生物能让酒香充分渗入肉中。五花肉在混合酒液的桶里浸泡三天。按古法一斤肉二钱盐，少许花椒，在铁锅里炒香，将椒盐均匀揉抹在肉条上，放在缸里腌一天，然后挂在阴凉通风处等候一场雪。雪如期而至，带来一周左右寒冷湿润的空气，又不会上冻，如此腌制出“风雪酒香肉”。天有不测，瑞雪不至则麻烦可大了，万夏用厨房纸将五花肉包裹几层，每日喷四次水在纸上，使肉保湿发酵，上班时念及腌肉，匆匆回家持壶喷水，如此一月肉腌成，只不过“风雪酒香肉”变成“风水酒香肉”。如今气候变暖，北京难得飘雪，吃“风雪酒香肉”已成期盼。

十多年前，在万宅吃他在北京第一次腌的肉，我就饭连吃五块，一时间觉得油然幸福，我食商洞开，说此肉应为“风雪酒香肉”，万夏拍案叫好，“风雪酒香肉”就此命名。万夏居然把这个名字还拿到工商局去注册了。

2010 年春末，将台西路四得公园门口“园景酒吧”开张，万夏发现后微信告知诸酒友。那时我俩已不喝白酒，他好红酒，我好黄酒，同好的是威士忌和啤酒。晚上八九点，万夏约我和刘春去园景小酌，步行几分钟前后脚到，酒吧刚开业，空荡荡的甚是冷清，坐下先来杯冰啤，一口下去浑身刷地凉下来。

园景西餐做得不错，老客自带店里没有的威士忌，店家也不啰唆，很快这里成了居住在周边的诗人、画家、导演的窝点，一直火了十多年。万夏是这个窝点浸淫最深的饮者，也是园景最长情的客人。晚餐后万夏常约人去园景叙酒，有时也独酌，坐在固定的角落，点一支哈瓦那雪茄，开一瓶法国红酒，一瓶苏格兰威士忌，如面对着三个洋妞儿打情骂俏。徐徐地将夜色喝深，自己喝倒在沙发上，睡至天亮回家。有段时间万夏厌倦朝九晚五的商场，决意上午在公司坐班，下午去园景写作。他天天带笔记本、钢笔，中午到园景吃饭、喝酒，预备写作，园景的菜单反复吃了几遍，冲进厨房指点厨师改良菜品。立夏那天，万夏在吧台调一款茵绿清凉的鸡尾酒，取名“立夏”，后来又加了一款“绿野仙踪”。几个月下来，园景西餐水平有所提高，酒单日渐丰富，但笔记本上并没写多少字，他自觉无趣，依旧回到公司，白天上班，晚上去园景喝酒。

园景庭园内几株大槐树，槐花从春末开至盛夏，垂下一串串青白花簇透着清甜的香气。花开时节，槐树下的座位每晚留给万夏，确认他不来，才安排其他客人，而或他又来了，经理小宋编排各种理由说服别人让座，甚至不惜赠送酒水、果盘。万夏和一班哥们儿大剌剌地坐下，啤酒、红酒、威士忌一道道喝过，酒吧里有他专门的拖鞋、自家熬制的双刀辣椒酱和牛肉干，有时叫司机从家里取来台湾乌鱼子和蒜苗，他将乌鱼子放在盘子里，洒上威士忌，用喷枪烧片刻，切成薄片配蒜苗或哈密瓜下酒。喝至耳热眼花，有人踉跄离去，有人悄然尿遁，独余他枯坐槐树下，乱发垂耳，万古愁开始上身，满面腐朽的颓色，空对一桌酒瓶，一地雪薄的槐花。

2020年元旦晚上，万夏打电话告诉我：“园景关门了。”他话音里空落落的，习惯了十几年的园景酒吧从生活中突然消失，且毫无预兆，没有园景的万夏和没有万夏的园景何尝不是彼此失望。

几天后夜晚降雪，绵延大雪近十年罕见。子夜，我望窗外灯光下密集的雪花，想想在家独酌还是约万夏出去，左右不能辜负这场好雪，此刻万夏来电，大呼：“如此好雪，赶紧出来应个景儿！”他早已约好园景经理小宋，去丽都“楼亭泰”餐厅二楼室外阳台，在三寸厚积雪的桌上摆几瓶威士忌，我俩坐在柔软的雪椅上，在漫天飘雪中“将进酒”。

春节后新冠病毒侵袭武汉，很快蔓延各地，出门怕喷嚏，上网烦聒噪，我索性闭门关网，猫在海南岛归波楼上，看海、发呆、浅睡。琼州海峡风平浪静，海面粼粼波纹，渐远、渐小、渐淡，把海看旧，看成一片马远画中的波纹，阴雨天波纹灰暗，晴朗天波纹湛蓝，日出日落时波纹是彩色曲线。

散淡的日子易老，跟前的事不记得，过去的事忘不了，偶尔翻看以前涂写的江湖轶事，有点儿趣味，摘录部分万夏轶事如下：

万夏轶事 2：

20 世纪 80 年代初，何小竹在《星星诗刊》发表诗歌，诗人简介：“何小竹，女，涪陵文工团。”一时间，文工团女诗人何小竹给了巴蜀男诗人的想象空间。

万夏私下给“女诗人”何小竹写信，探讨诗歌人生，来鸿去雁后决定去涪陵见何小竹，诗人中狼多肉少，下手迟恐让别人叼去。

万夏披风衣，戴蛤蟆镜，从重庆乘船奔涪陵，直取文工团何小竹宿舍。他左手掀开门帘，右手摘下蛤蟆镜，朗声道：“我，万夏。”

屋内床上一个清秀的男生，恹恹起身打量他，说：“我，何小竹。”

万夏轶事 4:

十一假期，晚上八点过，墙哥在家乱翻书，手机叮咚一声，看万夏在“丽都吃喝群”里发：“下午做了一锅汤，有些心得，分享分享。羊肉三斤，羊杂骨三斤、焯水、沥干；大刀切块，骨肉放入八升砂锅，大半锅清水；党参四根、当归一片、老姜二两、陈皮一块、白胡椒少许，砂仁、白芷少许；大火烧开改文火慢炖三小时。标准：汤清，肉炰。”

墙哥迅速发言：“吃完了吗？”

他回复：“一个人哪球吃得完，明早起来继续吃。”

“等我，立马去你家‘米西’”

万夏回：“你在北京呀？还以为帝都就老子一个人。天天在家写字，烦！来来来，跨马出门，我热汤了，拿好酒醒起。”

到万宅，汤已热上，万夏开香槟王、作品一号、麦卡伦25年，哥俩儿闲话佐酒喝得痛快。羊肉汤来，果然是好清汤，汤内羊肉大片大片，肥美。万夏说且等片刻，他开门到院内采来几大朵黄香梨菊花，用清水冲洗，摘花瓣丢进滚汤里。黄菊花香则够香，吃起略带苦味，墙哥暗忖，若用纯白的雪海菊配这锅羊肉汤，甘鲜如何了得。

万夏接到刘春电话，他刚从匈牙利回国，招呼过来一起。聊来聊去聊到电影，刘春说：“最近看了大鹏导演的《缝纫机乐队》，非常好……嗯、嗯，啊、啊……”

万夏连摆双手打断：“锤子，这么好的酒，这么好的菊花羊肉，这么好的夜晚，千万、千万、千万不要谈现在的电影。”

万夏轶事6：

周末万夏在怀柔乡间别墅，自己寡酒无趣，叫司机小李接墙哥和海波去共饮。近一千平方米的房子，庭院内种几株松树，一株西府海棠，一堵水墙蜿蜒曲折，从坡上流到院中的池子里，水墙里的睡莲静静开放。院子里散养一群北京油鸡、几只白鹅，他家保姆柴阿姨的丈夫老赵住那里看家护院，万夏和家人一年难得去住几次。

房子里布置万夏收藏的当代艺术品和从外国淘来的老家具。三楼阳台外大片农田，远方燕山逶迤，偶尔有绿皮火车静静地从山中的夜色里驶出，又没入山中，如宫崎骏动漫里的场景。

一日园景夜饮，万夏微醺，喋喋数落："十年前，老子在怀柔修那个房子，想以后去乡下养养鸡、种种菜、种种花，过田园生活，现在老子天天在市里哈戳戳地忙碌，没空下时间去。然后，然后老赵在怀柔，住别墅，天天喝茶和一大群艺术家谈天说地，过老子想过的生活，养养鸡、种种菜、看看火车什么的，老子还得给他发工资，然后，然后，这叫什么事……"

万夏轶事7：

子夜，万夏致电墙哥，说给园景拟了绝对牛的上联，可为之浮一大白，并对下联，言语中"然后、然后、然后……来嘛来嘛……"。

墙哥赶到园景，不过十分钟，万夏已伏桌酩酊，一头乱发不停摇晃，口中念念有词。叫醒他，问及绝对上联，他茫然道："哦，我确实有一句非常、非常、非常牛的上联，然后、然后想不起来了。"

接着斟酒："去他的狗屁上联，来嘛，喝嘛喝嘛。"

次日晚餐，"清欢川菜"搞品鉴会，酒商赞助尊尼获加威士忌二款，邀请墙哥、万夏参与吃喝。万夏来迟，不知道是赞助活动，从牛皮纸袋掏出一瓶拉加维林40年杵在桌上，赞助商脸都绿了。

几杯下肚，万夏对墙哥说："刚才来的路上还想起来那句绝对牛的上联，现在又忘了。"

万夏轶事9：

晚饭后与朋友去万夏家聊事，他宿醉的酒劲没过，说好只喝茶。

他整了一碟腊猪耳，一碟香干做茶点，阿姨烧水沏茶。等不及水烧开，万夏说："喝茶好烦啊，还是喝酒方便。"开一瓶在巴黎拍卖来的百年雅文邑哥几个喝着，他家两条狗在桌边蹭来蹭去，一条德国黑背叫小龙，一条日本柴犬取名蔻迪（寇敌），在对待两个战败国的狗狗这件事上，可见万夏"厚德薄日"。

酒喝得顺溜，一起去地下室听音乐。硕大的阿卡佩拉音响，他取黑胶唱片放柴可夫斯基六交《悲怆》，旋律阴兀，如叹息呻吟，令人坐立不安。第一乐章结束，万夏取下"老柴"，来来回回又换了几张其他"老人"的，最后换上"小邓"，靡靡之音响起："甜蜜蜜，你笑得甜蜜蜜，好像花儿开在春风里……"

想起他夫人黄利所言："万夏花大钱置办音响，弄了上千张碟子，一副要和大师干仗的样子，结果听来听去，常听的还是邓丽君。"

万夏轶事10：

朋友中爱酒者，莫过于万夏，去世界各地，总是带酒回来，酒仙桥一带有万夏，不枉地名。

十多年前，万夏开始收集苏格兰艾雷岛单一麦芽威士忌，并放言拒绝白酒，他摇头皱眉道："白酒，坚决不能喝，随便啥子白酒，喝完身上三天都是臭的，怪不得明朝称白酒为'臭酒'。"

万夏三不知约酒，几天没得他的声音，觉得生活少点儿什么。晚上墙哥打电话给他："万哥，在家吗？去喝杯？"

若电话那头传来痛快的一叠声："好嘛好嘛好嘛，来嘛来嘛，喝嘛。"估计他在家正憋着找人喝酒呢，此刻去他家，酒已开瓶，几碟清爽小菜摆上桌。喝至子夜告辞，万夏不舍道："最后再喝三杯。"三杯后再告辞，他送到门外，口中犹念："然后、然后，再喝三杯嘛。"

转回头又喝三杯……

若万夏电话那头说："好嘛——好嘛。"表示他前一天喝大了，还没缓过劲，来家里小喝几杯无妨。

他在电话中停顿一下，音频不高地回应："好嘛。"那天他绝对不舒服，即便不想喝，也不会拒绝喝酒这桩事。

万夏轶事15：

丽都之于北京，如圣日耳曼区之于巴黎。

园景酒吧如左岸的花神咖啡馆，万夏、刘春、马松、墙哥常聚此消遣。啤酒加威士忌，从小酌喝到烂醉，喝跑一顿饭转三台的刘春，喝来期期艾艾的马松，喝退松散的墙哥，江湖朋友如江湖水，在园景的台面流来流去，唯独万夏喝不垮，夜夜喝得月亮走，他不走。

万夏是园景大客户，享受VIP待遇，他在那存酒、存雪茄、存牛肉酱，还存拖鞋和枕头。晚餐后转战园景，进门坐下，万夏挥手招呼服务生："拖孩（鞋），把老子拖孩拿来。"换上拖鞋，威士忌、红酒、雪茄和万夏在家自己熬制的"双刀酱"，统统摆上台面。

去年冬天，藏族兄弟郎尼阿斌来京，晚上十一点，阿斌致电万夏，说和马松在园景等候，万夏酒后正打盹儿，放下电话马上披衣出门。到园景服务生们都吃惊地打量他，他着急出门，穿了个裤衩裹件羽绒服就直奔园景。

忘年交

以前赴酒局，一桌子多为前辈或长辈，属我年龄小，一圈酒敬下来，菜没吃几口，酒喝得人歪歪倒。现如今入席，自己俨然成了老家伙，不必敬来敬去，可以安稳吃几口菜，人家好意来敬酒，举杯意思意思，别人不会见怪，自己也不难为情。

赵野说："四十岁后，不想再和男人交朋友。"也是哈，中年男人的社会经验演变成奸巧滑怪的人情世故，面子里子满是油腻，实在无趣得很。然生活如此难堪的中年也会有幸运伴随，四十岁后我居然结交了几位仁慧长者，如春风里仰望雪山。

一

不惑之年，自知不能兼济天下，退一步清隐林泉，无非是游园庭、喝老酒、听昆曲。念头渐成，在黟县龙江乡上轴村置地十七亩，效仿王摩诘营造辋川别业。寻访几个设计师，土的土，洋的洋，交流不顺畅，不敢大意拜托，直到遇见程极悦先生，他刚从歙县文物局局长的位置上退休一周，赋闲在"十驾楼"。

十驾楼是他家自建宅园的别称，取意"驽马十驾"。一层客厅外设小院落，清风竹影，山石点缀。程极悦先生让我坐下，泡来两杯

"黄山毛峰"，我俩聊天的内容无非陶潜、王维的田园诗，张岱、李渔的闲逸情，聊得投机，不觉天色向晚，我起身告辞，内心却想他留饭，可以多聊一会儿。

隔几天，我请先生去黟县相地，上轴村远山近水，田园如棋盘，他看前看后默不作声，邀我去歙县看他从前修建的几处庭院。看后不禁叫好，他谦虚道："那只是小学和初中水平，现在若营造园林可达高中。"晚间在歙县披云食府吃饭，一坛绍兴花雕，我俩喝了大半，彼此聊得快意，先生年长我十九岁，他执意兄弟相称，敲定助我在黟县营造徽州园林，我问程兄润格多少，他爽快道："无所谓。难得你在徽州投资造园，让我做自己喜欢的事。"

我俩至爱陶渊明，依据归园田居，先给规划中的园林取名"归园"。

程兄身材高大，儒雅渊博，他告知我自古以来造园者须具备三个条件：有钱、有闲、有文化。主人品质决定园林的品质。明朝计成《园冶》如是说："世之兴造，专主鸠匠，独不闻三分匠、七分主人之谚乎？非主人也，能主之人也。"园林四要素——叠山、理水、建筑、植物，涉及多类古典美学的融合及大量琐事，我决心放下生意，全情投入归园营造。那段时间我们访遍徽州山水村落，收购散落民间有文物价值的古建筑及建筑构件，仔细测绘、录像、拆卸，迁置归园异地保护。常往山中寻访植物，形若虬龙的翠柏，一人合抱的香樟、三角枫，几十年的金桂、丹桂，百年的海棠、石楠，还有羽毛枫、紫薇树、绣球树等。每访得稀罕植物，全冠幅移植归园后，我和程兄去诚实饭店歇息吃饭，点几个土菜温一壶老酒，听他闲聊徽州旧事。

诚实饭店是上轴村乡下夫妻小馆，女人张罗外场，男人下厨，两口子待客殷勤。大儿子在县里寄宿读高中，小儿子初中毕业，向往外面世界，还没想好去哪儿，暂时在店中帮忙。饭馆开在自己家里，两三张桌子待客，生意旺时把客厅中堂条案下的八仙桌抬出来，饭菜家常味道，香得醇厚朴实，像过年走亲戚家里准备的菜饭。什么板栗烧仔鸡、小河鱼、腊猪蹄炖笋子、卤大肠、小炒时蔬等，屋后菜园子种的菜，客人想吃什么现去采摘。他家做菜舍得放油，荤菜素菜油都大，正应那句老话："礼多人不怪，油多不坏菜。"营造归园那几年，诚实饭店成了我们的食堂，我和程兄隔三岔五去小酌，吃得如乡里乡亲。

归园营造历时三年，收尾时值正月，程兄约我去他家吃饭。那会儿我与他家人已熟悉，大嫂是典型的徽州女人，白净富态，含蓄勤劳，是徽派砖雕非遗传人。归园龙川小筑内"归波楼"砖匾，是程兄撰写大嫂雕刻的，嵌在临清水塘支折窗上面的墙壁里。彼时"十驾楼"已从歙县搬到屯溪，家里陈设透旧式文人气韵，书架上搁一块赖少其题字的"十驾楼"木匾。大嫂的菜式重油重色，重是重视的重，油盐酱醋恰到好处。味犹在口的菜有马兰头拌五城香干、香椿炒鸡蛋、蕨菜炒火腿、徽州圆子、腊肉炖春笋……去年春末的蕨菜保鲜如新采，说起来程兄颇为得意。

初吃他家的徽州圆子，以为是狮子头，咬开酥脆的外壳，里面嫩滋甜香，再品余味丰富。两个圆子下肚请教程兄，徽州圆子是过去歙县大户人家的点心菜，其做法考究：将猪肥膘肉煮熟、切细丁，与歙县金橘、水东蜜枣、卖花鱼村青梅切成的细丁混合，加入去年秋天腌制的桂花糖搅拌均匀，捏成山核桃大的馅，再用五花肉泥，加鸡蛋、生粉、炒米拌匀，在手掌上拍成圆饼做皮，包入馅料，搓成圆子，温火油炸至金黄透熟。

砂锅腊肉炖问政山笋，白浊的腊肉汤汁被春笋吸收，肉糯、笋脆、汤鲜，配菜百叶结和莴笋也滋味饱满。菜下酒，汤泡饭，乍暖还寒时候，这锅腊肉炖春笋最暖口腹。

清代苏州园林半数是徽州人的宅第，他们定居苏州后，家厨带去徽州腊肉炖春笋，一砂锅炖透江南冬春二季，此菜牵冬挂春风味悠长，颇受老饕推崇。苏州方言称其“腌笃鲜”。民国时期“腌笃鲜”流传至上海，渐成市民冬日家常菜，食材被市场可以买到的天目山雷笋和金华火腿替代，加百叶结、油冬青，味道变了，好吃不变。

徽州人酷爱食笋，房前屋后家山翠竹。竹笋品种繁多，水土各异，歙县问政山笋甘脆无渣，堪称天下第一笋。我在北京和大董兄多次鼓吹问政山笋，前年冬天陪他去歙县问政山挖笋，新出土的冬笋剥笋衣可食，无涩苦之味。早年读袁枚《随园食单》，其中《问政山笋》那篇写得过于随便，原文：“问政笋，即杭州笋也。徽州人送者，多是淡笋干，只好泡烂切丝，用鸡肉汤煨用。龚司马取秋油煮笋，烘干上桌，徽人食之惊为异味。余笑其如梦之方醒也。”读罢我不禁掩口胡卢一笑，袁枚不知问政笋出自歙县问政山也罢，竟然嘲弄徽州人不懂食笋，倒是冬水田里插麦苗——怪哉（栽）。明万历年《歙志》记载：“春笋以问政山为冠，红箨白肉，落地即碎。”宋代歙县籍文人方回，平生诗作丰富，有四十多首提及徽州竹笋，涉及烹笋、烧笋、煮笋、煨笋多种厨艺，其中《五月十一日早问政山房》诗曰：“笋出一春醉，樵深三伏寒。”可见问政山笋在讲究吃喝的宋朝已然是江南佳肴。徽州人自古食笋成癖，“秋油煮笋”不过是民间小菜油焖笋，袁枚所谓“徽人食之惊为异味”，的确大惊小怪了。

程兄爱饮绍兴黄酒，家藏陈年的元红、加饭、香雪、善酿，我们次第品饮，冬酿老酒搭配清新徽菜一如踏雪寻梅。

主食是荠菜馄饨，混混沌沌又一年。

二

秋天是景德镇的好时节，气候干爽最宜烧窑。

三宝山中秋色逐渐丰富，去八股湾干道甫工作室开柴窑，遇古瓷器藏家吴忠信先生，吴老年逾八旬，大个头，身板健朗，话音敞亮。他在九江定居，执着收藏青白瓷几十年，常来景德镇淘宝。我观看过吴老收藏的青花瓷片展览，按花鸟虫鱼、人物、山水分类，数以万计，养眼得很。瓷片涵盖历代民窑青花，触及工匠洋溢的才情，印象颇深的是瓷片上写意青花。

齐白石题自画诗曰：

八大山人别有才，
瓷上青花纸上栽。
三百年后论雅俗，
大雅源自俗中来。

八大山人久居江西，笔墨汲取民间青花的滋养，尤其是八大的鸟鱼，和古瓷片上工匠随手的写意鸟鱼出自一片林泉。

景德镇博物馆陈列一个清三代的瓷盘，满工青花，画鳞次栉比的江南水乡，洗练自然。看到这画面，我顿时会意吴冠中笔下山水民居的源泉。

午饭和吴老小酌闲聊，从古青花瓷片上的游鱼、飞鸟，聊到八大山人的无水鳜鱼、白眼孤禽，再聊鄱阳湖的石斑鳜、马蹄鳖，原来吴老是“吃家子”，他允诺：“下次来九江，我烧几道菜给你吃。”

再次来景德镇，约干道甫去九江拜访吴老，他想上手把玩吴老收藏的宋代影青，我则惦记吃吴老做的菜。到他家将近中午，吴老招呼女儿陈虹给我们沏茶，自己系上围裙下厨烧菜。

吴老家住九江市南门，临湖山坡上一栋老居民楼的三层，室内八仙桌、藤椅、茶几、书橱，80 年代读书人家的陈设，客厅窗外尽览南门湖景。他家用的餐器和茶器是景德镇五六十年代的厂瓷，碗碟边沿手绘青花缠枝莲简朴大方。中华人民共和国成立后景德镇十大国营瓷厂，集中国内最好的陶瓷匠人、工艺美术师，承袭明清官窑的传统，制造工艺精湛的日用瓷。私有化后，老牌大厂纷纷倒闭，厂货老瓷已成绝唱。

吴老做好了清蒸石斑鳜、红烧马蹄鳖、炒鳝片、老母鸡汤、鸡油炒青菜、炖豆腐，开一瓶陈年白酒“陶里流霞”，我们爷儿仨开怀小酌。吴老的菜式老派，讲究火候色泽，滋味老到绵长，我们边吃边听他说菜，横生许多趣味。他筷指盘中鳜鱼：

“最好吃的鳜鱼数石斑鳜，是不是野生看鱼头，头的长度占身体三分之一即是野生，看看八大山人画的鳜鱼就知道。

“张志和诗：‘桃花流水鳜鱼肥’。春天鳜鱼为繁殖大量进食，鱼肉松弛肥腴，不见得好吃，经过夏季觅食运动，秋鳜皮肉紧实，最宜品味。

“老话说：‘秤杆黄鳝马蹄鳖。’知道为莫事？黄鳝雌雄转换，小时为雌，繁殖后变雌为雄，长到秤杆大小的雄性黄鳝肉质丰实才好吃。

“有道大菜霸王别姬，用甲鱼烧鸡，岂不知中医甲鱼和鸡相克，同吃寒凉伤脾胃……

“美食贵在食材，品在厨艺，色香味因地域不同风俗有别，南北四季不同各有所好，重在品味人情、气氛、环境，男才女貌搭配方得好心情，万情心生，粗茶淡饭有了情，胜似美味佳肴……”

吴老兴之所至侃侃而谈，地道懂吃善烹的老饕。饭后茶余，他从箱底取出珍藏的宋代湖田影青斗笠碗，我们上手小心把玩，观其胎体轻薄，釉色光润，碗壁刻画同心水波纹，线条的起顿衔接，韵律流畅，会意古代匠人超凡的技艺，如窗外千年南门湖的波澜不惊。

九江阔别，与吴老时而会于微信朋友圈，品读他发的青花瓷片。前几日去琉璃厂闲逛，地摊见一枚青花残片，竖写两句诗：“梧桐一叶落，天下尽皆秋。”一不留神北京已至秋末，这两年新冠疫情闹得不堪远行，想起和吴老相约去庐山东林寺吃斋，得是来年春秋的事了。

一撇毛，一撮毛

周墙：所谓旅游就是一个骗子带着一群傻子像疯子一样玩一阵子。//@ 卢中强：当年你这个骗子，带着我和黄小茂、许晓峰等一群傻子，在黄山像疯子一样喝酒。 //@ 周墙：当年我们一人一瓦罐五城米酒，大醉后似乎有人乱性。

一条微博拉我回到十几年前，那时我刚回去少小离别的徽州谋生。新安江上老大桥依旧，江流桥不动，江水没那么绿、没那么湍急了。江边屯溪老街大块麻石铺路已翻新，20 世纪 6、70 年代改成住宅的店铺，现又重新开张，多为古玩店、文房四宝店、旅游商品店，满街腐朽之气，毫无生机。徽州人做生意冷静，不吆喝，不主动询问，你若问他，开口便如景德镇的瓷器，一套一套的。古玩店更有意思，店内空荡，光线昏暗不见人影，你进去浏览一遍，看到有趣的玩意儿，开口询问，在角落冲瞌睡的店主出声搭理，如从古墓里出来，面目萧索、半死不活的样子。原来他早在暗中观察分明，看你不像买古董的就懒得搭理，遇到真玩古董的，得先拿住劲，探探你的道行深浅再做计较。古董店是“三年不开张，开张吃三年”。这生意做的是寂寞和耐心。总之，想在徽州人身上占便宜比爬黄山还累。讨价还价后北京人、上海人买走老街哪家值钱的玩意儿，晚饭后整条街都知道，有嫉妒的，有羡慕的，心想这世上最不缺冤大头。几年后，得知自己当年卖出的物件被拍卖，价格翻了几十倍，心里后悔并不吭声。屯溪老街是华东古玩的集散地，如今只靠卖赝品和普通老物件维持。

新安江流到浙江境内与兰江汇合成富春江，地理位置便利加之古代文人墨客的诗画摹写，让富春江的秀丽为人景仰，她清秀的同脉姐姐新安江，则被遗忘在上游层叠的大山里。

我九岁那年暑期，父亲去徽州屯溪出差，我跟去玩，住在老街新安江宾馆，白天他去政府开会，放任我独自玩耍。上午去逛明清老街，青砖小瓦马头墙连甍接栋，人流去来煞是热闹，摆地摊、打把式卖艺、捏糖偶、代写书信、卖老鼠药的形形色色。我花一毛钱买了本油印的中医册子，因那上面有一条“专治偏头痛”的方子，我妈常患偏头痛，可能是操心过度所致。新安江边树荫下有穿灯笼裤的年轻人练武术，戴震公园里穿香云纱的老者提笼遛鸟，小城闲适如朵云，缓慢流动。下午扒在新安江边的石栏杆上，看老大桥上的人跳桥。老大桥是屯溪中心的标志，位于新安江、率水、横江三江交汇处，跨横江口，东西连接老街和黎阳古镇，建于明嘉靖十五年，六墩七孔的石拱桥，桥墩迎水面形如船头劈浪，七孔半弯卧于江面，倒影虚实犹如月圆月缺。夏日丰水，桥下碧流涌动，胆大的少年从桥上往下跳水，人们岸边倚栏观看、喝彩。老练的展开双臂，起跳、收拢，空中划道弧线，一猛子扎入江中；“菜鸟”男孩儿双腿夹紧，双手紧贴大腿两侧，闭眼往下跳，江水拍得“蛋疼”，爬上岸双手捂裆龇牙咧嘴，惹来看客一阵哄笑。

不知何时江上修筑了几个堤坝，江水滩停像躺在病床上的妇人，死水将两岸建筑倒映得呆板无趣。

卢中强来电话说带几个朋友来黄山开会，口气认真超乎我对他的认识范畴。“来吧，朋友朋友，喝酒吃肉。”没过几天晚上，他和南京音乐人老二带凤凰卫视的音乐总监黄小茂、华纳唱片总经理许晓峰来屯溪。那时卢中强和南京老二、上海李大屌合伙搞乐队，刚录制完小样，预备发唱片出道，想来多半是商议此事。

新安江边一溜儿大排档，其中两家很有意思，一家档名“一撇毛”，掌勺小伙圆寸头左边留一撇毛；隔壁档名“一撮毛”，案头上忙活者圆寸额头留一撮毛。一撇毛是一撮毛的哥哥，俩兄弟一样矮壮敦实，穿紧身汗衫，肌肉疙瘩凸显，一看就是健身爱好者。我客居徽州那几年每至饭点儿四处觅食，兄弟俩的排档是我保留的食堂。

一撇毛烹饪时兴徽菜，主打臭鳜鱼。他从樟木桶里取一条腌成微绿的鳜鱼放在石礅上，左手按住鱼头，右手执刀，正反几刀刮去鱼鳞，抠掉鱼鳃洗净置于砧板，在鱼背两面斜片几刀，开口处插入黟县火腿片，热锅冷油煎至两面略黄捞出，油锅中放干辣椒、生姜煸炒出香，将煎好的鳜鱼下锅，下少许黄酒、酱油、糖、骨汤，旺火烧二十分钟，勾薄芡撒胡椒粉、葱花起锅。片刻工夫一盆似臭还香的臭鳜鱼放在客人面前，筷子插进鱼背轻轻一拨，雪白的鱼肉呈蒜瓣状，入口一味奇异的咸鲜。

从前桃花流水季，鱼贩肩挑木桶从长江沿岸或鄱阳湖将鳜鱼贩到徽州，途中行程数日，鳜鱼难免些许变质，节俭的徽州人舍不得扔，加作料烹调，意外发现人间美味臭鳜鱼。

宋《太平广记》里《食·吴馔》记载有臭鱼的做法：“当六月七月盛热之时，取鮸鱼长二尺许，去鳞净洗。停二日，待鱼腹胀起，方从口抽出肠，去腮留目。满腹纳盐竟，即以末盐封周遍，厚数寸。经宿，乃以水净洗。日则曝，夜则收还。安平板上，又以板置石压之。明日又晒，夜还压。如此五六日干，即纳干瓷瓮，封口。经二十日出之，其皮色光彻，有如黄油，肉干则如糗。又如沙棋之苏者，微醎而有味，味美于石首含肚。”

以上记叙的“臭鱼”未必是鳜鱼，却道出逐臭食香的事古来有之。

臭鳜鱼制作大概始于清末，徽州饕客好上这口，命厨师将新鲜鳜鱼抹精盐腌渍，一层一层码入樟木桶，上面压徽砖使鱼肉密实，不同季节腌制时长不同，以七天为基准，夏天减日，冬天加时。腌咸菜用缸，上面压青石；腌鳜鱼用樟木桶压徽砖，老辈厨师说缸硬，有火气，樟木桶柔顺，木香冲和臭鳜鱼之味。

弟弟一撮毛善烹野味，诸如油炸石斑鱼、板栗烧雉鸡、炒徽州双石、火腿蕨菜、冬笋炖腊猪蹄，他的菜深得我胃。“双石”堪称徽菜食材的巅峰，石蛙生在山涧，石耳长于岩壁，应了那句“物以稀为贵”。

小时候进山抓石蛙，在溪水里撒一包石灰，水像开锅一般冒泡，动物现形乱窜，忙半天抓到篓子里的大多是青蛙、杂鱼，碰到一个石蛙，算是走运。石蛙生活在海拔六百到一千五百米的山涧，昼伏夜出，非专业山民难以逮到。传统的“徽州双石”是道汤菜，只加火腿和盐，用山泉水文火细煨，汤色看似清淡，其味沁甘，算是鲜到顶了。

大排档怎耐烦慢吞吞煨汤，一撮毛改做炒徽州双石，新榨的菜籽油、火腿加一勺酱板，味道之美吃过的人知晓。能写明白说清楚的菜都只是普通的好吃。冬天碰巧有猎户送来麂子肉，他藏着偷偷卖给熟客吃。有一年正月，他主动送我一份蒸腊肉，色红肉柴，香得出奇，问他是不是麂子肉，他不答，只反问：“好不好吃？”后来他悄悄说去年腊月山里猎户送来的狼肉，和火腿一起腌制成腊肉，特意留一块给我尝尝。我嘴上告诫他可食的动物早被聪明的祖先驯化成家畜，野生动物不碰也罢。心想，《随息居饮食谱》里记载：“狼肉咸温。补五脏，御风寒，暖胃厚肠，壮阳填髓。”食罢想到“壮阳填髓”，精神为之一振。

一撮毛寡言少语，不殷勤，见熟客点点头，自顾自忙碌案头灶前。哥哥一撇毛活络，抽空来弟弟的档口和熟人打招呼，发一圈香烟。

卢中强、黄小茂、徐晓峰来的那晚，消夜吃的是弟弟一撮毛那边，我们一人一罐五城米酒，浊酒甘冽，醇劲绵长，哥几个胡吃海喝，酒色比夜色深，吃罢、喝罢、夜场欢罢，大伙软耷耷沿江遛回皖储宾馆。路上徐晓峰聊他每每夜半回家，媳妇整几个小菜，将进酒来，听他细述外面的风流韵事。听起来像西门大官人的版本，酒劲聊发，他恍惚了。黄小茂言少，面善，温和舒坦。

2005 年的桃花流水季，卢中强借研讨诗歌之名，从北京某生殖网站扎到一笔赞助，召集李亚伟、张小波、默默、马松、翟永明、赵野、王小山、朱大可、北村、沈浩波、尹丽川到黄山新安山庄会合，走过场研讨诗与歌词的关系。报到的头天晚上我带大伙去江边消夜，喝倒一地啤酒瓶，把一撇毛和一撮毛两家排挡吃个精光，男人们轮流去江边栏杆旁佯装看夜景。偷偷对新安江滋尿。

我以为世上二种气颇为神秘：镬气和剑气。镬气即锅气，远古出现，隐于人间烟火；剑气无形，玄说纸上，无人得见。锅气养人，剑气伤人，二气比较高下立判。好吃佬喜欢吃排档的缘故是锅气足够，菜出锅到上桌几步之间，旺火油锅里翻滚的食物激发出焦香，厨师装盘起菜，一句话：“趁热吃。” 徽州人家饭堂离灶屋一墙之隔，菜出锅即上桌，温度、滋味恰到好处。

锅气十足的新安江边大排档火不过几年，被淘汰。风闻一撮毛远走厦门开饭店，不久一撇毛也跟去了。

2020 年 7 月 7 日上午 9 时 50 分，新安江发大水，四百多年历史的老大桥被洪水冲垮，随之坍塌了无数徽州游子的乡愁。

朱安排

酒过三巡，朱安排起身发话:“哥们儿，还是我来安排一下嘛。”于是一桌子谁和谁喝、怎么喝，熟与不熟的人在他安排下喝开了，气氛热闹起来。没有朱安排的酒局气氛寡淡得多。

朱安排大名朱明，武大化学系毕业，分配到中科院成都有机化学研究所做研究员，妥妥的金饭碗，研究几年莫球名堂，他想换一个活法儿，九十年代下海，在青白江办化工厂。青白江离成都市区几十公里，若有朋自远方来，他惦记晚上酒局，提前下班驱车回城，顺道买一只榕香苑的太阳鸡。

青白江榕香苑的太阳鸡堪称一绝，选四斤左右有飞爪的大公鸡，宰杀洗净，用细盐混合碾碎的八角、桂皮、花椒、香叶等，配制成独门调料，手抓调料给鸡做全身按摩，调料的咸香均匀地渗入鸡身，再挂在户外晒几个钟头太阳，然后煮熟趁热放进冰柜保鲜冷却。太阳晒掉鸡身上多余的水分，将调料的味道收缩进鸡肉里，太阳鸡因此得名。蜀犬吠日的成都整天灰不溜秋，暴腌的鸡挂在户外，估计是以风干为主。

朱安排赶到香积厨，我们哥几个小地主斗得正快活，他不作声响，下厨切半只太阳鸡装盘端来，我们欢呼一声放下扑克，顾不得洗手，抓起鸡块往嘴里塞，鸡皮脆爽，鸡肉劲道，皮肉间晶黄剔透的鸡冻，是煮熟趁热放进冰柜降温产生的。朱安排懂吃，晓得闲食杀馋，待满桌菜上齐再吃，反倒减味了。

其实榕香苑主打鱼菜，太阳鸡是无心插柳。饭店院子外走廊上一排玻璃水箱，备养十几种鲜活的野生鱼，熟悉的江团、甲鱼、黄辣丁、鳝鱼、淡水石斑鱼、老虎鱼，还有不认识的，朱安排一一介绍，什么石爬子、三角峰、岩鲤、雅鱼、清波、七星麻鱼、雪鱼、红豆鱼、胭脂鱼。很少见一个饭店备这么多种鱼，我贪心顿起，告诉点菜的厨师，每样鱼来一份，且烧法儿不能相同，生怕他家以后会关门吃不到似的。那边朱光余、胡小波、龚平已在院里石桌上洗好扑克，朱安排叫我去斗地主，他继续安排厨师如何烹调这些鱼，清蒸、红烧、煎炸、炒鱼片还是炖鱼汤。

从80年代来成都算起，近三十载我断断续续常来，竟然没去过青城山、都江堰、三星堆，市内的武侯祠路过一次。我是尚古之人，无奈每次遭成都哥们儿羁绊，和他们一样下午喝茶、斗地主；晚餐、消夜两顿大酒；稀里糊涂回酒店，醒来已是次日中午。一班诗人不聊诗歌，沉溺于喝茶、喝酒、斗地主，自在散懒地虚度生活，和魏晋那群在竹林里清谈、饮酒的哥们儿本质上没啥区别。一个春日周末，朱安排提前安排我去青城山吃罗鸡肉。下午先登上青城山喝茶，山顶茶室竹制桌椅，七十年代陶瓷厂的青花马蹄碗粗糙朴实，饮一碗竹叶青，清风里摆摆龙门阵，优哉下山已是向晚。

青城山下许多饭店号称罗鸡肉，正宗的只一家，在山下隧道旁的农家院内，我们停好车，进去选安静角落坐定，朱安排点了一大盘鸡和炒鸡杂、烧鸡血、白果鸡汤、二碟泡菜，他开车不喝酒，我打二两散酒解馋。罗鸡肉做法类似白斩鸡，其味尤胜，不知是因为土鸡品质还是烹制工艺。橙黄的鸡皮滑脆赶口，鸡肉甘嫩咸鲜，老实说是鸡中上品。现在想来青城山已模糊，罗鸡肉犹可回味。

近几年朱安排不太操心工厂的事，空出许多清闲，他打电话告诉我近期在研究酱肉，一个化学研究员研究酱肉很值得期待。去年在成都和万夏不期而遇，照例去香积厨喝大酒，李亚伟、吉木狼格、朱安排、杨路、鱼儿、龚平、阿斌，没有成都粉子的酒局黯然失色，一帮老男人如过季的老腊肉，自己觉得有味道，其实早已没有市场。好在朱安排带来他研制的酱肉，切片蒸熟后酱色如古玉晶润，入口微糯微沙，牙一碰油滋出，香味滋润口腔，细品酱味隐约，酒香缥缈，和饭而食又渗透米香。赞叹声中朱安排忘乎所以，一不小心安排自己喝得酩酊，散伙后杨路送他回家，半路昏厥过去，送去医院急救，拣回一条性命。毕竟年过半百，各种隐患傍身，从此他再不喝酒，也不再安排别人喝酒，朱安排背负几十年的重担卸了下来。

回到北京，朱安排的酱肉还在唇齿留香。网上搜索方知酱肉始于宋代，东南西北做法各异，较之腊肉、咸肉更考究功夫手艺，川渝又叫京酱风肉，可见得酱肉原是北京传入四川的。我好奇朱安排的制作方法与传统酱肉有何不同，向他索要配方，他毫无保留地微信发来，条理清晰不枉中科院研究员的底子。

朱酱肉：

1. 选上好猪五花肉或二刀肉。

2. 酱料配制：盐、甜面酱、黄豆酱、柱侯酱、花椒、胡椒、八角、桂皮、山柰、腐乳、红酱油、冰糖、姜、白酒、醪糟及二十八味本草香料磨成粉，按口味比例配制成酱肉秘方。

3. 将复合酱料手工涂抹于准备好的猪肉上，低温腌制六到七天，中途翻动两次。

4. 取出晾挂吹风，在此过程中每隔一天再刷涂酱料一次，共三次，十五到二十天风干即可。

5. 煮或蒸食前需温水泡洗酱肉。

宁波船菜

王澍设计的宁波博物馆，空间魅力无限，在这个空间办展览必然是不错的体验。

2011年春，宁波博物馆举办“中国当代陶艺展”，我应邀参加。

当时我没有新作品，翻翻储备的创作笔记，叫彭前程从景德镇带来几个我以前做的颜色釉陶瓷骷髅，在宁波买了一车红砖运进博物馆，彭前程协助我现场用红砖、骷髅、笔墨即兴创作装置陶艺《坍塌的鸟鱼之墙》。展览很成功，我的作品引得人群围观，默默的朋友宁波晚报记者陈晓旻，闻讯来做现场专访，问为什么用书写鸟鱼的红砖、陶瓷骷髅做装置艺术，等等，我说：“墙是被禁锢的我，骷髅是极度自由的我，鸟鱼是回归林泉的我，在堆砌的废墟中所有自我挣扎、反省、归于平静……”

展览开幕结束，晓旻采访意犹未尽，提议开车送我去杭州，可以继续聊聊。途中接江弱水教授的电话，说明天他带余光中先生来归园探访。前几年我邀请郑愁予、罗门、管管等台湾诗人来黟县归园雅集，和大陆第三代诗人把酒话诗，余光中因故缺席，彼此遗憾。年轻时读流沙河编的《台湾诗人十二家》，那些洗去民国浮华的诗篇，如哀伤的晨钟暮鼓，震动过我青春的小心脏。晓旻听闻余光中很是兴奋，希望送我回黄山，借机会采访余光中先生。当晚我们赶到黄山，次日在归园晓旻如愿采访到余光中先生，带两个访谈独自驾车回宁波，临行邀我再来宁波吃小海鲜。

几年后的冬日，我和默默、李亚伟、赵野、海波、二毛、李森等诗人饕客云集杭州，为印象画廊举办的新水墨展站台。开幕式始于昆曲清唱：

原来姹紫嫣红开遍，
以这般都付与断井颓垣。
良辰美景奈何天，
赏心乐事谁家院？
朝飞暮卷，
云霞翠轩，
雨丝风片，
烟波画船，
锦屏人忒看的这韶光贱！

名旦杨崑身着戏装从展板后款款而出，轻拂水袖，翩跹摇曳。如此曼妙新颖的开场，抓住人们的心神，随杜丽娘委婉行腔游走时空园林。此后的新水墨展变得很轻，轻得可有可无。

次日中午，印象画廊的主人歆菊请大伙儿吃杭帮菜，东坡肉、老鸭汤、手剥虾仁、红烧河豚、天目湖鱼头煲……她是懂吃的，没点“叫花鸡”和“西湖醋鱼”，这两道经典杭帮菜如今毁在速成食材和流水工艺上，如当下的水墨书法，祖宗留下来的玩意儿被糟蹋得不行。

饭后移步汪庄西子宾馆饮茶，窗外西湖岸，几笔枯瘦的柳枝，在清冷的波光里不苟姿态，几只寒雀待在屋角，一笔细细的保俶塔插在远山上。

晓旻得知我们在杭州，打电话给默默，再三邀请大伙儿去宁波。说好下午坐火车去，怎奈西湖冬景留人，酒后我和默默、亚伟、赵野斗地主，海波、二毛、李森湖边清谈，浑然忘却宁波之约，那头急煞订好晚餐的晓旻，不容置喙道："已派车来杭州接你们，必须来！"

到宁波已过晚上八点，车停在"鸡毛兑糖"餐厅门口，近两小时的颠簸消化掉中午的食物，闻到酒肉飘香分外亲热。晓旻介绍她表妹和宁波网红"老猪菜刀"，寒暄后招呼酒菜，几杯元红下肚，气氛活络起来，有人意在表妹，有人品味菜肴。

"鸡毛兑糖"小海鲜做得靠谱，红膏炝蟹、醉泥螺、墨鱼炒韭菜、雪菜大汤黄鱼、蒸鲜带鱼、苔菜小方烤、奉化芋艿、塔菜炒年糕、蛤羹……道道菜地道好吃。晓旻和"老猪菜刀"不停劝酒，平常胡吃海塞的海波停下杯筷，与表妹并头嘀咕，像公园里旁若无人的鸽子。我夹一块苔菜小方烤和一口米饭包进嘴里，肉块咀嚼出浓稠的卤汁，米饭糯香苔菜清爽和五花肉的油脂交融，满足感轰然上头。我对宁波菜颇了解，家住上海时，附近一家宁波菜馆，我招待朋友常去那里。今晚的苔菜小方烤和清蒸鲜带鱼，在宁波之外难以吃到。

宁波菜咸鲜合一，市井流俗，名以"小海鲜"。过去渔民船小，出不了远海，近海捕捞的鱼、虾、贝，卖不掉吃不完的，腌制起来以便存放，盐渍晒干的鱼做成鱼鲞，百搭各种菜，提鲜吊味，单独蒸来吃亦可下酒送饭。我口中最好吃的宁波菜，数杭州河坊街十五奎巷的"江南渔哥"。老板阿蔡是个神人，在中国驻印度大使馆工作过，讲究吃喝，结交朋友，起先在办公室摆张圆台面，自己“开小灶”烧给朋友们吃，吃来吃去，阿蔡的菜在西湖畔声名鹊起，在吃客的鼓噪下索性开了杭州最早的私房菜“江南渔哥”。进门一张八仙桌，五个素雅的包间，没有像样的菜单，却有的是底气。阿蔡治菜无套路规矩，他常说“怎么好吃怎么来”，他的菜如洪七公的“降龙十八掌”，招式简约，功力浑厚。当家菜黄鱼鲞炖猪手，用新鲜的猪手和火腿的火踵部位，炖足三到五个小时，猪手和火踵的胶质化在黄鱼鲞的底汤里，其味鲜不绝口。还有糟排骨蒸白蟹、大白鲳烧年糕、鱼鲞狮子头、冬笋烤菜、奉化芋艿羹、凉拌臭豆腐……他家太多好吃的菜不用罗列，唯有品味方得其妙。阿蔡以宁波菜为本，不拘泥宁波菜的口味，他五湖四海走访食材，将所得心法传递给掌厨的徒弟阿森，研发呈现出“江南渔哥”口碑南北的宁波菜。阿蔡善用黄鱼鲞，他对我说：“黄鱼鲞是宁波菜的灵魂。”黄鱼鲞是不是宁波菜的灵魂不好说，他女儿告诉我：“离开黄鱼鲞我爸就不做菜了。”至少，黄鱼鲞是阿蔡的菜魂。

次日晌午，晓旻和表妹各驾一辆车拉我们去觅食，“老猪菜刀”昨晚寡不敌众，被老酒误伤，两三天且缓不过来。车开到东钱湖岸，湖面水雾迷蒙，看不透远近，晓旻打个电话，如水泊梁山的朱贵放出响箭，几分钟后一艘快艇破雾而来，接渡我们到湖中浮岛上的阿斌饭馆。

一团和气的阿斌善做船菜，与人家打个招呼下厨去了，阿斌嫂满面春风沏茶倒水，她令我想起两位江南故人——“豆腐西施”和“阿庆嫂”。

“香积厨”老板李亚伟和“天下盐”老板二毛想去厨房看菜，表妹吴侬软语提醒：“没得挑，有什么吃什么好勒。”两个莽汉骨头一轻，退回水榭，乖乖坐到表妹旁边看茶。表妹打开提篮的盖子，一件一件取出条荷、茶叶罐、盖碗、公道杯、茶杯、茶漏、茶则、茶挟、茶巾、茶针、茶匙、茶宠……分列桌上，叫阿斌嫂打来滚水，细细冲泡印雪白茶。表妹长相很“江南”，细眉顺眼，小巧有致，雾里沏茶的姿态令莽汉们坐立不安。

品表妹沏的印雪，听晓旻讲宁波掌故，雾渐薄，风掠过一丝轻寒。阿斌嫂端来温热的黄酒，太阳升起揭开湖面的雾纱，原来东钱湖沿岸皆是村落人家，村落后的青山远近层叠山峦。

阿斌嫂端来的第一道菜是红烧青鱼，盛在不锈钢脸盆里，鱼头尾大出盆外，我运筷如剑，直取鱼肚当，好一块浆浓脂厚鲜甜封口，大伙筷子招呼上去，食罢无不叫好。第二筷子夹住鱼背鳍，剥下一条带刺的鳍肉，这是鱼身上隐藏的精华，鲜嫩多油，远胜鱼肚当。鳍刺和肉相连，吃起来有危险，一般食客懒得从那里下手。接着是红烧鳝筒、清水虾，皆是寻常渔家菜，做得亦寻常好吃。阿斌上菜不拘形式，大鱼开道，先杀馋再说，阿斌嫂见大伙儿吃得痛快，心里高兴，小碎步颠颠往返，端上韭菜炒湖虾、青菜豆腐汤、香辣螺蛳、熏鱼、煎土豆、清蒸白鱼，主食是湖蟹炒年糕。

海波向大家讲述江南女子的性情：“男人忙活一天日落归家，女人烫壶老酒烧几个小菜等待，男人看见韭菜炒虾会意地笑了。韭菜和虾是民间所谓壮阳食物，女人对面坐下，轻轻吮吸螺蛳，拿眼去瞟饮酒的男人，及至目光交会，含羞滑开，男人喝得更来劲了。”

众人一阵孟浪的欢笑，旁听的阿斌嫂识趣，多加一盆韭菜炒湖虾，抱歉地说：“今天只能吃河鲜了，因为是拜佛日，当地风俗不可以杀湖鸭。”

海波打赌，看阿斌嫂走路扭屁股的样子应该生儿子，阿斌嫂过来后问她，笑答自己生的是小囡，今年十六岁，长得清爽，读书蛮用功。

船菜漾人，海波和二毛任由火车误时也想多待一会儿，表妹开车送他们去火车站，赶下一班去南京的车次。晓旻抽空采访李森，我和默默、李亚伟、赵野抓紧斗几把地主。

下午，亚伟、默默、李森回杭州，我和赵野往萧山机场，四点半飞北京。飞机难得准点，起飞的瞬间闭上眼睛，不知为何想到“鸡毛兑糖”。

小时候我没少挨鸡毛掸子，终于忍不住偷偷拔掉掸子上好看的鸡毛，拿去和挑担吆喝的货郎换糖吃，山芋糖凶甜粘牙，吃完半天犹舔牙回甘。

镜中的诗人

晚饭后沿鸭川岸边散步，左岸木屋的灯火倒映在鸭川中，瑟瑟地颤动，抬眼望，远处青山横陈，晚霞凌乱，黄昏的京都多少有点儿清冷。

黄珂发来短信：“诗人张枣于北京时间二〇一〇年三月八日凌晨四点三十九分在德国图宾根大学医院去世。”

一行比鸭川还长还寒冷的句子。

黄珂与张枣是老交情，看得出短如新闻标题的几十个字里隐含他内心的哀惋。

这是个忧伤的季节。一月诗人梁健病逝，二月诗人邵春光病逝，三月诗人张枣病逝。这个春天病得不轻，病得失去诗意。

以前没见过张枣，读他的诗，看他的照片，气质忧郁且俊朗。他很早出国，在德国待了二十几年，还是耐不住回归，在中央民族大学教书。我们会面时诗人已老，微胖、谢顶，为人哈哈随和，不复从前的镜中少年。

彼时李亚伟来京，一帮老友去黄珂家吃流水席。张枣带来娇小的长发女友，老友自远方来，他兴致很高，撸袖子下厨，煮了一锅土豆烧牛肉，熬成酱汤的番茄里，加土豆和炋烂的牛肉，酸甜开胃。

张枣给哥几个每人饭碗里舀一大勺，说此菜最宜拌饭吃。李亚伟说："所有不下饭的菜都是耍流氓。这道菜最厚道，绝不耍流氓。"张枣自嘲土豆烧牛肉是小时候的梦想，也是他客居海外多年最大的学习收获。

我问张枣在海外最念想哪道中国菜，他顿了顿说："应该是烧椒皮蛋，它绝配德国啤酒，你试试吃罢皮蛋再喝啤酒，残留在舌苔上的皮蛋和啤酒融成一份特别的清香。"

据说刚回国那会儿，张枣在把烧椒皮蛋送进嘴前，会无比温柔地提醒朋友："让我好好记住这细腻丝滑的清香，我们再说话，可好？"

酒足饭饱，我和李亚伟、赵野、黄珂去隔壁房间斗地主，张枣和其他人继续喝酒。外屋音量逐渐变小，想是人散去，忽听呼的一声，酒瓶瓴地，传来女人哭声，顺虚掩的门缝瞄去，长条桌前只剩张枣和他伏案大哭的女友，张枣摊开双手无辜自语："我说什么了？我什么也没说呀？"

出去怕抵面尴尬，我们只好憋尿继续战斗。不久，传来张枣和女友的笑声，我们松了一口气，轮流出去放松。

一年油菜花季，野夫、李亚伟约一干诗人赴四川罗江县参加诗会，从成都出发，途中在服务区小憩，不知谁扯到重庆往事，张枣说他祖父原是重庆督军，郑重其事解释："相当于现在的省军区司令。"李亚伟和野夫拿话开涮，说他龙门阵摆大了。张枣凭空力争，认真捉急的样子很好玩。

那时野夫窝在罗江写电视剧本，苦兮兮的日子不耽误他"风流快活"，县里文化口儿的女干部悉数成野粉。野夫告诉我，罗江清代老饕李化楠著《醒园录》，专门写吃写喝。上网查看《醒园录》，其中大段描述蒸猪头法看得我狂咽口水，直呼过瘾：“……洗净里面，生葱连根塞满，外面以好甜酱抹匀一指厚，用木头架于锅中，底下放水，离猪头一两寸许，不可淹着。上面以大瓷盆覆盖，周围用布塞极密，勿令稍有出气。慢火蒸至极烂，取出去葱，切片吃之，甚美。”又想《金瓶梅》里的宋蕙莲是否罗江籍，她一根柴火“把个猪头烧得皮脱肉化，香喷喷五味俱全”，厨艺实在了得。后世多有文人饕客质疑她一根柴火能不能烧化猪头，而不问猪头好不好吃。我曾在海南定安阿毅家见过他用砖石在户外堆砌的村灶，一根长柴火，边烧边往里推，煮熟一大锅粽子。想美厨娘宋蕙莲一根柴火烧化一个猪头再寻常不过。

接风晚宴，我内心嘀咕，不晓得上不上蒸猪头，不料第一道就上大菜“金面子”，半片金色的猪头在大盘中，侧脸憨笑看着我们。我运筷如刀，夹下猪拱嘴放进碗里，不等开席自顾吃起来。满座宾客咋舌，本人了无惭色。罗江猪头果然烧得极烂，味甚美！见我吃得痛快，众筷齐捣，一盘猪头秒光。海波叫服务生加了份蒸猪头，他和张枣分享了拱嘴，爱吃肥肉的李亚伟解决其余部分。

次日我和张枣聊及李化楠、李调元父子，咂摸昨日“金面子”之味，他走神念叨：“想必祖父是吃过罗江蒸猪头的。”

京都的友人约我去居酒屋小酌，恰好不知如何打发郁闷的春夜，几壶清酒下肚，聊及张枣等早春逝去的诗人，不禁唏嘘，又多喝了几壶。

春日是病态的，冬日总归于空白。

回酒店泡进浴缸，埋头水中，听汩汩水溢声，如临忘川。脑中闪现诸多奇怪画面：沉睡的白床单漂浮蓝海；灰色的雾霭里我凭空攀爬，上不去，下不来；红跑车在山谷间不停往返……

房间晃动，水杯撞到墙上，一声破碎，睁开眼，我明白是地震，急急起身望向窗外，街上行人自若，古都平静依旧。

不依旧的是，今天凌晨张枣陨落南山。

我将黄珂发来的讣告转发给默默，他久未有回音。默默曾自费给梁健、邵春光出版过诗集，不久他们先后辞世，不知他是否给张枣出过诗集。

将台西路四得公园门口刚开业一家叫“园景”的酒吧，北京四月微凉，晚上酒吧空荡荡没客人。我和万夏并坐吧台，一瓶艾雷岛威士忌，一盘西班牙火腿拼蓝纹芝士，喝着筹划2010年秋季归园雅集的名单。子夜酒酣，万夏顿足道：“哎呀，哎呀，差点忘了枣哥，叫上张枣一起去归园耍嘛。”我说：“可是，谁去通知张枣呢？”话落地无声。

园景的空气满是岛酒的泥煤味，有人说是海风和岩石的味道，我觉得似医院消毒水的气味，有股淡淡从容的悲意。小时候我生场大病，妈妈天天背我去部队医院打针，这气味我熟悉得很。

“四月是最残忍的季节。”

四月我和万夏深醉于园景吧台，向服务生借支铅笔，我俩在餐巾纸上默写张枣的《镜中》：

只要想起一生中后悔的事
梅花便落了下来

比如看她游泳到河的另一岸
比如登上一株松木梯子
危险的事固然美丽
不如看她骑马归来
羞涩。低下头，回答着皇帝
一面镜子永远等候她
让她坐到镜中常坐的地方
望着窗外，只要想起一生中后悔的事
梅花便落满了南山

臭豆腐馅的

在台北待几天后，方自在起来。该见的朋友先见过，与几个台湾诗人喝喝茶，6 月 15 日晚应邀去小巨蛋看罗大佑演唱会，散场后在南京路转角柒日居酒屋邂逅成都哥们儿杨孜，真是何处不相逢啊。

次日中午，台湾音乐大佬李寿全兄和太太请我们吃一家非常好吃的日料，说好下午带我们去他老家九份走走，看看山海，饭后下雨遂作罢。

想去的故宫博物院、美术馆、书店去过，在台北美术馆得遇故人于彭画展，幸甚，甚慰。当年在西湖岸印象画廊歆菊的茶席初见于彭，麻衣芒鞋，冲和尔雅，不想却英年早逝，留得一墙笔墨无情。

心无挂碍方能睡到自然醒，无须应酬的一日三餐随意安排，其实只有两餐，我失去早餐近二十年。

自己不见外，太阳懒得搭理你，正午出门觅食，往小街小巷里窜，越市井的地方越好吃。看见乐利路街边不起眼的“上海邵师傅汤包店”，推门进去，一个小姑娘当班，店内明档明厨，桌椅干净。餐牌简单明了，只有六种小笼汤包，名称是：鲜肉汤包、臭豆腐汤包、韭菜汤包、丝瓜汤包、黄金咖喱汤包、大白菜汤包。一笼八个起卖，蒸或煎凭客人要求，搭配酸辣汤和玉米浓汤，豆浆和小菜在冷橱里，客人自助取食。

汤包是上海南翔小笼包的路子，馅调得有新意，有趣的是麻婆豆腐浇头，浇在小笼包上面，一口一个包子，外有麻婆豆腐，内有鲜甜汤汁爆出，如川妹子硬泡上海男人，麻辣拥抱温情，有意外惊喜。

带麻婆豆腐浇头的臭豆腐馅小笼汤包最好吃，不用问，小店的老板定是年轻人，麻婆豆腐加臭豆腐，创作舌尖上的颓废摇滚，好有想象力的滋味。

最赞的是店里唯有一个服务员，蒸饺、煎饺、做麻婆豆腐、打汤，却样样从容利落，食物由客人自取自收，付款可用微信、支付宝，节约人力还环保。

臭豆腐馅汤包轻微的腐臭挑起我心底一丝旧时光。

早年间在徽州休宁汪姓人家吃过一顿“包袱饺”，上海称大馄饨。汪家“包袱饺”就是臭豆腐馅的，馅中有笋丁、火腿末、香葱，一口一个热乎的馄饨在舌尖上翻滚，咬开后臭里藏鲜，实在好吃得很，主人说得更好：“临时包袱饺（抱佛脚），将就将就。”

20 世纪 90 年代末，屯溪老街二马路靠新安江路口，每天下午四点多，街角停一担馄饨挑子，挂块手写硬纸牌“休宁饺师”。最初我冲“饺师”二字去吃，做饺子称“师”应该会有两把刷子。坐在街边折叠桌旁，望老大桥上横流的人群，桥下新安江远去的绿水，干等一碗水饺。休宁人口中的水饺也是小馄饨，汤汤水水，皮薄肉少，碗底搁碎猪油渣、酱油、榨菜。胡椒粉装在细竹筒内，竹筒一端打个小洞眼儿，右手拿竹筒在左手掌上敲一敲，胡椒粉洒下，用三个指头撮葱花撒在碗里，端给客人。辣椒酱、盐在桌上，客人随意。吃完“休宁饺师”的馄饨，油渣榨菜汤喝尽，鼻尖冒出汗珠。没想到那么好吃，我下班的路上又刚好经过，那一阵子竟吃上了瘾。

休宁饺师是个中年汉子，为人质朴小意，馄饨捏得飞快，他说休宁人家家会做水饺，做得好吃是门手艺，他祖上做的水饺口味非凡，被县太爷表彰为“休宁饺师”。我问他做不做“包袱饺”？他说休宁人家逢年过节做“包袱饺”，有钱的做鲜肉馅、腊肉馅的，没钱的做素菜馅、豆腐馅的。

北京一日，和黄小茂、沈庆在丽都“清欢川菜”小酌，他家创新川菜做得不俗，老菜回锅肉和麻婆豆腐烧得格外地道。吃麻婆豆腐时我聊及台湾的“上海邵师傅汤包店”，小茂问我吃没吃过德胜门的“满姐饺子”，说得闲可以去试试，他家臭豆腐馅的饺子也很特别。

隔几日我订了餐位，拉全家去撮一顿。“满姐饺子”主打北京菜，口味和价格一样厚道，差不多吃到最后臭豆腐馅的饺子才上来，肚子已装不下，一人尝一个还行，剩余的打包回家。次日中午，薄油刷锅，将臭豆腐馅的饺子煎熟，大个儿饺子馅微臭外皮焦香，白嘴吃一个，蘸醋吃一个，蘸辣油吃一个，蘸酱油吃一个，一饺四味，方才吃出好来。

我们家的猪和我们家的太阳

从卧室出来已是晌午，三宝还是那么静谧，很少有人走这条山谷里的长路，风也不常来。青野 LOFT 二楼满洒阳光，大厅二十多米长的玻璃窗外，好一幅葱郁的近山图。

昨夜梅雨滋润草木精神，雨中时有蝉声零落，童年的经验告诉我，知了猴儿正破土而出，不作声不作气地爬上树梢，挣扎着破壳化蝉，一切俱在静悄悄地变化着我们知与不知的世界。

青野无自来水，后面山上有股清泉，从沙石缝里渗出，甘冽清甜，在景德镇颇有名气。以前来三宝野游，老见有人从市区骑摩托车来接此泉回去泡茶，后来道路扩修，泉眼被毁。营造青野时，我带学生彭前程上山找到泉水的源头，在半山挖蓄水池，引泉水入青野。煮饭饮茶皆赖此泉，晚间客散，独自沐浴山泉，难免心生林泉高隐的清爽。

早起打壶泉水烧在电磁炉上，水壶里投一枚洗净的土鸡蛋；然后刷牙、洗脸、叠被子、伸懒腰；水开了，泡一杯雨前新茶；取出壶里的鸡蛋冷水降温，剥开蛋壳恰好溏心。小时候爸爸教我生活中简单的优选法，说是老乡数学家华罗庚推广的，一天伊始，面对诸多事情，要晓得先做什么后做什么才不会浪费时间。从小养成的习惯一直影响我的生活。

窝在二楼墙角麻布沙发上，喝茶、看屋顶设计成北斗星的圆天窗射下七道光柱，地面呈现七个光圈，在青野的空间里悄然随时移动。

中午，彭前程带来“皮革厂胖子快飧”家的红烧肉盒饭，皮革厂倒闭了，厂门口的“胖子快飧”倒日渐红火。瞧名字便知老板是“胖砸”，而且必须一定是“死胖砸”，苍蝇空中飞、蟑螂地上跑的快餐店非要弄个几乎灭绝的“飧”字。《诗经》云“不素飧兮”，“死胖砸”的确不是吃素的，他家盒饭浇头有滋有味，最抢手的红烧肉、粉蒸肉，油水足香味浓，晚一点儿去就卖得精光。一份红烧肉配一份青菜、一份豆腐，坐在青野庭院草坪上野餐，眼前瀑布细水长流，池塘鱼儿活泼，小快活胜却人间无数。

下午的日头正好晒梅，吃罢饭把卧室书架上的书籍和储藏室里的字画搬至大厅，摊晒一地阳光里。打眼瞧见《梁健诗选》，封面是梁健的照片，微笑、不语，如他生前的样子。我最后一次见他是在杭州龙坞歆菊家，傍晚歆菊张罗了红烧羊肉、清蒸鳊鱼等几个清爽小菜，陪着李亚伟、梁健和我在壁炉前小酌，那晚老酒喝得斯文，吃到一半梁健有事告辞，匆匆步入夜色。我和李亚伟喝到半夜，反倒越聊越欢。

梁健是我喜欢的那类人，真挚、不争、洒脱。生命如酒如诗，可惜这首诗太过短促，人世间少了一个提壶续酒的朋友。

捡起《梁健诗选》，随手翻到《他们家的猪和他们家的太阳》：

到底要走几个灯笼
他们才会到达
总有人

比草更加小心　他们看见
太阳铺在猪毛上
暖洋洋的酒

姐姐临走时告诉他们
弟弟还在
坚持
弟弟还在山脚用心地看他的正在睡着的他们的猪

所以
我不再说　累　所以
叶子还是长到他们唯一的窗口　傍晚
袜子都盛满太阳了
脸墙一样干净
还有星星前面的小门　来回走动
回答他们
问也问不出的问题
大湖回家了
光线开始走动

从一些草开始
记住
猪
在他们的稻田永远睡觉

忘记了太阳

再读此诗不禁想起我们家的猪和我们家的太阳。

70年代皖南宁国县港口煤矿，矿部大院居住几十户人家，大人在矿上工作，子女在山门公社灰山大队灰山小学上学，升初中去山门中学住校借读，高中到三十里外的宁国县中学读书。后面一些年的岁月简单，大院内平淡无奇，阳光灿烂的日子，空气里充满人情世故。夏天晚饭后，家家户户搬凉床竹椅到户外乘凉。女人挤在公共水龙头前洗洗涮涮、说说笑笑，男人手摇蒲扇串门，小孩子聚集大院广场，在路灯下骑马打仗、斗鸡、跳绳、踢毽子。蛾子、蝼蛄在光影和人影里乱飞，不时撞到人头上、脸上。小孩子玩累了回家，大人们还在户外扯闲篇，无非说些特殊时期的旧事。小孩子觉得无趣，去公共水龙头冲个凉水澡，回家换件干净裤衩，出来躺在凉床上看星星。夜空瓦蓝，我分辨不清牛郎织女，只识得漂浮银河中水舀子般的七星北斗。

矿部大院周围不少边角的空地，长满杂草野花，谁开荒归谁种，勤劳人家弄个菜园子，一年四季蔬菜够吃了。下班后妈妈带我们姐弟三个垦荒两小块菜地，挖地、耙地、施肥，一垄垄修理得整齐蓬松，去港口镇买来种子播下去。每天清晨轮流端尿盆去浇在地里，真应了“肥水不流外人田”，土地渐渐肥沃，蔬菜在阳光雨露中发芽成长。我家种过青菜、辣椒、豇豆、扁豆、西红柿、韭菜、蒜苗等，最喜欢种辣椒，绿叶白花，嫩椒小辣微甜，油盐煸炒下饭，若加豆腐干或肉做小炒则是难得的美味。豆腐干和猪肉凭票供应，每个月发工资后去镇上买一回，分多次省着吃。辣椒从青吃到红，吃不完的红椒加蒜瓣、生姜腌在养水坛内，冬天吃脆辣咸香，省事又下饭。灰山脚下那块坡地种油菜、芝麻，栽下去靠天收，也种过向日葵，成熟后葵花盘多被路人顺手摘去，留下葵花秆杵在地里，看着恼人。我常怀念阳光下妈妈带我们在菜地里挥汗劳作的场景，种瓜得瓜，种豆得豆。

妈妈计划养头小猪，爸爸预先在厨房外用砖头搭个猪圈，星期天去港口镇上抱一头小白猪回家，很快大院里传开我家养猪的事，人们议论猜测这个戴眼镜斯文的“上海佬”将如何养猪。

自打小猪进门，取名“阿猡猡”，每天喂饱猪食，妈妈接水管把它和猪圈冲洗干净，没事和它说话，它哼哼唧唧响应。猪的待遇比家里的猫狗高，此事成大院饭后茶余的笑资，妈妈并不在意。隔半个月给猪过秤，每次称完告诉大家，它又重了几斤。阿猡猡长得快，吃得多，很快我们家和隔壁几家的剩菜饭已填不饱它的肚子。妈妈动员我们周末去打猪草，难为情地拎篮子出去几次，故意收获无几，此事遂作罢。幸亏两块菜地的山芋成熟，山芋选好的留下，其余连藤带叶剁碎，加上买来的糠和豆腐渣，在大锅里煮熟喂猪。那时猪肉全国统一价格，七毛三一斤，这呆猡缺心眼儿，吃了睡，睡了吃，使劲长膘，它哪里晓得长得快就死得快。

杀猪那天是腊月里的星期天，天空晴朗，太阳正好。妈妈躲在屋里，不忍看当宠物饲养半年多的阿猡猡“牺牲”在杀猪佬的刀下，何况杀猪佬是她亲自花钱雇来的。

杀猪佬五十来岁，秃顶、鬓发连络腮胡子，身后跟着壮实的徒弟，方圆十几里的猪无不死在他的刀下。按屠宰行规，杀猪佬中午到雇主家吃饭，师傅二两老白干喝得面孔通红，徒弟干完三碗米饭先出去做准备，在门口空场子摆开屠宰工具：木架、条案、腰子盆、梃条、杀猪尖刀、刮刨、剔刀、砍刀。阳光照得刀具刺眼，宁静的午后平添杀气。

凑热闹的人围拢过来，空槽一天的阿猡猡已饿得没有力气，它不明白今天为何还不喂食，师徒二人揪着猪耳朵将它放翻，麻利捆住四条腿抬上条案。阿猡猡从未受过如此委屈，它明白大祸临头，眼神绝望，开始挣扎，凄厉的叫声响彻大院。怎奈被两个大汉捉牢动弹不得。杀猪佬口叼刀背，倾斜身子压住它脖颈，一只手扳它下巴，腾出另一只手取口中长刃尖刀，顺它脖子捅进去直插心脏，然后翻转拔出，热烘烘的血随刀喷流而出，落在木盆里。

围观群众松一口气。

放尽血，解开捆绑四脚的麻绳，阿猡猡软塌塌地堆在条案上，成了死猪一条。杀猪佬使小刀在它后蹄寸子处割开口子，用锃亮的圆头铁梃条捅入它身体，左梃右梃，再将它翻过身来，从另一只后蹄开口，梃另半边，完事抽出铁条，徒弟从后蹄口子向它体内使劲吹气，师父用木棒拍打猪身体，徒弟吹得面红耳赤、青筋暴起，猪身体逐渐胀大。用麻绳扎紧后蹄吹气口，师徒合力将气鼓鼓的猪放入腰子盆热气腾腾的开水里，迅速翻转烫遍全身，趁热采下猪鬃，用刮刨将猪身反复刮净，然后猪头朝下倒挂在木架上用水冲洗，准备开膛破肚。杀猪佬操剔刀从猪屁眼往下剖开猪腹，刀至胸腔膈膜处暂停，迅速割下大肠、小肠、猪肚等白下水，再剖开胸腔取出心、肝、肺、腰子红下水，冲洗猪内外的血水，割下猪头搁在案板上，那猪头看起来一副憨憨的笑脸。杀猪佬挥砍刀将猪劈成两扇，卸下大腿小腿，用小刀划开猪脚，抽出蹄筋用草绳捆起来。当地的规矩，除去杀猪的工钱，蹄筋算是给杀猪佬额外的犒劳。

收拾差不多了，妈妈方才出来，见到案上的猪肉她心情好起来，给杀猪佬两盒牡丹烟，吩咐他切几刀一斤左右的五花肉，用稻草绳扎起，让我们分送给相好的邻居。

那天傍晚夕阳火红，落在我家门口的树梢上。厨房炖一大锅红烧肉，肉香飘荡矿部大院。在人与人见面问候“吃了吗？”的年头，红烧肉难得到不可以用词汇来形容它的味道和奢靡。爸爸叫几个玩得来的朋友来家聚餐，弟弟去山头上供销社打两瓶“老八”待客。“老八”是八角钱一斤的地瓜酒，爸爸定量一月喝四斤，若有客人来喝，之后会断饮几日。

晚上全家上阵，将猪肉抹上炒过的盐和香料，在洗澡盆里腌一个礼拜，再挂在门外墙上晒太阳吹风。次日将猪下水卤熟，放进菜橱里慢慢吃，好在冬天不会坏，猪板油熬出的猪油倒进瓷罐里，凝固后雪白，热油渣蘸白糖吃香酥可口，格外解馋。

那一年，我们家的伙食得到极大改善。

小学毕业同年全国恢复高考，我们的学习紧张起来，大人们忙着加班挣钱，阿狗阿猫送给人家，两块菜地没人打理自然荒废了。

昨日逛景德镇樊家井，淘得薄薄一本60年代出版的《养猪印谱》，回去青野翻看，书中记录方去疾、吴朴堂、单孝天三位上海篆刻名家收集报刊上的养猪社论、谚语刻成印章。内容有“一吨猪肉可以换五吨钢”“开展母猪全留全配、满怀高产全活竞赛”“为实现一人一口猪、一亩一口猪而奋斗”等口号。前辈精妙的治印艺术，今天看来却是满纸荒唐的笑话。

——周墙，写于猪年初一

错过姑苏

二月二，龙抬头。乍暖还寒的江南，水产鲜活，野菜生嫩，出门踏青觅食的人有口福了。

北京依然寒冷，树梢无一点儿春意，我和妻子从南站乘高铁，前往早春二月的苏州。窗外田畴缓缓倒退，由北及南视野从枯黄逐渐泛青，如同老电影胶片倒带。回溯我的苏州往事，如江南春早的水雾，寂静流幻。

1986 年春，我从国企辞职下海，先去庄周故里的蒙城谋生，其后漂泊海南岛一年有余，见证海南建省前后一代“赶海人”的燃情幻灭。我在海口开过排档，卖炒面、炒饭；和友人办过时装作坊；去八所金矿淘金；在海边小屋煤油灯下写作，希望渺茫以至身心疲沓。我开始怀念宣城散漫的日子，加之两腿患湿疹，整日皮痒意颓，赶紧赴秀英港乘那条来时渡船逃回大陆。离岛的那一刻，内心哀伤不已，最先登岛的海鸟，最先阵亡。

回宣城第二天，在北门三眼井遇见中学隔壁班上的女孩儿，寥寥几句话，相互来神，我顿生止泊之心，停留在宣城和“三人行诗社”的同伴北魏合伙开店卖家用电器。

初夏，我去苏州跑市场，约得她同去，从宣城乘坐绿皮火车，开始我们一生漫长的旅途。

一路聊陆文夫的《美食家》，对苏州美食的向往消解车厢的拥挤嘈杂。傍晚绿皮火车喘着粗气停在苏州站。三轮车夫拉我们到香雪海宾馆，她在外面等候，我进去凭介绍信开一间房，放下行李出门，俩人携手去觅食。

沿平江河岸，屋脊错落的老房子在月色和街灯下轮廓模糊，河埠头传来啪啪的捶衣声和女人拉呱的话音，房子和树的倒影在波光幽幽的河里晃悠，一路上苏州人家厨房传出不同的饭菜香，引得我肚肠咕咕直响。

走到观前街亮堂热闹起来。太监弄尽是苏州的老字号，饭店如松鹤楼、王四酒家、得月楼，还有采芝斋、稻香村、黄天源这些糖果糕点老铺。我们徘徊良久，选择先吃得月楼。松鹤楼取意松鹤延年，暮气太重，王四酒家名字略显土气，得月楼恰好遂心如意。

择小圆桌落座，服务员送来菜单，我目光落在“白汁鼋菜”，一百二十元一例，鼋菜是什么？不好意思问，索性点来吃个稀奇，又点了炒里脊、油焖茭白，及一壶冬酿。吃完滑嫩的炒里脊、鲜糯的油焖茭白，候了一多会儿，服务员端上白汁鼋菜，眼前分明是一盆清炖甲鱼，一百二十元能买一辆金狮自行车，谁知换来的“鼋菜”竟是宣城卖十几元一只的王八。品尝后方知得月楼不枉乾隆爷赐名“天下第一食府”，长见识后心情少许抹平。白汁鼋菜做法繁复，选一斤半青背玉腹的菜花甲鱼宰杀洗净，以竹箅垫锅底，将甲鱼块排列砂锅中，上放猪肥膘片；葱结、姜片在菜油中熬香，放在甲鱼上，菜油沿锅边倒入；加绍酒浇沸，再加猪肉汤烧沸；继续焖烧三十分钟；加盐、蒜瓣烧至汤剩六成；加冰糖、熟猪油少许，文火焖两小时至肉酥烂；去葱姜，旺火收汁。上桌还原一只完整的甲鱼，裙边透明弹滑，鱼肉酥烂脱骨，乳白黏稠的汤汁咸中带甘。生平第一次见识如此讲究的功夫菜，五官被温柔地一番蹂躏并重塑。

饭后天色渐晚，观前街逐渐冷清，回到香雪海宾馆，我俩分开，前后脚偷偷溜进客房。那年头没有结婚证的男女同居违法，被派出所逮到以“流氓罪”论处。如今想起，当年我们算是有“色胆”的年轻人。

隔天去松鹤楼，同为百年老店，它比得月楼显得古气。这回我们仔细研究菜单，向服务员请教，点了它家招牌菜松鼠鳜鱼、腐乳肉、荷塘三宝、小笼汤包。松鼠鳜鱼酸甜酥香，吃得出它繁琐的工艺，浓郁的腐乳肉合我胃口。我闯进后厨，冒充外省记者采访厨师长，他听说报道会上报纸很兴奋，详细讲解腐乳肉的做法心得，我一一记录在笔记本上。

后来登门拜见她父母、外婆，我下厨做了在松鹤楼剽学的腐乳肉，味道将就过得去，好在都没吃过，也没得比较。

苏州人的讲究从一碗早面开始，啥个红汤白汤、汤宽汤紧，白汤要清透见底，红汤须色如琥珀；粗面细面，硬面烂面；重青免青，冬季青蒜，夏季青葱。加上丰富的荤素浇头，悦耳的评弹，一碗面吃得出明月清风。

清早我俩寻到朱鸿兴面馆，赶不上头汤，叫一碗三鲜面，一碗爆鳝面，二人吃一半相互调换，品尝不同口味。长竹筷挑起如丝的细面叠三叠，齐整地铺在汤碗里，鱼背般微微弓起，葱花洒在面上，汤是红汤。三鲜面现炒浇头，直接倒进面碗里，让浇头汁水融入汤面；爆鳝是事先做好的冷浇头，挑起热面将爆鳝埋入碗底，爆鳝的鲜味渗入面汤，面吃一半，浇头已焐得软乎，汤汁的味道更丰富了。

陆文夫将苏州汤面写到极致，吃到嘴里的这碗面，远不如看他书中的那碗面过瘾。

90年代初，我常去苏州采购骆驼牌电扇，往往要等好多天才能提到货，空出大把时间流连苏州园林，玩之余嘴没闲着，大街小巷觅食，唯木渎镇石家饭店印象颇深，缘于一段我和画家亚明的忘年交。

记得第一次拜访亚明老，我带去宣城新茶敬亭绿雪，亚明老长我四十岁，身上兼具士的儒雅和仕的严肃，奉上我的诗集《只手之声》，他翻了翻抬头再看我，眼神温和起来。恰巧同是出生在安徽的江苏籍，见面次数多了逐渐亲切，陪他闲聊敬亭山的诗踪，梅清、石涛的画语，甚至被允许旁观他作画。

一个秋爽的中午，亚明老兴致不错，带我去木渎镇石家饭店。二层古色的小楼，门头悬金字招牌，堂间墙上挂费孝通的字“肺腑之味”，墨迹犹新。不久前费孝通先生吃罢石家饭店，意犹未尽，专门写文章《肺腑之味》刊发，详细描述石家鲃肺汤：“叙顺楼的主人却去杂存精，单取鱼肝和鳍，无骨的肉块，集中清煮成汤，因而鱼腥全失，鲜味加浓。汤白纯清澈，另加少许火腿和青菜，红绿相映，更显得素朴洒脱，有如略施粉黛的乡间少女。上口时，肝酥肉软，接舌而化，毋庸细嚼。送以清汤，醇厚而滑，满嘴生香，不忍下咽。”亚明老是石家饭店的常客，他信口点了鲃肺汤、石家酱方、清蒸鳜鱼、天下第一菜、三虾豆腐、鸡油菜心、半斤梅子酒。老先生边喝边讲石家饭店的掌故。

“天下第一菜”又叫“平地一声雷”，出自石家饭店厨师原创，抗战时期被民间戏称“轰炸东京”。用笋丝、虾仁、茄汁、香菇丁等什锦加鸡汤做成卤汁，浇在一盘刚出油锅的锅巴上，欻啦一声响，烟雾中爆出香气。这道菜色、香、味俱全，饭、菜、汤皆有，可当主食，可做菜肴，形式、内容完美呈现且毫不做作，无愧“天下第一菜”的美誉。

宣城人来得通俗，叫此菜“肉丝扒锅巴”，用香菇、木耳、笋片、青红辣椒和肉丝，先炒后煮，连汤带水现浇在大盘油炸锅巴上，欻啦一声响，热气蒸腾，好看又好吃。

归舟太湖的亚明老开始在近水山庄墙上日复一日地画壁画，自知余晖将尽，他全情投入，想留些笔墨给家乡。如今画在墙上，人已作古。吃过石家饭店的于右任、张大千、杜月笙等无数风流已逝，石家饭店还在，鲃肺汤依旧。

阔别苏州已久，味蕾上的苏菜已淡，当年偷情香雪海的少年，已执手走过草长莺飞的三十载。如今重访姑苏，恰似“回首江南，看浪漫春光如海。向人间，到处逍遥，沧桑不改”。

择苏州几日笔记，聊还余味。

2017 年 2 月 27 日

二十多年前来苏州拜访亚明老，借宿东山宾馆，面朝太湖，背依东山，馆舍静谧。宾馆叠翠楼餐厅的船菜令人难忘，尤其春季的太湖白虾外壳软薄，通体透明，虾脑和虾子鲜红诱人。亚明老生前购得位于响水涧东的明代古宅绍德堂，在不远处，他精心修缮庭院，改名“近水山庄”。

下高铁直驱东山宾馆，一路回味过去，到门口发现当年太湖之滨隐逸之所，修改成时下庸俗的大酒店。叹一口粗气，竟懒得出门觅食，在房间胡乱叫个餐，拉上窗帘睡觉，眼前老是浮现旧日半山半水的光景。

2017 年 2 月 28 日

二月乍暖还寒，上午太阳照得人舒坦，出宾馆步行五里到镇上。原本偏远于苏、锡之间的东山镇，现在热闹起来。在镇农贸市场旁找到姚富根白切羊肉，还是老样子，墙根小木桌上铺干荷叶，大块熟羊肉放在荷叶上，老头手持蒲扇间歇摇摆，驱赶馋嘴的飞蝇。姚家世代务农为本，唯独传承了白切羊肉的副业，用当地湖羊，在家卤熟后出摊儿，年年只卖一个冬季。切一小块尝尝，咸鲜入口咀嚼化成微甜的香糯，还是老味道，今天运气好，赶上他冬去春来最后一次出摊儿。切半斤羊肉荷叶包好，我们在太湖边择一家清净面馆，叫两碗热乎阳春面，把羊肉埋在汤底，趁门外梅花沁香，太湖浩渺，慢慢品味一碗好面……

拜谒亚明老故居近水山庄，叹物是人非。

下午搬去平江府酒店，地处苏州内城，来去方便。

2017 年 3 月 1 日

中午起床，打车去十全街同得兴面馆，他家的枫镇大肉面不可不吃。有道是“唱戏靠腔，吃面靠汤”。吊面汤家家面馆有高招，一锅好面汤用猪骨、鸡架、鳝骨等下脚料熬一宿，用酒酿将其吊香，好汤应是汤清无色，香气醇厚，口感隽永。同得兴的枫镇大肉面选三层肉五花，下调料十几种，炖得将烂不烂，捞出放凉再切成块，肉汤备用。厨师拣一块焖肉卧在面上，浇一小勺肉汤，客人自己端去桌上，抄筷子挑面将肉埋碗底，焖肉热融后味道渗入汤中。面有阔细之分，我爱吃细面的清丝滑溜。客人在店外排队，吃面最好是人等面，若面等人，面就糊了。

耦园在仓街小新桥巷深处，三面临水一面向街，水里倒映粉墙黛瓦石桥香樟，却是难得僻静，早春尚寒，游客稀少。择阳光斑斓的树下一墩石几上坐忘，庭院内二棵高大对称的玉兰，枝头花开堆雪，偶尔飘落一朵在方砖铺地的格子里，是另一番素静。主庭高悬“载酒堂”匾额，当取自陆放翁“载酒园林，寻花巷陌，当日何曾轻负春”。想那耦园主人与我同类，必是酒色君子。

辰光尚早，急切想去环秀山庄，我去过多次，梦里也去过。营造归园叠山是关乎园林成败的关键，耗时几年用二千吨石头，那些年凡叠山遇到困难，我和程极悦兄、汪万顺师傅驱车几百公里来此拜读清代叠山大师戈裕良的遗作寻找创作灵感。环秀山庄在景德路262号刺绣厂内，不对外开放，托熟人打招呼方得进去。可惜残留的园庭占地不过半亩，几步之间山重水复，主峰突兀倾斜立于东南，如刀斧劈开，山有危径、洞穴、幽谷、飞梁、绝壁，浑然天成，是古代园林叠山的典范。面对这绝世残山剩水，唯独沉默用心去和它交流。

晚饭前上网觅食，平江府酒店旁是人流熙攘的平江路，路左并列一条细长的河道，走一段往右手岔进传芳巷，寻得一家灯火暗淡的“伴园私房菜”，一位跑堂老阿姨客气地招呼我们，介绍说这里不点菜，厨师做什么客人吃什么，套餐每人二百元。吃饭的人扑满，恰好有人结账，老阿姨安排我们入座，烫一壶老酒，冷盘、热炒、主食、甜点款款上桌：

冷碟三样

酸萝卜鸡鸭血汤

手剥虾仁

蟹粉豆腐

糖醋仔排

时蔬

年糕炒花蟹

香煎玫瑰鱼

姑苏佛跳墙

糟熘黑鱼片

青鱼春卷

南瓜绒酒酿小圆子

冬酿酒一壶

好吃！菜式如苏州评弹般清雅明亮。

尤其是糟熘黑鱼片，淡黄的透明芡汁包浆白色鱼片、黑木耳，入口滑嫩，甜里含咸，咸中藏鲜，酒香深沉，吃罢竟自微醺。

我和老阿姨相约明晚还来吃，提出要求菜不重样，只保留糟熘黑鱼片，钱该怎么收就怎么收，不必拘泥二百元。老阿姨叫来饭店老板，一个周正干练的中年男人，聊了一会儿，他居然答应了我的无理要求，我们互加微信，他名叫高越。年过古稀的老阿姨是高越的妈妈，也是房东。

2017 年 3 月 2 日

早上赖床，错过一顿，午餐不可马虎，须去百年老店“朱鸿兴”，点一份三虾面；须去沧浪亭，念白：“沧浪之水清兮……沧浪之水浊兮……”

黑咕隆咚的幽巷深处，小庭院名称“伴园”，假山玲珑，盆景乖巧，石门洞框住园景，里面卖传统时令苏帮菜，厨师做什么客人吃什么，不点菜。

高越特别来招呼我们，说今天运气好，清早去菜市场买到塘鳢鱼，是今年最早上市的塘鳢鱼。他递给我手写的今日菜单：

美味三碟

极品菌菇盅

苏式油爆虾

糟熘青鱼片

红烧菜花塘鳢鱼

油焖春笋

绿叶酱汁肉

清炒豆苗

苏式白食盘

葱油拌面

冬酿酒一壶

今晚的红烧菜花塘鳢鱼鲜甜可口，我给满分。

苏州人颇看重塘鳢鱼，说起来能鲜掉眉毛，有道“雪菜豆瓣汤”，取上百条塘鳢鱼二腮的月牙肉，大小似白豆瓣，用绿色雪里蕻氽汤，此菜极其简单又绝对奢靡，配上普通的名字，老饕无不入坑。

老年间流传的吴歌《十二月鱼谚》，塘鳢鱼排在最先：

正月塘鳢肉头细，
二月桃花鳜鱼肥，
三月甲鱼补身体，
四月鲥鱼加葱细，
五月白鱼吃肚皮，
六月鳊鱼鲜如鸡，
七月鳗鱼酱油焖，
八月鲃鱼要吃肺，
九月鲫鱼红塞肉，
十月草鱼打牙祭，
十一月鲢鱼汤吃头，
十二月青鱼只吃尾。

塘鳢鱼在宣城又叫土步鱼，相貌奇丑，头大尾小，呆头呆脑的样子，乡里人叫它土步呆子，通常生活在池塘、水稻田等水流清浅处，长不太大。我小时候钓鱼，钓到最多的就是它，用棉花做饵它就会上钩。咸菜烧土步鱼，鱼嫩汤鲜，最是下饭，若在冬天，剩下汤汁搁一夜成鱼冻，是早晨粥饭的绝配。

糟熘鱼片口感比昨天紧致，询问原因，高越笑道："先生果然是食家，平常用草鱼片，今晚换作青鱼片。"

说好明天再三去吃，拜托高越安排，难得知菜饕客，高老板开心满口允诺。未出伴园我已开始期待明天的菜肴。一家餐馆能让我这张油嘴滑舌逗留三天，难得，难得。

2017 年 3 月 3 日

中午停歇在文衙弄的小面馆里，二人一碗雪菜肉丝面，一碗肥肠面。看面馆对门两个女人吵嘴，吴侬软语煞是好听。老话“宁听苏州人吵架，不听扬州人说话”。吃面间歇戏看小吵，平添市井乐趣。这家雪菜肉丝面不错，肥肠面差点儿意思，原因是肥肠洗得干净，卤味略显寡淡，如嚼橡皮，没味儿。难怪苏州人风雅，不擅长烹调重口味的猪下水，连互相吵嘴也像朋友叙旧，来一句，去一句，不争输赢。

“艺圃”听名字像园艺苗圃之类，毫不引人注意，位于苏州西北阊门内天库前文衙弄 5 号，明嘉靖年间始建，属低调的江南名园。艺圃叠山理水别具风格，闭塞中求敞、浅显里牟深、狭隘处探险，曲径通幽，水榭开阔。几百年来园庭几易其主，皆有气节之士，清初被明朝遗老姜埰购得，改名“敬亭山房”。我揣度姜老夫子与宣城有渊源，上网一查还真是，“姜埰，字如农，号乡墅，别号敬亭山人、宣州老兵……”见字敬亭山，平添几分亲切。

伴园的菜再三让我肠胃满足。菜原本是寻常菜，贵在食材新鲜、烹饪下功夫。高越过来敬酒寒暄，少不得和他拉呱几句。他以前是古董商，研习国画，喜好美食，将自家私宅改造成“伴园私房菜”，请苏帮菜退休大厨主理，无房租压力，做回头客生意，开业两年天天满堂。

连续三日滑肠子意犹未尽。白天游园林是雅，晚上吃苏帮菜谓俗，雅俗共赏方是最好的苏州。

第三日菜单：

冷盘三碟

苏式炒虾腰

黄焖河鳗

糟熘鳜鱼片

太湖银鱼滑蛋

阳澄湖大闸蟹

酱爆螺蛳

松鼠鳜鱼

炒菜心

焖肉面

冬酿酒一壶

黄焖河鳗盘在碟子里，酱色透亮，入口肥美得迷糊，宜配冬酿解腻。今晚的糟熘鳜鱼片别有滋味。连吃三天糟熘鱼片，得味颇深，此菜重在香糟酒的制作，用冬酿黄酒将陈年酒糟稀释成糊，加少许盐、白糖、花椒搅拌均匀，静置沉淀后用纱布裹着吊起来过滤，历时三天，滴滴沥出香糟酒，质清、色亮、味醇，以此香糟酒烹制糟熘鱼片才是人间珍馐呀。

我吃过北京丰泽园的糟熘鱼片，用鲮鱼片，芡浓汁浑，口味偏甜，若说好吃有点儿难为，作为百年老店丰泽园的当家菜肴，它肯定好吃过。

2017 年 3 月 4 日

今天中午就近弄堂口小食店，吃小笼汤包、鸡汤小馄饨、葱油拌面、五香蛋。江南早点品种繁多，口味上好，一直卖到午后。

下午逛留园。昨夜观前街走一圈，痛心得不行，灯牌闪烁、拥挤嘈杂，已非旧日寻常巷陌。幸得留园没变，依旧粉墙黛瓦，叠山逶迤，池塘古树，鸟鱼嬉戏…… 园内游客不多，梅花俏也不争。

平江府是苏州园林酒店，内部设计怀旧魅惑。酒店外的独立小园庭，名“半园”，叠山理水、亭台楼阁样样不缺。回廊里挂鸟笼养一只八哥，见有来客大叫：“你好。你好。”客去又叫：“再见。再见。”下午，半园空闲，独我一人依栏杆饮茶、发呆，那扁毛畜生冷不丁冲我开口：“吃了吗您哪。”我怀疑它是来自北京胡同的老鸟。

晚餐在酒店点两碗阳春面，一份腌笃鲜做浇头，简单吃罢去听苏州评弹。腌笃鲜前身是徽菜“火腿炖冬笋”，徽商带到苏州因其味美而流传市井，并有苏州方言名字“腌笃鲜”，传入上海后名声大噪，此菜从徽州到苏州再到上海，口味由浓变淡，火腿和冬笋的主料不变，辅料各取所爱。

评弹茶馆隐在平江路小巷一座民国风的花园里，茶客稀疏显得清净。我们坐下点两杯洞庭碧螺春，茶叶卷曲如螺，隐绿含翠，冲泡后茶叶徐徐舒展，茶汤澄碧，清香习习。约八点过两位评弹演员登台，上手端坐的小生蓝布长衫手持三弦，下手碎花旗袍的妇人怀抱琵琶，那小生轻扫三弦，挑眉张口吐出一曲《枫桥夜泊》，迷死活人。但见他舌底生花，面浮春色，道不尽的男性妩媚……

思绪之舟沿他的委婉行腔，回溯在姑苏河道里。

夜半惊醒，不复困。苏州于我似乎有前世缘分，又似乎一场忘情错过。

起身，打开手机，记录诗绪：

错过姑苏

上弦月惊醒
夜色染旧苏州
旧回明月清风之年
你乘暗香薄雾
携俊朗小厮
夜泊姑苏烟雨的巷陌

吴门紧闭
守更人发如蓬草
扁舟一叶在太湖浩渺里伤逝
明月清风之年
橹声荡漾伊人顾盼的流波
从一个园庭划向另一个园庭
你来了花便开放
一笑皆春

错就错在开始
错过他们
错过沧浪亭生死骊歌的薄醉
上弦月黯伤
苏州入夜姑苏方醒
小厮挑了挑眉
低垂眼帘轻扫琵琶

口吐婉转：春意浓浓淡淡风……

——2017.3.4 草

2017 年 3 月 5 日

中午醒来，窗外落雨，小冷。

念及此行苏州没见藏书羊肉，打开手机寻觅，出酒店右转三百米有家藏书羊肉馆，顿时来了精神，更衣出门寻去。一大碗羊肉汤下肚，浑身热乎乎的。藏书是苏州城外太湖东岸的小镇子，当地人自古善烹山羊，吸引江南食客。我曾专门去藏书镇上老店吃过，有红烧羊肉、白烧羊肉、羊糕、羊汤多种烹调方法，红烧羊肉是我最爱，那个软糯鲜香如唱评弹的小生，不提也罢。

网师园的完美竟让人无话可说，每回来如初见，不舍离别。苏州园林里它年份较早，始建于南宋，园子早先起名"渔隐"，几经沧桑易主，好在多是文人雅士，乾隆年间更名"网师园"，网师乃渔夫之意，暗合"渔隐"，有相忘江湖的意思。 静坐网师园听雨，内心回到清隐十载的归园。

下午三点四十乘高铁去上海。

此番苏州行，不敢惊动本地朋友，倒是得闲多吃几碗好面。苏州遍布三千多家面馆，面师分头镬、二灶、三煤炉。头镬吊汤，二灶捞面，煤炉炒浇头，哪道工序没做好，一碗面就"砸锅"了。三千多家面馆，好面岂能吃尽，苏州面和苏州人一样温和、讲究。

列车员发一张苏州晚报，打开看到一则老苏州吃面的切口，有趣。

免浇——光面，又称阳春面

双浇——两种浇头

免青——不放葱花

重青——多放葱花

过桥——面和浇头分开放

底浇——浇头放在面底

宽汤——多加面汤

紧汤——少加面汤

硬面——快煮，口感硬

烂面——慢煮，口感糊

白汤——不加卤汁的原汤

红汤——加卤汁、酱油

香肉

七十年代，城市不允许养狗，农村养狗也是贱养，自家温饱堪忧，如何剩下吃食狗粮？饿狗白天满地找屎吃，晚上还得回家看门。人们养猫为抓老鼠，阻止它偷吃粮食；养狗看家护院是幌子，家家清贫到夜不闭户，哪里有啥家院可看护，好不容易养大的狗崽子，你不吃它的肉，三不知被别人偷去吃掉。那年头偷牛是重罪，判刑坐牢，偷猪羊鸡鸭也违法，偷狗却没人当回事。老话说：“人要脸，树要皮，狗子无脸找屎吃。”想想看，那时的狗真可怜，活得没有尊严，死了不能上席。

虎子是我家的黄毛牙狗，我在春天紫云英漫开的田间捡到的狗崽子，毛茸茸、肉乎乎地摇动小尾巴，玩伴们眼馋极了。我打小儿老羡慕别人能在马路边捡到钱，有阵子低头走路，眼睛像探照灯在地上扫，却看不到一分钱。只有一次发现五分钱落在路边，阳光下明晃晃地显眼，我心中窃喜，不料斜刺窜出个赖里吧唧的同学，弯腰拾取起我眼里的硬币。我明白低头捡钱的运气不属于我，还是踏实地抬头前行吧。不承想倒捡到只狗崽子，这是我迄今为止捡到最生动的东西。

矿上分配我家一间半平房，里屋半间支两张床，小床姐姐睡，大床我和弟弟睡，中间拉一块布帘，外屋大床是爸妈的，其余空间放一张八仙桌、五斗橱、写字台和条凳竹椅，屋外搭建半间厨房。征得爸妈同意，在外屋门边的墙下开三十公分长宽的狗洞，虎子晚上蜷缩在我和弟弟床前，外面有动静它就猛地从狗洞窜出吠叫，完事再钻回来，表功般哼几声，没人理睬它又躺下假寐。

几个月后虎子长大，我把书包挂在它脖子上，它屁颠颠地送我上学。约莫放学辰光，它摇尾巴在学校门口等候。同学假意推我，它前爪伏地，目露凶光盯牢对方，喉咙发出低沉的警告声。虎子的存在和非凡表现，让我“人仗狗势”得意过一阵子。

寒假我和弟弟备好弹弓去打鸟，虎子兴奋地蹿前蹿后，两耳竖直，威风凛凛。野外看不到斑鸠，连麻雀也不知藏哪去了，小河结冰，不能扳螃蟹，也无鱼可钓，狩猎空手返回，最失望的是虎子。

天渐冷，寒气从狗洞窜进屋，家里生炭火盆也冷得够呛，对于虎子的处理，家人几乎心照不宣，其实从它来时就结局已定，和养鸡、养猪一样。

屠狗是我少年残酷的祭祀，白茫茫雪地上溅血的画面常出现我青春的梦魇里，有时雪是灰的，血是蓝的。

青春不堪，我宁愿没在紫云英田野里捡到虎子，我本不该去捡任何东西，如今也不想去捡拾过去。偶尔在路上看见别人遛黄毛狗，触动少年往事，难免心头一凛。

狗是人类最早驯化的动物之一。

1980 年，河南舞阳贾湖遗址发现十座埋狗坑，证实人类养狗的历史至少在九千年以上。龙山文化遗址和殷墟，均发现大量被烧灼过的狗骨头。

先秦已有食狗的风俗，《礼记 · 月令篇》：“孟秋之月……天子……食麻与犬，其器廉以深。”大意是秋季到了，天子与群臣分享狗肉。

越王勾践卧薪尝胆以图东山再起，出台奖励生育政策：“生丈夫，二壶酒，一犬；生女子，二壶酒，一豚。”可见当时狗的价值在猪之上。

《史记 · 刺客列传》记载几位先秦狗屠，击筑而歌的高渐离，士为知己者死的聂政、专诸，他们是职业杀狗的屠夫，干的事却令人动容。

秦汉时期食狗之风尤甚，汉高祖刘邦爱吃狗，屠樊哙煮的鼋汁狗肉，与他结拜兄弟，打下江山后荣归故里，摆狗肉大宴沛县乡亲，大醉，击箸高歌：“大风起兮云飞扬，威加海内兮归故乡，安得猛士兮守四方！”屠狗杀鼋合烹为佳肴，樊哙青史留名除鸿门宴的无畏，还有他烹狗的厨艺。

宋朝始有“狗肉不上席”的禁忌。宋徽宗属狗，艺术家皇帝听信近臣的马屁谗言，降旨严禁民间食狗和买卖狗肉，狗屠无奈改行杀猪宰羊，为迎合市场需求，偷偷“挂羊头卖狗肉”。南宋高僧济公食狗成癖，“闻到狗肉香，神仙也跳墙”。说的是他偷食狗肉的趣事。

元朝蒙古人一统天下，狗是游牧民族的助手，岂容饕餮，狗肉开始退出主流餐桌，狗屠的职业随之消失。

民间相信狗肉大补，李时珍《本草纲目》记载，食狗肉“安五脏、轻身、益气、宜肾、宜胃、暖腰膝、壮气力、补五劳七伤、补血脉、实下焦”。

古人总结出人类可食的家畜中，猪肉骚、羊肉膻、牛肉腥、狗肉香。浙江金华火腿，以香气浓郁、滋味鲜美闻名，古法腌制金华火腿，大缸里十个猪腿搭一条狗腿共同腌制，给火腿增香。

原上海武警李副司令是安徽巢湖人，相貌英武，曾任宋庆龄的警卫员。每年冬天必备狗肉，请我们这些在上海的皖籍乡党喝酒。他亲自指导炊事班将狗肉剁拳头大块、焯水沥干，入油锅翻炒，加茅台、酱油再翻炒，然后姜、葱、蒜、辣椒大把招呼进锅，注开水小火焖煮，待狗肉香烂，撒盐起锅。司令说茅台炖狗是他的秘诀，肉香混合酒香，的确香得可以。

90 年代我常胶东半岛跑买卖，往来文登、荣城、威海之间，胶东路宽车少，在县里办完事驱车去安宁洁净的威海住宿。那年冬天大雪凌乱，威海东山宾馆窗外迷蒙，我从南方来，衣衫单薄，受凉重感冒涕泪交加。傍晚肚子饿得慌，出门觅食，出租车拉我到处转悠，看见风雪中灯火隐绰的狗肉馆，下车掀棉帘进去。狗肉馆空闲无客，一个浓眉杏眼的胶东大嫂，笑盈盈招呼我上炕，随即将红泥炭炉搁上矮桌，端来一锅狗肉炖上。不久狗肉锅子咕嘟喷香，我依稀嗅到中草药的味儿，笑问锅里放没放蒙汗药，大嫂说锅里加了砂仁、荜拨、草果、肉桂、干姜、丁香、小茴香……热香冲得我连打喷嚏，直呼拿酒来。门外闪入另一个女孩儿，抓一把干花撒进锅内，我细瞧俩人生得一模一样，大嫂告诉我她俩是孪生姐妹，姐姐看我感冒，出去寻紫锥菊放进锅里。我让她俩炕上同饮，一碗孔府家酒，半锅狗肉下肚，浑身通泰，暖流直涌丹田，仨人插科打诨，推杯换盏，不知喝下多少。

次日醒来，躺在客栈的床上，大汗湿透被窝，浑身像蜕掉一层泥壳，神清气爽。窗外，皑皑白雪一直铺到海里，海静得无边。

再去寻那家狗肉馆，无论如何找不到，以致我不敢确定那晚的狗肉馆是不是我发烧后的幻觉。

四十不惑的我归园清隐，时不时往返景德镇玩泥巴，十多年吃遍方圆百里，真心好吃的，要数乐平狗肉、卤汁鳜鱼、清蒸鸡。仅此三道菜可让千年瓷都从容待客。

景德镇乐平人吃狗肉讲究，专挑五个月左右的农家土狗，以其毛色论优劣，民间所谓："一黄二白三花四黑。"

陶渊明是浔阳柴桑人，家乡离乐平不远，他最爱吃鸡，却不沾狗肉，陶诗写到狗，皆是可爱的样子，他撰写的《搜神后记》里灵犬救主的故事，读来煞是感人。

我平生吃过最香的狗肉，在宣城南郊地质队乔老爷宿舍。

乔老爷大名乔继桐，安庆桐城人，我俩是磕头拜把子的江湖兄弟，他长我七岁为兄。乔老爷长得黝黑精瘦，目光精亮，平素嗜酒如命，为人仗义不羁，很是吸引年轻人。他少年时进黄梅戏班练武生，顽劣好斗被逐出梨园，行走江湖拜师访友，精通洪拳、十二路谭腿、九节鞭。招工到地质队上班，酒后与人打赌，从二楼跃下，偏偏那天楼下一堆砖头，因此摔断脊椎，结束野外钻井工作，落个看机关大门的闲差。

80年代宣城习武的大约四伙人：上新村民间拳师朱少华教铁砂掌、胸口碎大石之类硬功；花鼓剧团武生陶德江教旋子、筋斗等毯子功；矿机厂山东籍工程师满清洁教内家拳；乔老爷带地质队子弟打野拳，他们下手狠辣，打架不计后果。满师父师从沙国政先生，我和弟弟初中拜他为师练习形意拳，满师父低调严肃，收徒不过厂内几人。

1983年是灾妄之年。

七月初宣城发大水，水阳江上游洪峰泛滥，朱桥圩破堤，圩区农民住在大坝上的简易棚里。宣城四周被淹，城关镇成孤岛，道路通讯阻断，半个月才恢复。

洪水退后天气酷热，我从北门矿机厂步行七里去南城外地质队找乔老爷玩，走到他家楼下忽闻奇香，上楼见乔老爷一把竹椅子坐在走廊上，光膀子摇晃蒲扇面对远山发呆，旁边煤油炉炖一钢精锅肉。见我来他拍腿大笑，操桐城口音道："你小哥哥好口福，怎么晓得我炖狗胯子吃？来得正好，我莫得钱打酒，赶紧去代销店打二斤酒。"

我若不来，狗胯子炖好他会去赊酒，乔老爷生活常如此，吃上顿不顾下顿。

我下楼去代销店买二坛孙埠黄酒，兄弟俩光膀子坐在走廊上，印有"为人民服务"字样的搪瓷杯斟满黄酒，锅里汤浓肉肥。乔老爷告诉我："冬至鱼生夏至狗。夏天吃狗肉以热服热浑身爽歪，冬天我们兄弟去河里抓鱼，切片蘸调料生食。"

说罢，浮一大白。

兄弟俩大碗喝酒，大块吃肉，漫谈江湖春典、轶事，聊得兴起，起身在走廊比划切磋拳脚，大汗淋漓，精气旺盛，忽有穿廊风过，不亦快哉！

海南粉 · 文昌鸡

2017 年 3 月 9 日

吃得来又聊得来的哥们儿其实不多，宋炜算一个。和他聊吃颇具画面感，每提及故乡沐川县，爷爷、老街食肆、苦笋、菌菇，他镜片后眼睛里便泛出愉悦的清欢之味。

宋炜的舌头和诗属于故乡，时间往前他往后，一骑绝尘地追溯旧日，和他在一起我似乎活回八十年代，读他的诗，感觉此人已死一千年。

接到宋炜电话："哥们儿，你在北平吗？"他愿意这么称呼北京。

告诉宋炜我在海南猫冬，不觉冬去春来。

话语间了解，他终于歇业惨淡经营的二渠道出版行当，有空来海南待几天，难得如此酒友自远方来，好在海南滑肠子的地方多。

说来就来，宋炜当天深夜落地海口美兰机场。次日中午我去酒店接他，海南第一餐应该去吃海南粉。

海南粉是民间的食物，既是小吃也是主食，如大陆的面条和米线。海南当地又称"腌粉"，大米与番茨制成米粉，加十几种海南特色的作料调拌腌作。《正德琼台志》记载，清朝正德年间，全岛共有一百二十一个较大的圩市，皆设有海南粉加工作坊，可见海南人爱粉的历史。

东北人顺口说："吃饭没，搁母们家吃饺子啊！"

广东人通常说："咁啱嘅？过嚟坐低饮啖茶吹下水啦。"

海南人则说："汝想食乜？吃粉喽。"

北人吃面，南人食米。米仅煮饭吃太单调无趣，聪明的南方人把米磨成粉，变花样做出各种米糕、汤圆、米粉、粿条。海南岛米粉拢共有二十来种，不同地域做法各异，其中以海南粉（腌粉）、抱罗粉（卤汁粉）、后安粉（汤粉）、陵水酸粉受众最广泛，并称海南四大米粉，落迹海南各地食肆，早餐、消夜人们品尝不同风味的米粉为津津乐事。

我们在骑楼老街遮阴的走廊下逛，正午的日头下街道恹恹的，打眼见街对面老屋平房门头的招牌"亚妹粉店"，有点儿意思，按成都说法，"幺妹"即小妹，"粉子"即容貌姣好的女子，我和宋炜相视一笑，看看去。

粉店老屋是砖木结构，有年头了，墙上挂先人的黑白照片，老屋因这些照片而显得温情。屋内几张八仙桌、长条板凳，桌上放粉彩提梁壶和茶杯。海南粉很快上桌，白如雪丝，碗里的干浇头有炸花生、芝麻粒、葱花、香菜、笋丝、豆芽、酸菜、炸面片、炒牛肉丝、炸鱿鱼丝、猪肉干等，淋少许酱油、香油，拌匀了的米粉酱色油亮。每碗粉送一碗海螺汤，单吃粉是柔润爽滑的酱香味，混搭配料吃多味浓香满口，吃一半将海螺汤倒入粉碗里，多一种汤粉的吃法儿。爱喝酒的人就米粉浇头下酒，最后吃粉喝汤。

腌粉又称海南粉，其他的粉皆冠以县镇名，如后安粉、陵水粉、抱罗粉，粉有粗细干湿之分，各地口感迥异。我到岛内乡镇下馆子一定嗦当地的粉，各地米粉差不多，酱汁配料习惯不同，唯咸、甜、酸三味融合的口感大同小异。

走过西关内街，到老街海鲜市场。懒洋洋的午后，小贩多半在自家摊后椅子上冲瞌睡，睡相散漫自在，我用手机捕捉有趣的镜头。市场前段卖干货，色彩丰富堆积；中段腥味大的是肉禽类；后段卖生猛海鲜，大盆大桶沿街摆放，地面湿漉漉的。有些卖鱼小贩不懂普通话怎么说，只告诉你鱼的海南话发音。宋炜兴致极高，用“川普”和小贩的“海普”大声沟通，他们以为声音大对方就能听懂，居然很聊得开。

宋炜常年盘踞巴山蜀水，稀里八岔出行，晚餐我挽袖下厨给他接风。在市场买条六七斤重的大鲵，去海甸岛二东路阿行的琼海味道餐馆，邀来老丁、小飞、成峰、李子、黄钊，拿出箱底的五粮液虫草酒。

大鲵交给厨师阿行，叮嘱他：“烫杀，不放血；洗净鱼身黏液，切成月牙块沥水；用酱油、黄酒加姜汁腌渍半小时。”后厨准备工作做好，我套上围裙赤膊上阵。热锅宽油，下鱼块炸至金黄；净锅放两勺猪油，入姜、葱、蒜、花椒爆油香；倒入鱼块翻炒，加料酒翻炒，加酱油翻炒，加高汤及少许糖、盐，焖煮片刻；大火收汁起锅。

阿行打下手，李子摄像记录。

宋炜是耿直挑剔的老饕，他吃罢叫好才算好。几分钟，一大盆大鲵被大伙扫得精光，剩下的汤汁捞面。

宋炜的祖先宋玉说：“夫尺泽之鲵，岂能与之量江海之大哉。”两千多年后，和宋炜、老丁等在南渡江入海口大啖“尺泽之鲵”，江河湖海之大与我等何干？

饭后，老丁提议去看电影，散步到新阜岛星海湾影院，正放映《天才捕手》，空空的影院唯我们三个老男人和椅子罗列。电影讲述作家和编辑的故事，剧情缓慢感性，看得人唏嘘，音乐、字幕结束，大灯亮起，我们方起身离去。

2017 年 3 月 10 日

海南人可以不吃海鲜，不可以不吃鸡。

今日我和宋炜日食四鸡，可记之。

聊到凌晨一点，就近在六东路白沙门公园旁大排档消夜。他家主打椰子鸡，做法简单至极；铁锅垛在气炉上；现凿两只老椰子，将汁水倒进锅里；劈开椰子取椰肉入锅；文昌鸡切块洗净入锅，加少许盐煮熟。蘸料也简单，小青橘、沙姜、小米辣和酱油摆桌上，客人凭个人口味调制。椰子鸡肉嫩汤甘，大味至淡。

据说江青爱吃椰子鸡，原以为只是将鸡肉放进椰子里隔水蒸，没料想烹调方法讲究得多。我曾拜访过江青的厨师程汝明，问及名满天下的椰子鸡，他说："我随江青到海南岛，忽发奇想烹制椰子鸡。摘早上八点以前树上的嫩椰子，太阳晒过的椰子水和椰肉味道会变差。先将两个椰子打开，其中一个椰子水倒在锅里，挖出椰肉放在容器中，放黄油搅拌均匀，和洗净的切块小雏鸡放入锅里焗好，再将鸡和椰肉盛出，放到另一个锯开的椰子里，用椰子片盖好，放蒸锅里蒸两小时，做成的椰子鸡汤甘鸡香，江青吃后赞不绝口。"大厨言语朴实，他描述的椰子鸡做法是中西结合的功夫菜，我在归波楼尝试做过，的确甘香浓郁。

上午十点对我来说是早起，打着哈欠开车，和宋炜赶到文昌中学旁的"吉英盐焗鸡"。地道的苍蝇馆，门口用砖头支两个大铁锅，下面烧柴火，锅内盛满颗粒状的海盐，盐内埋几颗牛皮纸锡纸包裹成蛋状的东西，打开是油乎乎的盐焗鸡。小店只卖古法炮制的盐焗鸡，六十八元一只，皮爽、肉滑、骨脆，配稀饭、萝卜干，别无其他。早上十一点，我和宋炜一人手撕一只盐焗鸡下肚。明知临近午饭，小飞和李子在文昌城外等我们，还是忍不住盐焗鸡的诱惑。

文昌无鸡不成席，中午李子安排在新合墟村农家乐吃海南鸡饭，院落开满紫红的三角梅，大榕树遮阴，客人在树下喝茶等候。

过去说文昌鸡特指阉鸡。清代《岭南杂事诗抄》记录：“文昌县属有一种鸡牝，而肉若牧肉，味最美。盖割取雄鸡之肾，纳于雌鸡之腹，遂不生卵，亦不司晨，毛羽渐疏，异常肥美，于他处试之则不可，故曰文昌鸡。”将未成年的小鸡做绝育手术，令它不思情欲只顾长肉，小则五六斤，大的十几斤，高蹈威武，翎毛鲜艳，可看家护院。

厨师挑出约七斤的阉鸡，现场宰杀洗净，烹制简单到只需柴火、铁锅、井水三样。将鸡放进滚水里翻转氽烫几分钟，用铁钩提起，倒出腹腔内汤水，再进锅内浸烫，如此反复几次，鸡皮变黄鸡肉断生，放入冰凉的井水浸泡片刻即上砧板。本地人喜欢三种蘸料，姜蓉酱、酸甜辣椒酱、秘制酱油，三小碟呈黄、红、黑三色，挤上一点儿海南蘸水“灵魂”青柠汁，除口感特别以外，还能去除大口吃鸡的油腻感。我吃第一口绝不蘸任何调料，鸡块汁水丰润，咬下去甘鲜嫩滑。

外地人吃文昌鸡，往往忽略鸡饭。海南鸡饭非比寻常，用鸡肥膏在铁锅熬出鸡油，入蒜蓉爆香，将洗净沥干的籼米下锅里炒至干黄，转入砂锅，放鸡汤、斑兰叶、香茅和盐，慢火焖煮，出锅的鸡饭粒粒滋润喷香，一碗鸡饭下肚，觉得以前的饭白吃了。传统鸡饭捏成饭团，用蕉叶包裹，便于渔民出海打鱼携带。

海南人下南洋，海南鸡饭传到东南亚，我曾在马六甲、槟城小住，那里的海南鸡饭店至今还是饭团，鸡是当地的鸡，味是故乡味。

新加坡文华酒店的海南鸡饭是新加坡的招牌美食。蔡澜曾断言：“正如星洲没有星洲炒米粉一样，海南并没有海南鸡饭。”蔡老先生孤陋寡闻了，和内地那些说粤菜必言香港的朋友一样，没深入品味过广东乡镇的饭菜。滑稽的是他们在伦敦吃了顿粤菜，回来断言伦敦的粤菜才是正宗的，理由是香港回归后大厨皆移民伦敦了。这类话傻得可笑，好吃的食物只能出自本土民间的炉灶。

红树林成片成带扎根海滩，林中百鸟栖息，一忽儿飞去，一忽儿飞来，自由自在。

文昌八门湾霞场村红树林，有家“黑羊头渔家乐”，乍听像家黑店，看家菜是椰肉炒鸡。鸡块切拇指大小和新鲜椰肉爆炒，炒得锅气升腾，焦香四溢。户外借光，看不清盘中辅料，凭口感知道姜、葱、胡椒少不了，姜稍许多点儿，被油爆得干香，椰子肉是这盘炒鸡的灵魂，赋予鸡肉清甜的底味。

身体墨绿、螯底红褐，能敏捷地爬上红树林枝头的螃蟹——蛮牛，平时在泥泞地上跳跃行走的弹涂鱼，因红树林保护，这些食材已成稀奇。以前我在演丰镇红树林连理枝渔家乐吃过的酱油焗蛮牛和香煎弹涂鱼，如今只堪回味。

极目的景色是红树林晚餐的高潮，画家小飞早已备好酒菜，宋炜彷徨于密林深处的原始与魔幻，林梢划破夕阳，漫流成霞，点点归帆渐近，一派渔舟唱晚。

小飞说红树林里的黑铁仔膏蟹最为难得，每逢秋天螃蟹换壳时节，膏蟹壳软肉嫩，焯水即食，对半掰开，蟹黄灿若流霞。

季节不对，没有口福，我和宋炜相约秋天再来，趁夕阳无边，秋水怡人，在此一隅向海，把酒持螯，等闲买醉。

2017 年 3 月 11 日

携酒去临高县探班高群书，他在海边租一条渔船，导演拍摄电影《风吹不过太平洋》，改编自 2011 年“鲁荣渔 2682 号太平洋惨案”，故事发生在海上一条渔船里。电影演员全是素人，老高善于激发素人潜在的表演人格，电影《神探亨特张》里他就找一班素人哥们演出，借此获金马奖。

临高多文空心菜最稀罕，据说 1972 年美国总统尼克松访华，特地将临高多文镇头神村的空心菜空运到中南海，招待尼克松总统。一盘多文空心菜吃着脆嫩无渣，口鼻腔共鸣到野地芬芳，满桌临高海鲜、烤乳猪、南宝鸭等荤腥却在其次。

老高胡子拉碴，叼根雪茄活脱脱是长宽了的海明威，他说附近就这么个渔家乐，他们天天吃，为何今天特别好吃？我告诉他好吃佬的窍门是看菜点菜，点菜后切忌教厨师如何烹调，各厨各味方得其味。

晚上和宋炜在归波楼阳台上乘凉聊天。栏外的海峡不过是一片黑茫茫，海浪口吐白沫，反复宣泄它巨大的存在。

宋炜说要结束二十多年的出版营生，去做白酒生意，我劝他歇歇，不如在重庆开家饭馆。十几年前宋炜说过退休计划，寻僻静处，筹三五好友，开一间酒馆，取名“下南道——乐山、宜宾、自贡以及其他地方”。

2017 年 3 月 12 日

宋炜起得早，自己去菜市逛了一圈，这是好吃佬的习惯，菜市场能看到最真实的风味人情。

中午我俩去喝“老爸茶”。茶棚里人乌泱乌泱的，茶水是当地的水满茶、苦丁茶、香兰茶、鹧鸪茶、红茶末，配些茶点，如包子、番薯汤、绿豆浆、清补凉、煎堆、猪血杂拌等。包子一口咬不到肉，第二口咬到肉，是自己的手指头；煎堆即江南的早点麻球；清补凉是海南古早的小吃，以煮熟的红豆、绿豆、薏米、花生、空心粉做原料，每样取一点，加新鲜椰奶调制，冰镇后清凉润肺。

过去海南喝“老爸茶”的几乎看不到女人，她们忙于勤劳持家，耕田种地、做小生意、蹬三轮车载客，没那个闲工夫。海南十八怪最后一怪是:“姑娘像老太，老太像妖怪。”足见海南女人活得不易。男人天不亮出海打鱼，忙到中午回来，下午趿拉人字拖出去喝茶聊天，传统“老爸茶”的习俗由此而来。现在海南男人打鱼为生的不多，下午喝“老爸茶”的习俗依旧。

喝一肚子茶水，去白沙门海边走走。白沙门是南渡江入海口，海水近黄远蓝，几日晴朗天远近全蓝了，海面有轮船漂荡。旧日的海甸岛，南面一条海甸溪与海口隔断，北面临海是一大片白沙滩，西侧叫美丽沙，东侧叫白沙门，海不扬波，沙滩绵白，周末人们来此踏浪。填海造地后海甸岛变大了，海边堆满横七竖八的扭王字块混凝土，白沙滩彻底消失，可惜了这片海。

小小的海甸岛有一寺八庙，寺庙类似祠堂比较亲民。晚餐我们去吃新安村关康庙旁的“林记斋菜煲”。关康庙红砖黛瓦，二进三间东西廊庑，典型海南民间建筑风格，乾隆年老庙内供关羽、康保裔二位武将，让人觉得他们的崇拜实在可靠。实在的还有斋菜煲，琼北民间传统习俗大年初一和正月初九家家户户吃斋拜神，九种以上的素菜一煲炖即斋菜煲。原本家庭祭祀斋饭，林袖珍带领四女一子，在庙前场地上搭个油布棚子，铺开几十桌，人声鼎沸，喧嚣热火。林记只卖斋菜煲，客人可据人数选大煲小煲，煲内有云耳、发菜、腐竹、粉丝、黄花菜、黑豆芽、水芹、鲜荞头、黄豆腐，一锅素菜炖熟端上来，用煤气炉打火锅。棚前入口处有卤菜摊，斩卤羊肉、羊杂，卤牛肉、牛杂，卤猪大肠、猪肚，炸小鱼、炸排骨，任你挑选过秤，荤菜烫进去素菜更好吃了。纯素的斋菜煲预先炖好，若吃荤菜自己去摊子称，林老板的想法是，庙前我卖我的斋菜煲，吃素吃荤你自己看着办。

“老爸茶”和“斋菜煲”代表海南民间吃食，这两种吃食里少有海鲜，不知是何道理。

2017 年 3 月 13 日

归波楼清风徐来，阳台外琼州海峡如水洗法兰绒，阳光下褶皱闪动一片干净的蔚蓝，间或渔舟划过，天高云淡。

我听音乐、发呆，看风吹海面。

宋炜是书商，习惯书架前看一通，然后靠在阳台椅子上饮茶翻书。

整个下午我俩各玩各的，自在如阳台上的两把椅子，相对无言却毫不尴尬。

宋炜将走，今晚海鲜作别。我舍出一瓶三十年的椰岛鹿龟酒。

趁早去新阜岛海鲜大市场，我俩仔细采购了大对虾、响螺、花蟹、乖鱼、母濑尿虾、大青衣鱼尾、沙虫、海白、冬瓜、青菜，去楼上加工海鲜的酒家临窗坐下，吩咐小妹做打边炉，把海鲜交给她拿去过磅、清洗。

打边炉旧称“打甂炉”，早先用的是瓦锅瓦盆，所以用“甂”字。陶器出现后人类熟食的习惯由烤演变成煮，一锅清水，将食物投入煮食。打边炉一词，清代《广东通志》出现：“冬至围炉而吃曰打边炉”。考究打边炉的原始，可能早于人类文明。

1987年冬天，我和丁原、陈刚，还有画家王骏，四个大好青年从芜湖八号码头乘船到武汉，武汉转火车到湛江，湛江搭汽车至海安，轮渡琼州海峡抵达海口秀英港。陌生的环境带来快感，三个日夜兼程的旅途疲倦消失在椰风海韵中。

一路上陈刚和丁原热聊芜湖市歌舞团的吴女士，她嫁给海南泰国华侨林先生，登岛那晚漂亮的吴女士设家宴给乡亲们洗尘，圆桌中间煤气炉煮一锅清水，里面放葱姜，锅边盘子里盛各种海鲜、蔬菜，那是我第一次见识打边炉，第一次吃这么多海鲜。

饭后哥几个叫三轮车去海口老街看录像，录像厅乱哄哄的，满是荷尔蒙的霉骚味。

走出录像厅，外面小雨绵密，老街灯少人稀显得鬼魅，海甸溪旁钟楼报时，新的一天开始了。

海南是中国开放的前沿，90年代欲望横流的小岛，后来内地的领班、模特、房地产商都是从这里开枝散叶的。

海秀大道两旁椰林荫翳，零星几家草木屋子专营打边炉，本地的海鲜打边炉，讲究生猛；潮汕的牛肉打边炉，名目、壮阳、补肾。我二十啷当无须食补，耐不住嘴馋和朋友吃过几次。海南人打边各种鱼虾蟹，另外单煲海龟海蛇汤，鲜极浓极，喝罢口黏不能张，头顶冒白烟。潮汕人的牛肉打边炉，仔细分解牛各个部位，不同部位不同口味。牛鞭是打边炉的主打菜，人们相信中医说的吃啥补啥。最惊奇的是吃牛欢喜，又名牛羞、牛弯口，切片涮熟的牛欢喜爽口无味，须蘸调料进食，汤微骚，喝罢欢喜汤再往锅里续清水，涮牛的其他部位。

打边炉是最随意的吃法，锅底可以选择鸡汤、骨头汤、菌菇汤、清汤，食材皆可以煮，调料蘸水五花八门。我喜欢清汤锅底，加少许葱姜，吃海鲜的本味；一小碟酱油加红海椒、小青橘作蘸水。冬瓜、海白要先入锅，海白开口捞出即食；乖鱼、沙虫煮久一点，不耽误聊天；飞薄的螺片用筷子夹住，沸水里烫几秒，稍微卷曲，略浸蘸水食用，爽口弹牙；对虾一拃多长，煮到红透，虾油染红汤底，捞虾剥壳恰好外熟内生，蘸点辣酱油，大口吃大虾才过瘾；大青衣鱼尾难得，切块久煮最是鲜肥；母濑尿虾椒盐，小心剥开多刺的虾壳，嫩肉包裹紧实的虾黄，肉甜黄香。海鲜吃得差不多，撇去锅里的浮渣，清汤里下青菜，千滋百味汇进一锅菜汤。

哥俩儿自顾吃喝，山高水远，不在话下。

明日，宋炜回重庆，筹备他的酒馆“下南道——乐山、宜宾、自贡以及其他地方”。

我预备去江南，趁油菜花黄往景德镇，在青野烧一窑春泥。

老死彩云之南

一、撒娇诗院

今年冬天，北京无雨、无雪、无阳光，空气中充斥着烧煤炉的烟味。朋友们都是忙人，难得聚会小酌，有时他们约酒，其间掺杂与客户的洽谈，我也懒得凑热闹。庆幸自己赋闲多年，得以免除无聊应酬之累赘。索性关闭手机飞去海南，与外界了断瓜葛，隐逸小岛归波楼，读书、发呆、看海。

看大海等于看虚无。

几个月后离岛再打开微信，从默默的朋友圈得知，香格里拉的藏族朋友阿子辞世，他走了，化为梅里雪山的雪烟。独克宗古城再看不到阿子的身影，失去阿子歌声的撒娇诗院该多么寂寞呀。

十多年前，赵野来电，说和李亚伟、默默策划在香格里拉弄个好玩的客栈，他言语诚恳邀我入伙，说数来数去“游手好闲”的不过几个哥们儿。那段日子我赋闲黟县，在乡下做归园主人，陶然于营造的世外园庭，懒得理会他们的乌托邦。次年开春，他们仨打通手机轮流和我谈话，叫我去香格里拉，商议将从藏民手里租来的老房子如何改造成客栈，最后我败给默默善诱的话术，他说：“你来呀，周公，白天我们在雪山下斗地主，晚上和一群美丽的卓玛在独克宗古城的星光下喝酒、唱歌、跳锅庄，吃牦牛头火锅。”

我素来愿意在路上、在别处，何况有雪山、卓玛、牦牛头火锅。简单收拾行李，从上海飞昆明，转机香格里拉。

当晚他们仨在独克宗古城给我洗尘。古城依山势而建，石板路起伏不平，上面遗留着古代的车辙和马蹄印，这儿是马帮进藏区前的最后一站，补充给养，歇息体力，再辛苦前行。我们聚在古城角落的小饭馆，两颊高原红身体壮实的藏族女人下厨忙碌，她是今晚唯一的卓玛。

牦牛头肉盛在紫铜火锅内，和北京涮锅一样，锅下燃炭火，牛骨汤里煮手儿参、藏红花、枸杞子做汤底，煮熟的牦牛头拆骨，拼一大盘牛耳、牛舌、牛脸肉，几碟新鲜菌子、蔬菜，汤沸后现涮现吃。大碗斟青稞酒，大口吃牦牛头肉，什么卓玛、星光全然不顾。哥几个摆龙门阵，在香格里拉弄个“上游客栈”如何？那些哥们儿还在力争上游，老子们早已在上游的蓝天白云下晒太阳。李亚伟咋呼：“上游客栈唯雪山上的神仙和牦牛可以免单，人类一律付钱。”听到这话不知火锅里的牦牛做何感想。

四月，高原冷酷，瓦蓝的天顶在头上，星星伸手可摘，我们步履凌乱地走回古城民宿，一声狗吠，全城的狗呼应，叫声此起彼伏。

一宿好觉，中午起床喝碗酥油茶，吃两个肉包子，一起去看他们租赁的一栋新中国成立前藏族土司的老宅子。二层楼约八百平方米的大木结构，屋后有菜园子，能看见唐代遗留大佛寺的金顶，寺里的转经筒据说是世界上最大的，爬上去转几圈，让人身心安定。

大伙讨论如何改造土司的老宅子，默默对我说：“周公，你回房间先画个草图，完了斗地主，晚上阿子带我们去吃尼西土鸡。”说到土鸡，笑意写在默默脸上。惦记斗地主，我信手勾画楼梯草图，预留中庭，一楼书吧，二楼客栈，备注选用什么品牌的铜芯线、开关、坐便器，等等。

五点多，阿子开一辆旧面包车接我们，他是藏族和纳西族混血，卷发黑肤，笑起来眼睛透亮。阿子边开车边介绍，尼西是个藏族寨子，坐落在四座神山中间，茶马古道必经之地，尼西黑陶两千多年历史，藏语尼西是太阳升起的地方。今晚吃的尼西土鸡属藏香鸡，体格小，羽毛美丽，散养在野外，晚上飞上树枝栖息。半个小时后，车停在214国道旁的一家饭馆门口，路左坝子里，藏民的石屋散落其间，炊烟袅袅。阿子用藏语和饭馆老板交代一番，带我们去村里看黑陶。

回来桌上碗筷已摆好，炭炉上油黑的陶锅炖上土鸡，满屋子香味。大碗斟满青稞酒，阿子端碗用无名指蘸酒对天空弹三下，再和我们碰杯共饮。打开锅盖鸡肉鲜香浓郁，作料简单到只是油盐和当地的红辣椒。哥几个觉得好吃到不行，招呼老板赶紧再准备一锅鸡炖上，酒喝开怀阿子深情唱起《卓玛》，初听这首歌在香格里拉草原之夜，在雪山下。

第三天下午，赵野和我去天生桥温泉——草原山谷底下一汪天然温泉池，不规则的翠绿，池子大到可以畅游，泡在水里往上看，四周峭壁把天空切成一块湛蓝。没有预兆，天上飘落朵朵雪花，越来越密，好大的雪很快染白世界，温泉池子烟雾蒸腾，雪花飞进去便化了，我俩成池子里静静移动的两个黑点。

大雪不知纷飞多久，没有停止的意思。

几天后告别，牦牛头火锅、尼西土鸡和阿子的歌声留不住我们，若有卓玛情形可能不一样。雪域高原是牦牛和神仙的家乡，山下才是人间。

赵野和我轮流开李亚伟那台老掉牙的破吉普盘山下行，车子除喇叭不响到处乱响，一路默默负责絮叨诗江湖几十年的轶事，亚伟搭茬儿补充。

香格里拉的早春似乎遗留些许残冬，草木枯寒，空气稀薄，一派旷野侘傺。

我们开得很慢，几十公里后景色渐异，山色斑斓，如静墨深染的秋意图，远处一座小房子，山径一点人影移动，独孤高远，时间和空间仿佛停顿，光阴只在一念。

往下走遇见春天，路旁流水活泼，山间各种鸟鸣、各色花香在阳光里盎然。

"太美了！停一停吧。"

到丽江已是喧嚣的市井夏天，随处可见服饰各异的纳西族、藏族、白族，街上流动着兜兜停停的背包客。

赵野在丽江古城附近有个小客栈，二层楼房，院内的大樟树荫庇半个院落，他二姐在那里照看。我们放下行李洗把脸，在院内石桌上发牌斗地主，我和默默刚学会，正在瘾头上。

二姐忙碌下厨，傍晚做好回锅肉、炒鸡蛋、炸小鱼、土豆丝等几个川味家常菜，一罐纳西族的窨酒，招呼哥儿个开饭。赵野有事，吃几口出门去，二姐坐过来和我们拉呱，言语间颇为弟弟得意，她四川口音不解地说："赵野每次回来带的都是女娃，啷个这哈带来三个哥老倌。"

晚上，在丽江拍纪录片的谷雪儿带我们去古城江湖酒吧。喝倒一堆啤酒瓶后，李亚伟说他大学时差一点去玩摇滚。大伙撺掇他上台，扯喉咙唱的却是巴西民歌《鸽子》，跑调跑到他酉阳姥姥家，雪儿伴舞，在桑巴节奏中摇摆丰臀。高鼻深目、古铜肤色的谷雪儿，身上有汉、蒙古、哈尼、俄罗斯四国的血统，开口烟嗓迷蒙，话风幽默痛快，总能把周围的人逗乐。她在丽江盘桓七年，拍摄纪录片《最后的大东巴》，捕捉神秘的纳西族祭司大东巴的日常生活。她跟拍六个大东巴，拍完一个去世一个，纪录片杀青后第三天，最后一个大东巴溘然离世。后来她又历时多年走遍中国，拍不同地域不同民族的《摇篮曲》，她是那种参透生死的人。

上游客栈开张半年关门大吉，高原冬日苦寒漫长，飞鸟不落屋顶，何况客人，眼见房租到期，默默不响，卖掉上海莘庄一套房子，独自从藏民手里把上游客栈产权买下，隔年春天重新整理开业，更名为“撒娇诗院”，交给两个纳西族姐妹打理。生意持续清淡，好在不用付房租，每年夏天他去香格里拉避暑，无聊得慌，手机遍发“英雄帖”，以雪山、卓玛和牦牛头火锅勾引都市忙碌的哥们儿，及至他们偷闲而至，雪山、牦牛头火锅倒是有的，卓玛在阿子的歌声里。

2013 年 8 月中旬，北京雾霾天闷热，我飞去香格里拉撒娇诗院，想躲在清凉世界安心写点儿东西。默默在高原孤闷太久，难得来朋友陪他拉呱，常常半夜互道晚安，各自回房休息后，片刻他又推门进来，说来找打火机，踅摸片刻从自己口袋掏出打火机，找个借口坐下，继续神聊。

中午起床，发会儿呆，跟默默去城里吃土鸡米线，来回路过独克宗老街，游人零散，店铺清闲，太阳把石板路照得闪亮。我俩沿街边遮阴处缓慢行走，稍快一点儿便会心跳加速、大脑缺氧。

几天来除了和默默喝酒、清谈、散步，独自面对雪山和寺庙发呆，慢时光里一个字都不想写。

一天傍晚，在撒娇诗院门口遇见个七八岁的小喇嘛，红袈裟、红脸蛋，大眼睛忽闪神气。我找他说话，几乎是我问他答，问得不着四六，回答简单明了，他不想回答辄沉默不语。他说自己名字叫强巴力敕，四岁出家，汉语是跟香客学的。问想不想家，他沉默，愁云遮住眼帘。我岔开话题顺手掏出五百元，请他在庙里代捐香油，他接过去，退给我四百说："要捐香油自己上山。"说罢跑开去了。

阿子下班来撒娇诗院，知道我次日早晨回北京，他和默默给我饯行，酒后脸微红，阿子唱一曲藏北民歌，歌声苍凉委婉。强巴力敕回来，嘴含棒棒糖，手拿变形金刚，邀他吃饭，他说吃过两个包子，想睡觉。默默叫人带他去房间休息。阿子告诉我们，强巴力敕是松赞林寺的转世灵童，地位尊贵，他不期而至，可见我们有佛缘。噶丹·松赞林寺被誉为小布达拉宫，几年后我再访撒娇诗院，专程去那里，沿高高的石阶登上寺庙，和风中眺望雪山草原和美丽的纳帕海，身心被佛尘掸了一下，干净轻松。寺里僧人穿一色紫红僧袍，有意思的是他们的袜子和鞋子各不相同，我仔细辨认面孔，想遇见强巴力敕，松赞林寺七百多僧人，我又能见到几位。

独克宗古城不到十点进入寂静之夜。临别，阿子送我一条牦牛毛织的围巾，说："晚几天走吧，草原上狼毒花快开了。"

阿子走后，我和默默继续小酌，闲话下酒。

凌晨六点，预约的出租车接我去迪庆机场。

二、建水轶梦

红土地上的建水县是另类，小城风貌如蒙了灰尘的旧日江南，小桥流水，荷叶田田。建水城古代又称临安城，不知云南临安与江南临安有何渊源，或许它是古人遗失的江南。

无端想去建水。

那时期我们一班人迷恋这片红土地，相约老死彩云之南。云南人雷平阳对我说："你做陶艺要去看看建水，那是个有意思的地方。"我在北京，李亚伟在成都，各自生活得疲沓，一日我们通电话聊到建水，临时起意飞昆明碰头。在昆明约上雷平阳，仨人乘大巴出发，抵达建水已过晚饭时间。

好不容易寻到一家灯火昏暗尚未打烊的羊肉汤馆，急切地点羊肉锅炖在红泥炭炉上，羊骨汤里煮白切羊肉、羊杂，最后下蔬菜、粉丝、方便面，桌上调料胡椒粉、酱油、辣椒、盐，自己看着放，一提二两的末秧酒从大肚小口的陶罐里舀出来，竹酒提子泼泼洒洒，家酿酒清冽，羊肉汤透鲜，哥仨推杯换盏，吃喝得痛快。

晚上下榻翰林街十六号朱家大院，一座清朝乡绅的私家园林，占地三十来亩。穿过一溜老石板路的巷弄，进入庭园深深，惊叹滇南小城竟隐藏如此清幽之处。沐浴后临近子夜，透过木格栅柳条窗，见月色尚好，披衣去庭园赏月，忽觉微风袭人，迎面施施走来倩巧女子，裙摆迤地，我以为是古装的服务员，心生顽皮，同她戏言："风闻近日朱家花园闹鬼，可有此事？"

女子莞尔答应："哎呀呀，我在朱家花园待了二百多年，从未遇见什么鬼哪？"话了飘然而去。

我听得浑身寒毛倒竖，再无心风月，惝恍溜回客房。

《建水县志》记载："建水古称步头，亦名巴甸。唐南诏筑惠历城，汉语'建水'，隶属海通都督府。宋大理国时属秀山郡阿白部。元朝设建水州，明代称临安府。清乾隆改建水州为建水县。"县城内古建筑左右皆是，县委大院、检察院、法院、居委会等政府机关占据几百年的老宅子办公，古建筑因此被动保护下来。遗留的还有文庙和朝阳楼，建水人引以为豪的口头禅是，我们朝阳楼比天安门城楼还早几百年呢。建水至今保存完好的古庙一百多所，古桥五十多座。我去建水多次，拜访过不少古庙，走过不少古桥，片纸道不尽它们的美妙，身处古迹只晓得心念感动。

建水的寺庙颇有意思，什么神都供，正殿左边供如来，右边供耶稣，正当中供关公，关二爷左手捋美髯右手持大刀好不威风。

雷平阳告诉我们，三样食物可以代表建水风味：汽锅鸡、草芽、烤豆腐。

汽锅鸡是云南的美食招牌，做法不复杂，器皿却是专用的建水陶器。挑选刚下蛋的小母鸡或刚开叫的子公鸡，宰杀洗净切小块，作料不过几片生姜、几根小葱、白胡椒、盐少许，投入汽锅中蒸煮。奇就奇在这汽锅，当地建水陶工艺烧制，构造古朴，扁圆的肚膛正中是圆锥形空心管，蒸汽沿此管进入锅膛，几个小时文火细煨，锅盖上凝聚的水滴入锅内鸡肉里，化汽为汤，鸡肉犹嫩，汤汁鲜美。

在重庆宋炜带我吃过奉节鼞子鸡，据说有千年历史，同样用陶制汽锅蒸煮，鼞子鸡的器皿更古朴。建水汽锅鸡该是和奉节鼞子鸡一脉相承，民国时期好吃的陶工向逢春用细泥拉坯成扁圆形，改良原始的粗陶汽锅，锅面配以建水陶特有的刻、填书画，烧制后打磨而成，美食美器就此结合。

2018 年春天，受叶帅之邀又去建水，恰逢世界杯期间，白天在罗旭的蚁工坊玩泥巴，晚上和叶帅、岳敏君、老愚公窝在宾馆房间撸串喝啤酒看足球。我抽空出去逛古董店，淘得一口民国汽锅，锅面书“洗觞来旧雨，流咏见高风”，锅盖书“少长咸集”，落款“乙酉孟春月式稷书”。看得出制这汽锅的哥们儿，也是风雅的好吃佬。

讲究的汽锅鸡加入本地燕窝烹制。建水有个燕子洞，每年春夏之交，几十万只白腰雨燕从印度洋飞来繁衍生息，采燕人灵若壁虎，徒手攀爬在八十米高的绝岩采集燕窝。燕窝贵重稀少，并不亲民，百姓家汽锅鸡里用竹荪替代，好在竹荪鲜不抢味，能够保留鸡汤的原汁。

草芽是上天赐予建水人的口福，水生植物，四季可采，更是百搭时蔬，配鸡、鸭、鱼、肉总相宜，用云腿切丝清炒草芽最清爽。草芽白、嫩、脆、甜，堪称素菜之君，它绝配过桥米线，切成细丝的草芽让过桥米线的口感和汤汁格外不俗。

雷平阳领我和亚伟走过长长的青石巷，曲里拐弯进入红井街的杨家花园。这是建水众多老宅子里的一栋，中午客人不多，我们点了汽锅鸡、炸排骨、草芽溜鱼片、茉莉花炒蛋、清炒豆苗。院子里一个满脸皱纹的老婆婆在石槽上烤豆腐，铁箅子上的豆腐在她皴裂的手下翻烤到鼓胀。客人吃烤豆腐不算钱，要说店主实在，无所谓客人填饱肚子吃不下菜。

建水豆腐压得紧致，如同小馒头，炭烤后胀裂，搭配蘸料吃，蘸料分干料和水料，我不用蘸料只吃它的原始豆腐味儿。烤豆腐大街小巷随处可见，既是点心又是零食，客人吃一个烤豆腐丢一个黄豆在碗里，吃罢数豆子结账。建水人可以没有汽锅鸡，不能没有烤豆腐，否则市井缺失许多烟火趣味。

建水城外保存一条完整的米轨，百年前法国人建造的小火车道，直通越南、缅甸，是中国最初的国际铁路。米轨早已废弃，遗留法式建筑土黄色的乡会桥站，墙体斑驳如诗人穿皱的旧西装，独立于空旷的原野，透出颓废不凡的气质，诗人坐在大地上，两条腿延伸成生锈的米轨，在野花野草的生机间远去。

晚风，夕阳残破，野花、米轨、车站、诗人。

米轨往南走是个旧县和蒙自县，两个不同民族的行政县挨得很近。个旧是彝族音译，蒙自是苗族音译，本来各有各的意思，被乱译成汉语反倒没意思了。

我们从建水一路向南，中午赶到蒙自吃过桥米线。过桥米线通称源于云南蒙自，什么秀才读书，嫂子送饭，鸡汤冲米线，路上要过一座桥。这些掌故，应属杜撰。一日三餐本是家常，硬扯上嫂子和小叔子，难免中国式乡村俚俗。蒙自城郊三岔路口几间瓦棚，老远闻到土鸡汤特有的香气，车停门口，我们笑得会心，道是来对地方了。三大海碗黄澄澄的鸡汤端来，里面有烀烂的鸡肉，抓少许芫荽、韭菜、葱花入碗，醋、辣椒油、胡椒粉、盐随意添加，再将米线捞入汤中，吃多少烫多少，挑起一筷子挂着鸡油的米线嗦入口中，美味不过如此。过桥米线的碗比脸大，喝汤时脸埋进碗里，快意得大汗淋漓。

说过桥米线源出蒙自，建水人不愿意了，偏说是清道光年间建水进士李景椿告老还乡玩出的吃法儿。窃以为过桥米线“建水说”有道理，但凡吃的花样，多是醉心食色的文人搞出来的，老百姓果腹尚难，哪里有闲工夫研究食物。我在建水吃过讲究的过桥米线，一海碗老母鸡汤；里脊、鱼生切灯盏薄片；宣威火腿、葱白切头发丝细；草芽切丝；一个生鹌鹑蛋、一卷酸浆米线。将里脊片、生鱼片先后放入，用筷子轻轻搅动烫熟，再下火腿丝、葱白丝、草芽丝、鹌鹑蛋，按自己口味酌量加醋、辣椒油、胡椒粉、盐，最后烫米线。

蒙自米线也好，建水米线也好，总归是云南红河州的过桥米线。米线传自北方，古书《食次》记载，南北朝或更早，中原人已经用大米制作米线。

回到昆明犹念建水风土。眼前翠湖红嘴鸥上下翻飞，湖面莲叶田田。晚餐安排在翠湖边，窗外风景渐暗。雷平阳妻子小黎带来她的朋友叶惹，小麦肤色的佤族妹子，长发曳曳，眼睛清亮。

及至酒酣，叶惹唱了一首佤族歌谣："月亮升起来哟，山寨静悄悄……"

翠湖的夜晚醉了。

三、翠湖平阳

昆明的闲适和成都不同，成都人闲得有娱乐之忙，喝酒、喝茶、打麻将、打扑克，顺带把该谈的事谈了，昆明人闲得慢吞吞、懒洋洋，大事不关心，小事情搞得很繁琐。发愁的是在昆明做事的外地人，满心向前奔跑，一回头，昆明人在原地笃悠悠地喝普洱茶。

雷平阳的办公室是喝普洱茶的好去处。他供职于云南省文联，在翠湖附近一栋六七十年代红砖建筑里，标准的筒子楼，楼下右边靠山墙里面是他的办公室，十几平方米，一道墙隔成里外，里间办公桌上杂乱堆放书籍、宣纸、笔墨，地上是墨迹未干的书法，椅子后面文件柜上满是书籍。外间根雕茶几摆放泡普洱茶的器具，一张旧沙发，两把竹椅子坐上去咯吱响。雷平阳喝茶办公之余不闲着，闭门写书法、写诗、写他的乡愁。

午睡后揩把脸，从翠湖宾馆甩腿去省文联，找雷平阳蹭茶。平阳爱茶，通晓普洱，凡出自他手里的普洱茶必定有一番讲究。用建水壶冲泡布朗山古树头春，撬茶、温器、投茶、洗茶、出汤、品茗，几泡酽茶入喉，开始冲壳子。我爱听雷平阳讲少数民族的志异和掌故，他点燃香烟缓缓话来，满脸诚恳犹如亲历。若逢他单位有事，茶聊结束，我临走从地上顺一幅墨迹未干的书法，扬长而去，没喝尽的下午茶也尽兴了。

去雷平阳家蹭饭比蹭茶实惠，他家离翠湖不远，走过去十几分钟，路旁皆是六七十年代的砖楼，阳光散漫落地，知了在树上喧哗，像小时候出门找玩伴的情景。

恰在饭点儿来不速之客，他妻子小黎张罗茶水，雷平阳聊几句去下厨。他轻松整出冬瓜猪小炒肉、蒸腊肉、牛干巴、辣椒炒土鸡蛋、蔬菜、一小碗油鸡枞。冬瓜猪来自西双版纳，腊肉和牛干巴是他老家昭通土产。米饭异香，米粒白润、细长，入口有山野芬芳。平阳说是芒市遮放傣族人收割的野生稻米，稻秆在地里两米高。雷平阳舀一大勺油鸡枞放进我饭碗里，叫我和饭拌匀了吃，油鸡枞与遮放米饭融合出满足的滋味，岂是钟鸣鼎食可以比拟。

一碗好饭，足以慰藉一日人生。

我和李亚伟计划走千县之旅，自彩云之南始。云南行程有雷平阳做伴才完美。我们在哀牢山哈尼族寨子喝紫米酒，澜沧江奔流崖底，晚霞飞红江山之间，亚伟醉意酩酊出门方便，许久不回来，我和平阳去寻他，但见亚伟伫立崖旁，于漫天星光下陶醉。

看见我们他方惊醒，原来他把脚下山泉声当作自己的尿声，泉声不绝于耳，以为尿声不绝。

四、西双版纳

九十年代初我和朋友去西双版纳，从内陆乍到热带边陲，沿途植物叶子变大变绿，人的肤色变黑，异域风情逐渐显现。

知道西双版纳是小学一年级暑假，妈妈领我去上海西郊动物园，早上从愚园路乘公交车，开开停停，终点站是西郊公园。第一次看到这么多动物，像到了另一个世界，狮子、老虎、猴、河马、大象、长颈鹿、孔雀……印象最深的是大象，驯象师牵它到围栏旁，让游客摸它的鼻子，告诉游客它的故乡在遥远的西双版纳。

后来知道，西双版纳不仅有大象、孔雀，还有穿筒裙的傣族姑娘，听说筒裙只是一块花布，傣族姑娘围在腰间打个结。

西双版纳是热带雨林气候，植物枝繁叶茂，又粗又高，街上行走各式各样的少数民族女人，穿长筒裙的是傣族，短筒裙的是黎族，百褶裙的是苗族，短裙裹护腿的是哈尼族，她们普遍面色黝黑，眼窝深亮。我们的导游名叫四朵，她是水傣，穿浅绿色细花筒裙垂至脚面，同色无领紧身短衣，小蛮腰隐约，四朵的面容立体标致，长发挽起乌云。她领我们去澜沧江边傣族寨子里的吊脚楼小饭店，吃香茅草烤鸡。老乡在户外用石头垒个灶台，下面生柴火，宰杀的鸡插在竹竿上，烤至半熟，剔去鸡骨，木棒将鸡肉捣烂，加入切碎的葱、蒜、芫荽、辣椒，和盐、茶油拌在一起，用香茅草裹住捆好，竹片夹紧放火上再次翻转烘烤，草香鸡香混合飘在空气中。待香茅草烘干，从竹片上取下，放在陶制的盘子里，小刀划开包裹，异香喷出。喝米酒、吃香茅草烤鸡，面对四朵如花，那才叫快活。

前些年我和李亚伟、默默、赵野、高晓诗常在西双版纳扎堆，新开盘的曼龙枫小区，九百元一平方米，饭店吃一只土鸡十多元钱。那里人事温和，物价便宜，理想的不争之地。默默撺掇大伙去买房，践行相约老死彩云之南。我买一套，亚伟和赵野买了二、三套，默默有眼力，入手四套，每套首付不过一万多块钱，几年后翻了几番。后来在版纳置业的还有二毛、陈琛、郭力家等，马原索性把户口迁到南糯山姑娘寨，寨子里分给他几亩地，几年后他建成“九路马书院”。

得闲，大伙聚在澜沧江岸天籽花园，女主人旻果自在待客，任由你喝茶、喝红酒，站着、坐着或在山庄十几亩雨林里探幽。她一双女儿——林妲八岁，宛妲六岁，赤脚在大树上攀爬嬉戏，似两个可爱的精灵。旻果和她的德国丈夫马悠博士，在版纳山里长期从事生物多样性研究，前几年老马病逝，埋葬在版纳的雨林中。她深居简出，继续他们未竟的理想。望窗外奔逝的澜沧江，旻果吐一口烟，若有所思道：“有时候这条河流，是唯一让我觉得有点儿和外面世界联结的……”

晚餐是地道版纳风味，什么半坡腊肉、魔芋烧鸭、金兰鸡枞、野菜沙拉、炒鸡蛋、小炒冬瓜猪、尚香糙米、苞谷酒和红酒，可惜没有香茅草烤鸡。酒至薄醉，旻果开始读诗，接着是亚伟的“川普”、默默的“沪普”，马原用几近哀愁的东北普通话读叶芝的诗：“当你老了，头发花白，睡意昏沉……”

生活在彩云之南，不会有太大惊喜，不会惹太多烦恼，这里山川起伏，土地肥沃，气候适宜，人民懒散快活。

我们比当地人还散漫，不冷、不热、不咸、不淡地消磨大好光阴，上午睡到自然醒，下午喝普洱茶、清谈、斗地主。

光阴是用来虚度的。我惬意这样生活，趿拉鞋子到处逛游，不担心食物，不理会浮云，任光阴一点点老去。

——2018 年，写于白沙门归波楼

后记

我通常把喜欢饮酒之人分为四种，酒徒、酒鬼、酒仙、酒狂。酒狂的格局最大，不是说杯子端得勤，喝得最多，而是精神状态脚踩楼下三位，在酒精的支撑下，神魂颠倒，言谈举止超越现实，放浪形骸，近乎癫狂，其境界非仙啊道啊可比。比如嵇康，只要琴声一响，端起酒碗，就可以把李白甩一条街。

看菜吃饭之人，我以为也可以分四类：懂吃，称食客或吃货，三流；既懂吃又会写，或称美食家，二流；既懂吃、会写又会做，一流；既懂吃、会写、会做，又勤请客吃饭的，超一流！

所说的会做，是自己做，亲自下厨房，亲力亲为：备料，上墩子，下灶台。而且主要是为他人做，给别人弄一桌好吃的饭菜。可能在早上给上学的女儿做一份鸡蛋三明治，也可能晚上给家人做一顿麻辣的四川火锅，还有就是给懂你的人，欣喜你的人，激赏你的人做一台饭菜，即便对面只坐了一个人，也可以使出你的浑身解数来搞定他的胃口。

所说的请客，多半是家宴，或外出食堂宴请。在自家的场所做饭待客，准备工作少则半日，多则两三天，面面俱到，一丝不苟，一桌酒菜不论好歹，见真见义，锅勺亮底，足显饭主的格局和真性情。特别是在京城，这桌家宴弥足珍贵。所以江湖有传言：这种人值得信赖，可深交，不可欺觑。外出食肆宴请，那桌饭菜也是他欢天喜地过的品质和口味，算是对家宴的一种补偿。所以有了请客，这是看菜吃饭之人的天花板，非常稀罕。我见识过的这许多年里，懂吃，会写，会做，又常常天南地北宴请之人，当今周墙算是一位。

周墙解释“杀馋”一词，说是他老家安徽宣城一带的地方土语，也就是解决饥饿，搞定流口水的意思。这本书是他从平常的饮食札记里选出了国内的相关篇目，现在集结成书。那些国外的和素食的部分，以后再单独成册。

万夏

2022 年 10 月